愿人人都有一个悠闲的午后

王小王短篇小说集

王小王 ◎ 著

长春出版社

全国百佳图书出版单位

图书在版编目（CIP）数据

愿人人都有一个悠闲的午后：王小王短篇小说集／
王小王著. —— 长春：长春出版社, 2025. 1. —— ISBN
978-7-5445-7591-1

Ⅰ. I247.7

中国国家版本馆CIP数据核字第202426ZQ93号

愿人人都有一个悠闲的午后——王小王短篇小说集

著　　者　王小王
责任编辑　张　岚
封面设计　宁荣刚

出版发行　长春出版社
总 编 室　0431-88563443
市场营销　0431-88561180
网络营销　0431-88587345
地　　址　吉林省长春市南关区长春大街309号
邮　　编　130041
网　　址　www.cccbs.net

制　　版　长春出版社美术设计制作中心
印　　刷　长春天行健印刷有限公司

开　　本　880mm×1230mm　1/32
字　　数　172千字
印　　张　8.25
版　　次　2025年1月第1版
印　　次　2025年1月第1次印刷
定　　价　49.80元

目　录

寻找梅林

1

她特别想做一个决定，可是又不知道那是个什么决定，她无从下手，所有的决定好像都丢掉了，像你拿着一大把钱，却发现世界上所有的商店都向你关上了大门。

为了找这个决定，她每天起床后就在屋子里团团乱转，这里翻翻，那里看看，一派很认真很繁忙的模样。一天一天就这么过去了，她仍心乱如麻，没什么可以决定的。每晚躺在床上睡觉的时候，她都能感觉到那种既沮丧又轻松的情绪，虽然这一天仍旧无所事事，但毕竟是被挨过了。

中午了，她饿得发慌，在厨房里转了半天，煮了一碗清水挂面。端着碗，走着吃，从卧室吃到客厅，从客厅吃到书房，从书房又吃到卧室，碗空了。她把空碗放在床头柜上，筷子架到碗沿上，没摆稳，一根碰着另一根，一双儿都掉到了地上。

她朝地上看看，不想捡。在床上靠了一会儿，好像已经睡着了，又突然睁开眼睛，她扑腾一下坐起来，眼睛落在衣柜上。

一只老樟木箱被她从衣柜里拖出来，被她打开，被她仔仔细细翻过一遍。她停下来了，箱子里也静下来，一道阳光照着被她搅起的细灰，那灰尘乱腾腾地在她头上飞舞，互相挤挤撞撞，像一场看不出名堂的哑剧。她头发里的白也被阳光挑出来，染的颜色早脱掉了，那些白现在全都明晃晃的。她看不到。看到了她也不一定在乎了。

她盘腿坐在地板上，从头到脚都皱巴巴的。她从箱子里翻出了一个用红纱巾包着的东西，红纱巾还带着香。她凑近了，把陈年的香深深闻进去，接着才小心地揭开红纱巾，是一张结婚证书，她看着照片上的两个人，好生羡慕，尤其觉得那个小丫头特别好看。

她拿手指头抚摸那两个人的脸，抚摸那两个人的名字，一个叫张久，一个叫梅林。她让那两个名字弄得心里咯噔咯噔的，连忙起身去含了五颗救心丸。她想起，叫张久的这个人一开始把叫梅林的这个人称作梅同学，后来接触多了，便叫梅林，接着更亲近些了，改成了小梅，恋爱后变成梅梅，结了婚，开头的几年也叫梅梅，再往后又叫成梅林，然后，也不知从哪天起，开始叫她"哎"，叫梅林的这个人学他，也叫他"哎"。这两个人的名字早变成一样的了，不再是张久，不再是梅林，他们都是"哎"，一模一样。

"哎，"梅林用手指头点着照片上张久的脑门说，"你怎么不叫我'哎'了呢？"然后她终于忍不住蜷在地上哭起来。她用手使劲抹着不断涌出来的泪水,脸上的皮肤被蹭来蹭去,她在悲伤的间隙感觉到手指头下更让她悲伤的松糙。

梅林在老樟木箱子底,在红纱巾里面找回了自己的名字。可她发现,那名字也已跟着她老去,变得没有一丝光泽。她实在是没有什么可以掌控的,只有哭泣这一件可以把握的事情了。她咧开嘴,把救心丸浓烈的气味悲切地呼出去,又更悲切地抽进肺里来。午后近乎灿烂的阳光从窗子后悄声移走,房间显得淡漠平静了,仿佛一颗巨大的心脏,也被这救心丸的味道浸润救助而得到了暂时的舒缓。

最近,梅林感觉到自己的身体越来越差,腰疼,腿疼,牙疼,头疼,颈椎疼,胃疼,心也疼,这折磨着她,让她愈发觉得活着很痛苦,很没意思。可她又怕死,怕自己变成一具尸体,然后又变成一摊灰烬。张久已经变成了灰,她想不出两堆灰可以用什么方式交流和生活,所以尽管她信起了佛,逼着自己相信有那么一个极乐世界可以收留他们的灵魂,或者有种神秘的方式可以让他们轮回转世再来人间续写前缘,但隐隐的绝望感仍旧蚕食着她,觉得再也不会与张久有重逢的那一天。

梅林把张久的遗像从衣柜里捧出来,贴在脸上,将两颊上的泪水蹭给张久,问他:“哎,是咸的吗?”

张久微微含笑,梅林也对他不好意思地笑笑。然后她搬了把椅子,站上去把张久的遗像挂到墙上。梅林自己也记不得这是第几次了,她反反复复地折腾张久的遗像,隔几天把它摘下来锁进箱子,或者塞到衣柜里,然后又拿出来再挂上,有时候用块布把它遮起来,有时候把照片从里面拆下来想烧掉,有时候又放在床上，就摆在张久睡觉的那一边。梅林拿张久没办法，其实是拿自己没办法，她不得不时常在心里求菩萨保佑，却不知该让菩萨保佑自己什么，长命百岁还是赶紧死掉，忘掉过去还是永葆记忆的鲜活，她不知道。茫然充满她的身心，她觉得自己像是一个迷路的游魂，满目皆坟，不知归处。

2

　　家里没有一点儿可以吃的东西了，哪怕可以做出一碗白粥或者面汤，梅林也不会出门。她已经对外面的世界没有丝毫兴味。

　　睡衣缓缓地从一具颓唐又虚弱的身体上剥离，摊在地上。梅林打了个寒战，抱着自己，想重新躺到床上去，彻彻底底地躺下。她为自己的想法哭起来。梅林赤裸着坐在床边，看着敞开的衣柜，里面她的衣服和张久的衣服互相抱着，耳鬓厮磨。泪渐渐止住了，梅林站起来，很果断地从衣挂上摘下一件衬衫，又摘下一件外套，放在身上比比，又扯出一条裤子。关上柜门，她对着镜子把一身衣服穿上。穿上后仍旧对着镜子看，看了好一会儿，终于决定出门去。

　　衣服有点儿大，初春的风从领口袖口和下摆一起往里灌，梅林倒让湿凉的风吹得精神了许多。她叫了辆出租车，去远一些的沃尔玛，她不想在附近的农贸市场见到那些熟悉的面孔。透过车窗看这城市，梅林生出年轻时坐在电影院第一排看电影时常有的那种恍然感，不知自己是真是幻。

　　在超市里，梅林挑了满满一购物车的东西，正走向收款处，手机响了。她翻出手机，上面显示"愿"。接通电话，"愿"语气很着急，问她在哪儿。

"我能在哪儿，我在超市。"

"我往家里打电话没人接，我还以为……"

梅林不等他说完，很不耐烦地打断他："以为什么啊你，以为我死了？我死不了，你别盼着了。你有事没事，没事我挂电话了。"

"妈，我哪儿惹你不高兴了？"张愿假装委屈。

梅林也觉得自己有点儿过分，可她不想道歉，就没有回答。

张愿接着哄她，故意很多事地问："妈，你逛哪个超市？"

"沃尔玛。"

"哎呀，我也刚从沃尔玛出来。咱俩在地球的两边，却正好在一个时候都在逛沃尔玛，你说巧不巧？"

"哼。"梅林敷衍地回应了一下，她并不相信儿子的话，觉得他把自己当五岁的小孩儿来哄骗。

"妈，你都买了什么东西？"

"买什么东西，一大车东西，我挨着样儿地告诉你？"

"那就告诉我呗，我想知道嘛。"张愿开始撒娇。

"你烦不烦啊？闲着没事干了？"梅林这么说着，手上却不自觉地开始翻看购物车里的东西，并且紧接着就说给儿子听了。

梅林一样一样念着包装上的名字，突然生出些亲切感和幸福感。儿子却惊呼着打断她："妈，你买这么多甜食干什么，你不是从不吃甜食的吗？"

梅林愣住了，她扔下手里的一盒曲奇饼干，突然出了一身的虚汗。她发现原来她买的都是张久爱吃的东西。她因被儿子揭穿而觉得气愤，生硬地回答他："我现在爱吃了，能怎么样！"

"那能怎么样，你爱吃啥就买啥呗。妈你接着说，还买了啥？"张愿没话找话。父亲死后，他跟母亲的通话变得多起来，虽然都是些无用的家常话，但他想让母亲知道她的生活还得继续下去。

但梅林这时已经彻底没了耐性，她告诉儿子就这些了，便用力地合上手机翻盖。

耳边没了儿子的声音，梅林突然觉得像深夜里做了噩梦从床上跌落下去一样恐惧。超市里熙熙攘攘，人流涌动，却没有一个是她的亲人。他们像鬼影一样萦绕在她周围，让她觉得周身瞬间裹上一股阴森的风，她眼前发黑，身体哆嗦着倒了下去，在超市冰冷发亮的白色瓷砖地面上，弓着身子，活像旁边冷气箱里一条气数已尽的大虾。

3

梅林在医院里醒过来，她想起自己在超市里昏倒，很迫切地想知道是谁救了她。

护士说："阿姨，世上还是好人多，是一对小夫妻用自家的车把您送过来的。我们一开始不知道实情，还把他们给教训了一顿。"

"为什么？"梅林听到这讯息，觉得没来由地失望，但她还是很配合地追问道。

"老年人昏倒原因很复杂，不能随便移动，如果是心肌梗死或者是脑溢血的话，不当的移动甚至会引起生命危险。我们以为他们是您的家人，就把人家给训斥了几句，告诉他们这种情况千万不能随便把老人动来动去的，应该马上打120叫救护车。他们也没生气，还一个劲儿地道歉。"

"后来呢？"梅林问。

"后来轮到我们道歉了。"小护士说完，很明媚地哈哈笑了起来。

有什么好笑吗？梅林生气地想。我真的成了老年人了？脑溢血，她竟然还提到脑溢血！梅林怕听这三个字，张久就是被它带走的。梅林闭起眼睛，手指在被子下面狠狠揪扯着床单。

小护士赶紧又说："阿姨，您别害怕，您没什么大事儿，昏倒主要原因是贫血，血糖也太低，有点儿心肌劳损，这个年龄都这样，您打几天针就可以出院了。"

梅林逼着自己点点头。

小护士接着告诉她，他们在她的衣服口袋里发现了一个名片夹，里面的一沓名片都是张久的，打了名片上的手机，没打通，就打了上面单位的电话，很快就有人赶过来了。

"人呢？"梅林猛地睁开眼睛，挺起上身大喊道。

"谁？"小护士被吓了一跳，"您说的是谁……"

梅林冷静了下来，她知道自己的想法很荒唐，她竟然期望着，那个接到电话赶过来的人会是张久。现在她已经彻底清醒过来了，现实随着身体上的那种飘忽感的消失再次清晰地砸向她。她听到自己心里咚的一声，她努力对小护士咧着嘴角，做出一个笑的表情，说："我问的是救我的小夫妻，我得谢谢他们。"

"噢，阿姨，他们早走了。"小护士咯咯地笑起来，"那男的抱您上车的时候蹭破了手，把他老婆心疼的啊，都快哭了，我们给他包扎好了，他老婆还捧着一个劲儿地吹。您说，那吹得着吗？就是吹着了，那是吹能吹得好的吗？"小护士突然笑得有点儿接不上气儿，她一边收血压计，一边从笑里又汩汩地冒出声音："那男的也听话，就由她捧着吹，我看他那只包着绷带的手呀，活像个烫馒头，一个举着，一个吹凉了想吃！"她手倒没闲着，帮梅林将衣袖抻下来，把自己的笑也抻得熨帖了，像一个喜剧大师突然变成韩剧主角，满脸是甜地加上一句："哎呀，真是恩爱。"

哼，恩爱！梅林想，幸亏自己昏迷不醒。她现在实在没办法待见别人的恩爱。梅林看到那小护士贴近的脸蛋上泛着粉润的光泽，眼仁黑是黑，白是白，目光清清亮亮地闪着憧憬。她在羡慕人家的婚姻，她还没结婚吧，可能还没有谈恋爱。梅林想劝她去做个尼姑，别去爱，也别去结什么婚。梅林想，如果让她有机会重新活一次，她就会出家做个尼姑，从小尼姑变成了老尼姑，也不害怕皱纹不担心掉头发，不痛，不苦，不用为了一个男人从年轻哭到他死去，每天端庄地敲出空灵的木鱼声，嘴里说的心里想的全是人类难以企及的美与崇高，多好。

小护士接着给梅林做心电图，量体温，手上忙活嘴也不停，亲切得让梅林心惊肉跳。每次上医院都看不到一张笑脸儿，护士个个见了阶级敌人似的严肃，今天偏偏碰上这么个小活宝，这世界到底是怎么了。梅林盯着这个爱笑的小护士，心里说，求求你，别对我笑了。小护士越发热情，仿佛非要把她逗笑了不可。梅林不由得脚趾痉挛，心里发狠，想把她脸上的笑摘下来放到脚板底下狠狠地踩上几下。

门半敞着，有人轻轻敲了两声，声音还没落，梅林就看到有四个人拥在了门口。他们手里大包小包地拎了一堆东西。梅林看了看站在前面的那两个人，紧绷的身体放松下来，嘴唇动了动，话没有说出来，泪却顺畅地流下来了。

李墨成和何峰一起奔向床边，手里的东西匆忙安置在床头柜和椅子上，接着闲出来的两双手就挤在一起够向梅林的手。梅林却把手从床沿上抬起来，像要打人那样狠狠挥向空中。

李墨成和何峰只好垂下胳膊呆立，看着梅林"请勿打扰"地哭，敞开式地哭。她倚在床头，脸半仰向空中，目光朝着对面那堵白墙的上半截，哭声从她胸腔里直接喷发，没遮没挡。

小护士的笑从脸上塌下去，她慌张地推着仪器车退了出去，紧紧关上了房门。

李墨成轻轻走到窗边，窗外一片灰绿色，是枯枝上刚刚长了点点的苞芽。何峰在床边上坐下，低着头一直在擦眼镜。两个跟他们一起来的年轻人就一动不动地戳在门两旁。

梅林狠狠地哭了一阵。已经很久没有人看着她哭，已经很久没有人关注她的悲伤，葬礼一过，人们的泪水马上就干了，连儿子也一个月不到就回了美国。有人在旁边，哭里便有种交流，有种表达，那样的哭，对哭的人来说才更有尊严。梅林一个人哭了无数次，那种哭越来越气若游丝，单薄可怜。这次她抓住机会，好好地哭了一回。四个忠实的陪伴者给了梅林面对自己的勇气，至少在此刻，他们是在意她的，是关心她的，她还没有被整个世界抛弃。

把刚刚被小护士逼迫出来的委屈都哭掉了，把对自己晕倒的可怜和心疼哭出去了，把这几天又积下的那些对张久的怨和想也挥发掉了，差不多了，梅林知足了，有的痛就算把自己哭死也哭不没，梅林不是一个恣意的人，她几乎是一瞬间就收住了自己的泪水。

泪不流了，可哭得太猛，梅林抽噎着停不下来。李墨成走过来在床头坐下，轻轻揽住梅林的肩膀，轻轻拍，轻轻说："好了，好了……"可尾音还飘着没着落，突然人就愣住了——他发现梅林穿的衣服不对劲儿，又肥又大，是男式的夹克，仔细看看，李墨成认出，确实是张久的衣服。他的手被咬到一样离开梅林的身体。

梅林没有察觉，如果这时候她朝李墨成看过去，会发现他那双也哭得通红的眼睛里正沸上一层惊恐，联想起他突然从自己肩上抖开的手臂，梅林会认为是自己的憔悴和孤独，是自己色衰新寡的境况吓到了这个幸福美满的男人，那么她膨胀虚空的自尊便会被那惊恐烫伤、炸破，她便会退却、躲避，重新龟缩进自怜独泣的堡垒，直到末日降临。可是她没有察觉，她正在被另一张面孔吸引，这导致事情向另一个相反的方向滑去。那张脸上展现的悲伤超乎梅林的想象。四目相对，一直站在门口的女孩儿扭过脸，甩过一头黑发，拉开门跑了出去。

走廊里高跟鞋清脆的踏地声阻止了一切追问，门内的四个人都沉默着，也没人动一下，仿佛那女孩儿只是个陌生人，她走错了房间，现在突然得到了启示，在朝着正确的方向疾奔。

梅林彻底停止了抽泣，她现在异常地镇静，天生的高傲和凌利重新在她身上迅速积聚。李墨成和何峰熟悉这种气质，他们放松下来。何峰去拆他们刚买回的一堆营养品的包装。塑料袋和纸盒哗啦啦响，显得有些热闹。

梅林在这热闹里说："记远，你帮我告诉晓闻，等出院了，我请她到家里吃个饭。张久带的博士生都吃过我做的菜，只有她连家门还没进过，你跟她说，师母给她补上。"

叫记远的男生正往杯子里倒开水，手一抖，水流荡到了杯子外，又荡回来，倒满了，他答道："算了，师母，您身体……"

梅林接过杯子，"我身体好着呢！"

记远忙说："是是是，您好好养几天，出院我和晓闻去家里看您，吃您做的菜。"

梅林喝下一口水，靠在床头上慢慢说："你又不是没吃过，我就不请你了。"

李墨成和何峰飞快对视了一下又一起看向记远。

记远看到两个人的目光只有跟他一样的无可奈何，只好尴尬地对梅林回道："那好，我跟晓闻说。"

梅林把三个人的小动作都看在眼里，心里说："你们都小看了我。"

就在这时候，那个决定已经悄悄向梅林驶来。梅林还没望见它的身影，但已分明感到了它裹挟的咸风。自张久走以后，她第一次感到了些许的安定。

4

躺在医院里，身体得到调养，饮食起居也有了规律，梅林慢慢觉得自己从深处滋长出了一些力气。一些因张久的离开而一度疏远的人来看望她，她为了张久而一直对他们以礼相待，可以前从未发现他们的可爱，如今，她却觉得这些人都像自己的亲戚，打从血脉里蔓生出熟稔。她从他们身上看到了张久没呈现在她面前的另一种生活，她觉得张久藏在他们身上，藏在他们的牙缝里，藏在他们脸皮的褶皱里，藏在他们的手心里，藏在他们的腰后面，藏在他们的裤脚里……她恨不得与他们日夜相伴。

但他们只是一闪而过，让梅林更加怅惘。

张愿得知梅林住院，每天打好几个电话给她。张久死后，梅林对儿子生出些难以解释的怨气，她想他，又害怕见到这个酷似张久的小男人。他和他父亲太像了，一样冷静得近乎冷漠，又一样随性得让人难以把握，他们都用自己的道理生活，并有力量让你不由自主地屈从。张愿跟父亲像老友一样无话不谈，对梅林却是一副毫不计较的态度，梅林并不满意，她感到的更多是儿子对她的心理上的疏离。近也怕，远也怕，分也怕，聚也怕，梅林索性不去要求，她无奈地想，也许她终将孤独地死去。余生，她看不到余生的面目，悲哀的不是孤独的死，每个人都是自己死去的，即使他临终前众人围绕，但那一刻也是他一个人去经历的，悲哀的是孤独的余生。

梅林现在最依赖的人就是李墨成和何峰。这两个人是张久生前最好的朋友，他们因为在大学时同时追求过梅林而不打不相识，竟成了至交。张久死后，梅林满心孤寂，却拒绝见任何人，李墨成和何峰去家里看过她几次，她都没有开门。突然见到他们，梅林才发现自己从对昔日的回忆里得到的安慰比得到的痛苦多，她希望李墨成和何峰对她像对张久那样形影不离，那样她会觉得生活至少还有一角没有改变。他们不来的时候，她就给他们打电话。一般情况下，两个人都结伴来，就算她只给其中一个打电话，两个人也会一同出现。这让梅林很高兴，她喜欢这样，她并不知道，李墨成和何峰都怕单独跟她在一起。梅林一直对他们保持着的矜持不见了，她对他们的热情越来越青葱和茂盛，这让两个家庭完整的男人感到了一些不自在。他们并不理解梅林对他们的需要是多么深沉。

张久喜欢打麻将，他身上有很强烈的赌性，这种性情让女人缺少安全感。还好，他只是一个大学教授——梅林想，大学教授的职业让张久的赌性顶多用来突发奇想去搞一项没人敢碰的课题，或者带一个成绩不好却埋藏着潜质的学生，这反倒让张久很快取得了学术上的成就。除此之外，张久的赌性多半都在麻将桌上发泄。梅林不阻止他，但也实在不喜欢这项活动，张久的一干牌友偶尔到家里来玩儿，梅林都是泡好茶水就躲进卧室里，从不观战。现在的梅林却突然强烈地想念起麻将机呼隆呼隆的声音，她对来接她出院的李墨成和何峰说："回家陪我一会儿，教我打打麻将。"

两人面面相觑。李墨成说："病刚好，学什么打麻将啊。"

何峰接着说："你不是最烦人家打麻将吗？"

李墨成又跟着说:"三个人没法儿打。"

何峰刚要附和,看到梅林的眼珠黑漆漆地盯过来,从李墨成看到何峰,又从何峰看到李墨成。

麻将机又从储藏室里搬出来,梅林执意把它摆在客厅的正中央。毕竟也多少受过张久的熏陶,三个人坐在那里敞开牌面玩儿了几把,梅林很快就摸着了门路,她得意地抬起头看看正对面张久的遗像。这个眼波被李墨成捕到,他突然觉得左肩膀似掠过一阵冷风,他转头看看张久的遗像,心里说:"老张啊,梅林这是把我们叫来陪你打麻将啊。"

学会了打麻将,梅林想起了张久以前的那些牌友,她急切地想见到他们,想进入张久从前的生活。梅林恢复了张久的手机号码,用他的手机给他们打电话。

梅林说:"我是张久的爱人。"

她听到几乎每个接到电话的人这时都会在电话那边长舒一口气。梅林知道,他们看到号码,肯定受到了些惊吓,以为张久死而复生。她想,我就是要让张久死而复生。

她要求加入他们的牌局,没有人好意思拒绝,他们都显得过分热情地欢迎了她。于是,梅林代替张久坐在了他久违的麻将桌前。

很快就没人敢再让着她了,他们甚至要比跟张久打牌更加费心思。没退休时,梅林几乎是全市最优秀的高中数学老师,144颗麻将牌被她用心一折腾,简直是风生水起。梅林已经从一个优秀的数学老师变成了一个优秀的麻将家,她的加入让牌局本身更具挑战性和趣味性了。

但是没过多久，大家又都不约而同地开始回避她。他们开始推脱，对她撒谎，说家里有事情，说有饭局，说出差在外，说身体不舒服……梅林并没有察觉真相，她正在投入地进行尝试，因为她猜测那个她寻找的决定也许就是全身心地投入由麻将主导的新生活。没有人看得到她心里的纠缠，他们只看到她理了和张久一样的分头，像张久习惯的那样，用拇指当啷一声弹开 ZIPPO 打火机的翻盖来点烟，一开始，她吸烟吸得还生涩，可是只几天，他们就发现，她已经像张久那样把烟雾深深吸到肺里，等打出一张牌来，才带着舒服的表情慢慢呼出。他们甚至会叫错她的名字，每当有人喊她"张久"的时候，她都像听到自己名字一样答应，而他们背上的冷汗却要悄悄消上半天。他们渐渐狠下心不再理她，背着她偷偷组成没有梅林和张久的牌局，玩得心舒气顺，不必再面对一个越来越像张久的女人而别扭和心惊。

而梅林又还原成一个心怀孤冷的寡妇，开始整夜失眠，固执地守在电视机前，凌晨时昏昏睡去，第二天中午才起来吃饭。

在周遭世界再次远离的惆怅里，梅林终于看到，那个一直在寻找的决定像怪物一样呼隆隆走近了。它庞大而凶猛，梅林对它无法抗拒，把自己赤裸裸地交了出去。

5

活着的人彼此理解是多么难，张久说过，在这个世界上从来就没有发生过真正的理解，人类是从误解中走到今天，人与人的关系都是建立在误解之上的。那时,他刚刚吃光了碗里的饭。放下筷子,盯着那只空了的碗,他就说了这么一句话。这句话跟晚饭当然没有关系,跟在吃晚饭的过程中他跟梅林的简短交流也没有丝毫联系。梅林已经习惯了他的一切,包括他这些突如其来、似是而非的道理。梅林挑起一边嘴角,浅浅笑了一下,作为对张久的回应。

"在你笑,并且我看到了你在笑的时候,我们对双方的误解已经同时发生了。"张久轻轻摇了摇头,将上半身慵懒地靠在椅背上。

梅林咽下一口饭,瞪他一眼,"那在我看到你摇头的时候,是不是我们的误解就又加深了?"梅林不等回答,接着逼问,"你摇头,是你觉得我误解了你,你认为我笑是因为我肤浅,我理解不了你的话,是不是?"

张久刚要说话,梅林打断他:"你肯定会说不是,因为你要证明越交流越误会。"

"不是误会,是误解。误解不是贬义,误在这里也不是错误,误是一种偏移,一种专注于自我的认知。你看误字的构成,有言在先,口大于天。我们的祖先多智慧啊,他们早就认识到言说即会'误',且这'误'立刻根深蒂固,甚至高于真实,高于真理。"张久慢条斯理地说。手指轻轻敲着桌面。

梅林很看不得他这副样子,她举起筷子指着张久,"你能不能不总是这么自以为是,你以为你看透世界上的每一件事,你以为你知道别人想的是什么,其实你并不知道。我笑是因为我想起张愿说过同样的话,他跟同学打架,我批评了他几句,他就说出这么句话来，原来又是你教的。"

张久又摇了摇头，"不可说，不可说。"

"怎么我一说话就'不可说'，只有你'可说'？"

张久直起身体，认真地回答："误解在解释后加深。"

"为什么？"梅林一边收拾碗筷，一边带着些嗤笑地问。

"因为要叠加上对自我的误解，以及对解释的二次误读。所以通常，两个人想通过争执来取得对方认同是不可能的，争执的结果只能是双方越来越远。"

梅林说："鬼才要跟你争执。"

张久"当"地弹开打火机，点燃一根烟，深深吸进去，在胸腔里憋了一会儿，才惬意地吐出来。"今天的菜有点儿淡。"他慢悠悠地说。

梅林很想问问张久，今天的菜淡不淡，合不合口味，但她还是决定先亲口尝一下。她夹起一筷菜放进嘴里，细细地嚼，嚼得菜汁要溢出嘴角也没有咽下去。她尝不出咸淡，她记得自己放了很多的盐，不知道为什么还是没有味道。梅林气愤地站起来，到厨房里舀了满满一小勺盐撒到菜里拌匀，又夹起一口塞进嘴里，这回她很满意地点了点头，替张久说："嗯，现在咸淡刚刚好。"她自己没察觉，自从张久死后，她的口味越来越重。

梅林咽下嘴里的菜，放下筷子，看着对面的空椅子，那上面什么也没有。她学着张久的语气对着空椅子说："你永远不知道'无'。"

她仿佛看到对面张久疑惑的眼神，她像张久那样摇了摇头，很惋惜地说："你以为你什么都知道，可是你不知道'无'，你永远都不可能知道'无'。"

没有张久的声音，梅林知道他认同了。她靠在椅背上，"当"地弹开打火机，点燃一根烟，深深吸进去，在胸腔里憋了一会儿，才惬意地吐出来。

她和张久在接下来的沉默中达成了一致，达成了相互理解。梅林感到她和张久此刻默契得如同一人，这种默契让梅林心生感动，她站起身走到穿衣镜前，对着镜子嗫着烟，看到张久的面目在镜子里清晰地浮现。

等张久在镜子里抽完了一根烟，梅林走到桌边拿起张久的手机，想给记远打电话。想了想，却又在电话簿里翻找起来，果然找到了晓闻的号码。像是怕自己不够坚定，梅林狠狠地摁住拨出键，因为太过用力，手抖了起来。她把手机换到左手贴在耳边，右手在空中甩了甩。她一边盯着开始变冷静的右手，一边倾听着手机中的声音，没有彩铃，只有单调的"嘟——嘟——"声，像一只扯着嗓子的老钟，梅林觉得自己的心声在跟着那铃声共振。

"喂！"电话通了，那边传来的声音带着焦急和兴奋的颤音，梅林举在半空的右手一把拍向左胸，她在心里对晓闻说："傻丫头，难道张久还会再给你打电话？"她想起自己在医院里醒来时那缥缈的期待，突然对晓闻产生了真挚的怜惜。

"是晓闻吗？"梅林尽量让自己显得平静而优雅，她明知故问。

电话里静了半响，轻轻地飘出一句应答："是我。"轻得气若游丝，是被瞬间抽去希望的虚脱感。接着是怯生生的轻唤：

"师母。"

梅林知道晓闻害怕自己，可她打这个电话不是要让晓闻害怕，她担心自己的声音不够温柔，清了清嗓子，才小心翼翼地，慢生生地说："师母想请你到家里来吃个饭。"

6

梅林正跪在地上擦地板，家里的座机响了，她撑着膝盖很费力地站起来去接。是李墨成。

"怎么不打手机？"梅林嗔怪道。张久的手机就在她口袋里放着，不用站起来就可以接。

"你的手机关机。"李墨成说。

"打张久的手机啊。"

"梅林，别闹了。"李墨成叹口气，"别再折磨自己了。"

梅林刚想辩解，想起了张久说过的话，"不可说，不可说。"于是她在沙发上坐舒服，静静等着李墨成的下文。

李墨成等了一会儿，不见回音，以为电话断掉了，高声喊着："喂！喂！"

梅林被震了一下，觉得李墨成的着急很滑稽，她把听筒移开一些，说："我在呐。"

李墨成尴尬地"噢"了一声，过了一会儿，调整了声调，问："你要请晓闻去吃饭？"

"是啊，怎么了？我正在收拾屋子呢，要没什么急事我们以后再说吧。"

"张久已经不在了。"李墨成又急起来。

"这不用你说。"梅林不爱听这句话，她有些生气。

李墨成试探地轻声问："你都知道了？"

梅林冷冷地问："知道什么？"

"看来是知道了。"李墨成嘟囔着，更像是自言自语。

梅林还是接了一句："知道了又怎么样？"

"张久不在了，晓闻已经转到我门下，是我的学生了，事情都过去了，你就别再……别再为难她了。"他怕伤到梅林，马上又接着说："也别再为难自己了。"

梅林架起二郎腿，悠闲地拍着一只膝头，她的口气有点儿语重心长，"墨成啊，结果和成因之间从来就不是连线题那么简单啊。"

李墨成吓得啪地扔掉了电话，他在听筒里听到的明明就是张久的声音。他没有看到，其实梅林在电话另一边拍着膝盖无奈地摇头的样子，也跟张久如出一辙。

梅林放好话筒，盯着它等了一会儿，可它没有再响。她看了看墙上的挂钟，觉得时间差不多了，正要到厨房去准备，突然又愣住了。她搬过一只椅子，去摘挂钟旁边张久的遗像。张久在墙上待久了，好像已经习惯了，不愿意下来，一颗钉子勾住遗像背面的凹槽，梅林折腾得满头是汗才将张久请下来。她敲着张久的额头，对他不满地说："干什么这么执拗？你不相信我？"

遗像被重新放进衣柜里，墙上留下两颗钉头，像两只瞳仁。梅林翻出钳子，又登上椅子，全力去拔钉子，可钉子钉得太深，几乎纹丝不动。梅林凝视着那一对瞳仁，拿它们没办法，索性先不去管它们了。她身姿轻盈地跳下椅子去做菜。每一道菜都精工细做，仿佛是为了炫耀手艺，也似乎是因为满怀爱意。

等把菜都端上桌，梅林看看挂钟，已经到了跟晓闻约定的时间。她摘下围裙，刚想放回厨房去，再次看到了那两颗钉头。她揉搓着手里的围裙，有些焦急，门铃响了起来，梅林突然有了主意，高高举着围裙向上一抛，刚好钩在了一颗钉子上。

7

晓闻没有跟她问好，只笑了笑便进了门，笑得很歉意，但也很亲切。梅林也不想说客套话，她只是说："菜做好了，我们吃吧。"像对一个下班回家的亲人。

她们没想到会这样见面，但世界上想不到的事情每时每刻都在发生，她们都坦然地接受了这样的发生。悲伤过后，人们往往变得更加顺从天意。

晓闻脱下风衣，梅林接过来，到客厅的墙边向上举着，没够着，去挪旁边的椅子。晓闻走过来，看到那颗钉子，接过风衣，说："我来吧。"

她比梅林高，伸直胳膊挂上了风衣。一条围裙，一件风衣，高高挂在客厅的墙壁上，遮住了两只瞳仁。梅林觉得很好笑，她便笑着问："你知道那两颗钉子是干什么的吗？"

晓闻本来疑惑着，听梅林一问，便马上想到了。她慌忙去扯自己的风衣，被梅林拉住了手臂。"就是挂衣服的。"梅林说着，将晓闻扯到餐桌旁，按到椅子上坐好，又在她肩膀上轻轻拍了拍。

餐桌是长方形的，但梅林没有坐到对面去，她拉过椅子，隔着一只桌角坐在晓闻旁边。"你要多吃鱼。"梅林挑破鱼背，将最厚的一块肉夹到晓闻碗里。

晓闻惊魂未定，慌慌地抓起筷子，却没抓稳，一只掉下来，咣啷啷磕在碗边，桌沿，又跳到地上去。晓闻赶紧弯腰去捡，被梅林挡住了，"我来我来，你小心孩子。"

晓闻本来还在争，这句话让她定在那儿了。梅林捡起筷子，却举着笑了，"瞧我们俩，捡它干什么呢，反正要换一只新的。"她假装没有看到晓闻的表情，到厨房里拿了干净的筷子塞到晓闻手里。晓闻受了摆布一般接过筷子，往嘴里塞了一大口鱼肉，重重地嚼着。

梅林看着她，伸出一只手，将她垂下的一绺头发掖回到耳后。然后梅林注意到她的耳朵一下子变得粉红，嫩得透亮的耳垂像一朵桃花的花瓣。梅林顺势便捏住那朵花瓣，轻轻地碾动着。

晓闻惊愕地怔住，一动不动，任梅林的手又轻轻抚过自己的脸颊。

梅林感受着万般滋味在心里交替，心疼，怜爱，失落，迷茫……她发现这女孩子很像年轻时候的自己，眉眼、脸型都让她想起结婚照上那个清丽的梅林，连那沉默的倔强也一模一样。她把手放回桌上，轻轻敲打着。两个人都不说话，只有手指轻敲桌面的声音。手指停下来，梅林替张久做了决定，她说："生下来吧，我会照顾你们。"

晓闻轻叹了一口气，沧桑的叹息声跟她的年龄不太相称，听着让人心酸。梅林再次说："生下来吧。"

"你怎么知道的？"晓闻问。她的眼睛空洞地看向桌上的菜。

"不是你写信告诉我的吗？"梅林也看着桌面。

"可是我没有写名字啊。"晓闻抬起头看着梅林。

梅林迎接着她的目光，温柔地说："是的，那是封匿名信，可是每句话都含着真情和企求，一看就是主人公写的。我给张久看过，他说，是晓闻的字迹。"

"张久……"晓闻低下头来，"噢，不，老师看过了？"

"是的，看过了，他当时还说，'文笔不错'，把我气得半死。"梅林笑了起来。

晓闻也笑了，她不再那么紧张。"可他从来没有告诉我。"她说。

梅林说："他就是那么一个人。他觉得你那样做了，肯定有你的理由，别人无法理解，所以没有资格干涉。"

"可这不是我一个人的事情啊。"晓闻激动起来。

梅林拍拍她的手背，想了想说："他不一定是对的……但是，我还是理解他……也理解你。"

晓闻终于哭了出来，可泪刚流出眼眶，就被她抹去。她不停地擦，泪也不停地流。梅林看着她，觉得是自己在哭，她捂着心脏，压着里面滚烫的痛。夕阳的余晖挨个抚摸过楼房的窗口，不论是欢乐的，还是悲伤的，是喧闹的，还是静默的，它都平等对待，一视同仁。

晓闻不再哭了，她脸上没有泪痕，她的泪水都在手里攥着。梅林握住她的手，握住一团凉凉的濡湿。太阳很快落下去了，屋子里的一切都像罩上了浅灰的薄纱。两个近在咫尺的人已经看不清彼此的眼神，梅林望着晓闻脸庞的轮廓，莫名感觉晓闻也朝向自己的脸上充满着爱和信赖。她摩挲着晓闻的手，手上升起的温度很快把泪水蒸干了。她把自己的两只手分开，分别托住晓闻的手，庄严地问："晓闻，你爱我吗？"

晓闻听到张久的声音在昏暗的屋子里隆隆地回荡，他在问："晓闻，你爱我吗？"他从来没有这样问过，晓闻一直期待着他向自己提问，所以她毫不犹豫地回答："爱！"接着她感到自己被张久紧紧地拥抱起来，他衣服的味道让她心安。

"我也爱你。"梅林轻轻拍打着晓闻的背。

晓闻恍然回过神来，她猛地推开梅林，叫道："师母！"

梅林站起身。"你的老师不在了，师母这个称呼失掉依托，也没有什么意义，以后，你就叫我老师吧。"她以男人样沉稳的步伐走到墙边，话音刚落，她打开了灯。

晓闻于是看到她的老师站在灯光下，穿着她熟悉的格子衬衫，面容从容而睿智，目光充满怜爱地望着她。她惊叫一声，把一只碗拨到了地上，跌跌撞撞地奔向门口。

"晓闻，你吃完再走。"梅林过来揽住她，被一把甩开。

晓闻胡乱拨弄着门锁，没有打开，便疯一样晃动着大门。梅林看着她，想到张久此刻一定会无奈地摇摇头，于是她便也摇了摇头，上前打开了门锁。

晓闻打掉梅林欲扶她的手，飞快地跑下楼梯。梅林焦急地将身子扑到楼梯的栏杆上，朝晓闻噔噔如鼓的脚步声大喊："慢一点儿，小心孩子……"

没有回应。梅林听到楼门砰的一声关上，忙又跑到窗边看。晓闻的身影在路灯底下显得单薄无助，梅林想起她的风衣，她转过身，看到风衣和围裙之间空荡的墙面，突然觉得张久在她身体里消失了。她跌坐在地上，泪水扑簌而下。

8

梅林被电话铃声吵醒，她下意识地拿起枕边张久的手机，没有来电。又侧耳听了一会儿，她才反应过来是座机。等铃声断了，她才从床上坐起来，觉得头昏沉沉的。昨晚晓闻走后，她一个人吸光了一包烟，喝掉了张久喝剩的半瓶白酒。电话再次响起来，不依不饶，梅林只好走进客厅去接起来。

"妈——！"张愿在电话里大声叫她。

她皱着眉头说："喊什么喊，震死我了。"

"你怎么不接电话？"张愿的声音小了些。

"我在睡觉。"梅林抬眼看了看墙上的钟，已经中午了，她想起美国的时差，对儿子说："这么晚了，你怎么还不睡觉！"

张愿说："我哪睡得着，从九点多就开始给你打电话，座机不接，手机关机，担心死我了。"

梅林没想到自己睡得那么沉，但她不想让张愿知道她喝醉了酒，她转移了重点，故作生气地说："假仁假义，担心我就回来天天陪着我啊。"

张愿笑了，仿佛面对一个不懂事的小孩儿，"我不是要上学吗？等放暑假了，我和苏珊一起回去看你。"

"苏珊？苏珊是谁？"

"苏珊是我女朋友啊。"张愿以为这个消息会让梅林高兴。

可梅林没有一丝高兴的意思，她追问道："是美国人？"

"对，是美国人。"

"不行！我不同意！"梅林对着话筒吼道。

"为什么？"

为什么呢？梅林被问得哑住了，她理了理自己的思绪，发现她是无法容忍张愿的儿子，张久的孙子，长着一张被美国血统遮住的脸。那样再下一代，下下一代就会很快完全失去张久的容貌，张久就会在这个世界上了无踪影。但这样的理由实在既拿不出手，也站不住脚，梅林只好拿出做母亲的权威，"不为什么！反正不能找外国人！"

"外国人怎么了？"张愿觉得母亲无理取闹，他叹了口气。

"你爸不会同意你找个外国人！"梅林终于找到了抵挡。

"妈，我爸已经死了。就算是他活着，他也会同意的。"

梅林已经不在乎引出这句话的原因，单单是这句话本身就已让她心底发冷，她觉得张愿把她排除在了他们父子俩之外，不管那个叫张久的男人活着还是死了，不管那个叫张愿的小男在国外还是国内，她始终孤单一人。梅林嘴唇颤抖着质问："你说什么！"声音轻飘犹疑，仿佛不敢相信儿子刚才说了那样的话。

"你根本不懂爱情。"张愿没有听出母亲的异样。

梅林仿佛看到张愿在电话那一边像他父亲那样无奈地摇了摇头，她再也控制不住，对着话筒歇斯底里地大喊："你说我不懂爱情？你说我不懂爱情？"她觉得两个最亲的男人都欺负了她。一个有了外遇，却在紧要关头说死就死了，把那么大个难题留给她，一个不但无法理解她的痛楚，还在这时候像个饱经沧桑的人一样说她不懂爱情。

"妈，我不是那意思，我是说你不懂我们的爱情。"张愿被母亲吓到了，他试图挽回。

但已经晚了。

"可你什么时候又懂过我？"

梅林凄楚地说过这句话，便挂断电话，任铃声响个不停，也充耳不闻。她强烈地想念着她和张久最初的爱，现在她满腔的爱无从寄放，她感到心里既空又胀，她想哭一哭，可是泪也不见了，她便枯坐在一片阳光里，像一株得不到浇灌的植物。

直到阳光从她身上滑走，那个已庞大成怪物的决定才又现身了，仿佛它是惧怕光亮的。现在它招摇在梅林心头，给了她对抗世界的勇气。梅林出发了，几乎是欢快的。她带着晓闻遗忘在墙面上的风衣，融入街面上生机勃勃的人流。

她走进商场，买了一大堆补品，都是适合孕妇吃的。商场的营业员看到一个穿着宽大男装的人，以不乏洒脱和儒雅的成功男人的步伐踱进来，一只手插在裤袋里，一只手在货架前指点。她们还来不及以纯熟的八卦功夫打探补品是买给谁的，这人就已经一气呵成地完成了选购。她们一直望着这个奇怪的客人走得看不见了，才想起凑在一起讨论这个人到底是男是女。

梅林已对世俗的眼光毫无顾虑，她现在笃信张久的话，没有人会被别人真正理解。在晓闻住处的楼下，她回望自己走来的路，想起她曾跟踪张久到此的情景。她当时也是站在这儿，数着感应灯一层一层亮起，仰望两片合在一起的窗帘，想象着她至爱至亲的男人拥抱别人的身体。

那时她刚刚收到那封匿名信，她不想相信，所以她的那次跟踪原本只是为了证明那封信有多么可笑，但最终她发现可笑的是她自己。后来她向张久出示那封信，逼问他为什么要骗她，张久极为认真地纠正："我没有骗你，我从来没有说过没有这么一件事。"

"好吧。"梅林无力地说，"那你为什么不告诉我？"

"因为你从来没有问过我。"张久说。他严肃的神情表明他不是在狡辩，也不是在开玩笑，这就是他的思维，他的逻辑。

梅林听到张久这么说，真的笑了起来，她第一次发现悲伤跟发笑并不抵触。她确实感到痛寒彻骨，但也真的觉得十分好笑。

现在梅林把自己的躯体装在张久的衣服里送到这儿，好像是她和张久结伴而来。她快步走上楼去，仿若主人归家一样泰然地敲响房门。

9

晓闻站在门里，她在犹豫。倒不是犹豫让不让梅林进来，尽管发生了昨晚的事，但她对梅林仍保持着起码的尊敬和礼貌，她是在犹豫如何称呼。

"我来看看你。"梅林笑着说。

梅林的语气让晓闻放弃了选择，她只好叫她"哎"。"哎，进来吧。"她把梅林让进来，接着说，"哎，拖鞋在柜子里。"

梅林自行参观了每个房间，发现都是张久喜欢的陈设，这原本应该让她感到心痛，但是实际上她却很欣慰。她拉过晓闻一起坐在沙发上，打量她的脸色，关心地说："有点儿贫血，我买了大枣和阿胶，要常吃。"

"我知道了。"晓闻顺从地说。她羞赧地低下头抚摸自己的腹部。

梅林注意到她的小腹已经微微隆起，好像看到一个小张久在里面对着她笑，她欣喜地问："有三个多月了吧？"

晓闻想了想，答道："差不多。"

梅林像张久习惯的那样向后仰在沙发里，一只手放在身侧，轻拍着沙发说："真好。"

晓闻熟悉这动作，她略略欠身，离开梅林紧挨着她的身体，有些烦躁地反驳："有什么好！"

梅林很吃惊，她直起身子，扭头盯着晓闻，"怎么不好，你不是一直想把孩子生下来吗？"

"可是！"晓闻涨红了脸，还是说出来，"可是那时候，他还活着。"

"他死了，还有我啊，我会好好照顾你们。生下孩子，你接着上你的学，我帮你把孩子带大。"梅林真挚地说。

晓闻紧紧皱着眉，看向梅林的目光里流溢着复杂的忧愁，"你为什么要这样？"

这个问题把梅林问住了，她仔细地思考了一会儿，用那种沉缓，但却不容置疑的语气说："我既然这样决定了，肯定有这样决定的理由。只是我不知道罢了。"

晓闻再次看到张久坐在她身旁，她从沙发上弹起，一直退到了墙边，紧靠着。等她看清了梅林的脸，终于抑制不住地捂着脸啜泣起来。她爱张久，舍不得他们的孩子，可是没有了张久，一个越来越酷似张久的女人会给她带来什么呢！对未来的恐惧像一层密密麻麻的甲虫，她浑身战栗，向地上瘫坐下去。

梅林仿佛看到无助的自己，她从未如此感同身受。她奔过来，蹲在晓闻身边，以全身心的爱展开臂膀，想把这女孩儿紧紧抱在怀中。

可是晓闻狠狠将她推坐在地。"不要碰我！"晓闻颤声大喊。

梅林呆呆地坐在那儿，她让自己什么都不想，专心致志地发呆。晓闻的啜泣声也弱下来，她也什么都不再想。两个呆坐的女人此时并不比那套同样呆坐的张久的衣服更有思想，迷惘如蒸汽一样一团一团滚动着升起，笼罩着她们，几乎要把她们融化为迷惘本身。

何峰的电话把她们惊醒了。电话是打给张久的，不，是打给梅林的，不过是张久的手机。梅林不肯再用自己的手机，他们只好接受了在张久死后还要拨通他的电话的事实。

何峰的电话竟然是为了约梅林打麻将。梅林明白了，是李墨成把她昨天找过晓闻的事告诉了他。他们一定经过了精心的商议，才想到了这么一个办法，为了让她分心，让她"别再为难"晓闻，也"别再为难"自己。真可笑。梅林在电话里笑个不停，笑得何峰一声不吭，连大气也不敢喘。梅林笑够了，讥讽说："你们也想不出什么高级的点子。"

何峰尴尬地辩解："什么点子不点子，不过是打打麻将。"

梅林从地上站起来，一只手把晓闻扶起来，将她拉到沙发上坐好，告诉她不要再坐在地上，受凉了不好。

何峰听到电话里的声音，警惕地问："你在哪儿？"

"我能在哪儿，在家里！"梅林得意地说完，也不管何峰哇啦哇啦说了什么，就把手机直接塞进口袋。接着她开始忙碌起来，给晓闻煮上枣粥，然后炒好了菜。一切真的就像在自己家里一样。

晓闻已经清楚她无法阻止这个女人对她的关心，她平静地与梅林一起吃完了晚饭。

临走前，梅林再次对晓闻千叮万嘱，婆婆妈妈的样子倒完全像是一个妇人。这让晓闻略感轻松，她对梅林说："你让我再想想。"

10

梅林觉得自己又慢慢变得幸福起来。她感激那个决定，甚至觉得那是张久有意的安排。虽然她一直没有等到晓闻"再想想"的明确结果，但她固执地认为晓闻与自己心意相通。每天她都准时出现在晓闻家里，包揽了一切家务，精心得就像母亲照顾女儿，像丈夫照顾妻子。有一天她甚至在张久的钥匙包里找到了钥匙，哗啦啦地扭开门锁，用张久的语调说："我回来了"。

晓闻惊讶地看着她进门，在心里长叹一声："你到底是谁啊！"

梅林也不知道自己到底是谁，她贴在晓闻的肚子上说："叫爸爸。"虽然只听得到晓闻的肠音，但也高兴得哈哈大笑。

晓闻充满同情地望着梅林，那同情与对自己的同情一样巨大。

梅林抬起头来，看到晓闻的神情，说："我是替张久说的。"

晓闻没有说话，她觉得自己腹中不是美好的胎儿，而是一眼浓黑的浊泉，汩汩涌流，混入她的血液。

这样奔波了几天，梅林一天刚要出门，突然有了新的想法。她暗骂自己愚蠢，为什么不把晓闻接到家里来呢？说到底，这里才是她的家，才是张久的家，也才是晓闻的家，是他们共同的那个孩子的家嘛。梅林于是改变了计划，她给晓闻打电话，让她这几天自己照顾自己。

晓闻觉得有些突然，随口问道："那你呢？"

梅林把这当成是亲人间的关心，她感到很安慰，便愉快地告诉晓闻说："我要给你和孩子布置房间。"

晓闻像听到什么噩耗一样慌张地挂断电话。她的心从连日来的恍惚里被弹了出来，在空中翻腾了几圈，终于落了地。虽然摔得很疼，但总归是有了着落。晓闻下了决心，她要趁被黑泉吞没前拯救自己。

当想到这间空荡荡的大屋子即将迎进新的家人，梅林便兴奋得不知所措。她经常望着房间的每一次改变感慨和享受，这让她的进度有些缓慢。等一个温馨的房间完整地展现在她面前的时候，她看到的俨然是整个壮美的河山。她开始相信，自己的余生，竟是一个缔造者和统治者。

墙上的钉头也已取下，墙面粉刷一新，张久的遗像层层包裹放进了衣柜的最里面，她和张久还有张愿的照片也都收进了抽屉……

来吧，我亲爱的晓闻，来吧，我亲爱的小张久。

梅林是那样轻快地跑上了楼，她觉得自己的身体重新焕发了青春，她已不再在乎白发与皱纹，就像张久从不在乎一样，但她仍感念那种自内而外的力量，就像张久也一直需要这种力量一样。但是，等她打开房门的时候，她重新苍老了，那支撑着她的架子轰然垮塌了。她沉重地合上双眼，感觉到眼圈灼热，里面流出的不是泪，而是血。

晓闻走了，她留给梅林一个空空的屋子和一张字条。字条上写着："孩子我已经打掉了。别再找我！"

"她怎么可以这样对我！"在学校里，梅林得知晓闻已经退学，绝望地摇晃着李墨成，几乎是在咆哮。

李墨成怔着，任由她对自己捶打，他心里想的是曾经那个美丽的梅林，沉静里带着高傲，凌利中不乏善良，虽然后来她选择了张久，但他一直在心底爱着她。他的心再一次涌现张久死去时的悲痛，他发现梅林也正在死去。

何峰奔上前抱住梅林，试图让她在自己怀里安静下来。"梅林，晓闻该有她自己的生活。"他对挣扎着的梅林喊。

梅林不再动，她僵硬地矗立在两个男人忧伤的目光中。

"有谁想过我的生活？没有。"她自问自答，走出门去。

11

那天夜里，梅林做了一个梦。这个梦做得无比漫长，她在梦里看到张久远远向她走来,走得疲惫但也顽强,走了整整一夜,终于来到了她面前,紧紧将她抱住。那个时候,太阳刚好从地平线上钻出,张久瞬间融化在她的身体里……

她从梦中缓缓苏醒,伸出手去摸身旁的床,空落落的,只有她一人。

"梅林!"她唤道。嗓音沙哑。

她坐起来,清了清嗓子。"梅林!"她再次喊道。

她发现自己的声音仍旧粗粝低沉,但她并没有为此不安,就像她一直以来就是这样。让她不安的,是她发现梅林不见了。

她找遍了每个房间,也没有看到梅林;她不停呼唤梅林的名字,但没有人应答;她拨打梅林的手机,但一直关机。她突然发觉,自己已经很久没有看到过梅林,她为失去了梅林而产生了庞然的惊恐。

她从衣柜里拖出那只老樟木箱,急切地翻找着。

一道阳光照着被她搅起的细灰,那灰尘乱腾腾地在她头上飞舞,互相挤挤撞撞,像一场看不出名堂的哑剧的续集。

她找到了那个红纱巾包裹着的结婚证,颤抖着展开,又颤抖地合起。

她穿好衣服,将结婚证和身份证放进衬衫胸前的口袋,不放心地拍了拍,走出门去。

"我要打广告。"在报社里,她说。

"什么广告?"

"寻人启事。"

"有照片吗？"

"有。"她拿出了结婚证，指着上面的梅林说，"就是这个人。"

"您确定用这张照片？"

"确定。"

"您的姓名？"

"张久。"

"请出示一下身份证。"

她拿出张久的身份证。

工作人员看了看身份证，又看了看她，点点头，"请在这个登记簿上留下名字和电话。"

一个登记簿递过来。她在上面写上张久的名字和手机号。

"把您要刊登的内容写在下面。"

她认真想了想，写下一句话。

12

第二天，晚报上刊登了一则整版的寻人启事。一张黑白照片，明显是从别的照片上截下来的，那个年轻美丽的女人的头微微向一侧靠着，她甜蜜羞涩地笑着，人们可以凭那笑容确定，原本在她旁边的一定是她深爱的人。

除此之外，只有一行大大的黑体字：

梅林，你回来吧！我很想你！

2014 年 7 月 10 日晨完稿

原载于《青年作家》2014 年第 8 期，《小说月报》《中华文学选刊》《长江文艺·好小说》转载；入选《2014 中国短篇小说年选》（洪治纲主编）、《2014 年中国短篇小说精选》（中国作协创研部主编）、《中国短篇小说年度佳作 2014》（孟繁华主编）；获第四届吉林文学奖。

我们何时能够醒来

　　今天是你的婚礼，我的父亲。可是你逃掉了。客人们都来了，母亲穿着红嫁衣疯一样找你。她脸上的妆都哭花了。昨天你还去理了发，试穿了你新定做的西服，你原本要在婚礼上穿上它，还会打一条红色的领带。可是今天一早你就有预谋地逃掉了。你把刚烫好的新西服又折叠起来放在箱子里，上面放着那条红领带。红领带拘谨地盘起来，像条无辜的蛇。你的东西也都整理好了，你还在包装的纸箱上写了今天的日期，好像今天是一个结束。可是父亲，今天本应该是一个开始。我从来没跟你说过话，从来都没有，可我熟悉你，熟悉你的气味，你的语气，你的表情，熟悉你的生活，你的情感，你的一切。但是今天我对我的熟悉产生了怀疑。从今天起，我要对你说话，我要给你讲讲你逃走后我们的生活。

　　父亲，我要告诉你，母亲病倒了，她不肯吃东西，她也不肯脱下她的红嫁衣，她每天只是躺在床上，她睁着眼睛，发呆。婚礼那天，所有的客人都出去找你，可是你没回来，他们也没有再回来。母亲一直没有出门，她在屋子里找你，不是找你的人，是找你的原因。母亲说，为什么？为什么？她是在自言自语。可我忍不住回答她说，我也不知道。母亲抬头看我，她说，你怎么会在这里？唔，我不知道怎么回答她。我只好说，我就是在这里。母亲说，你不应该在这里，我还没有生出你。我说，没关系，我在这里就好了，我来陪陪你。母亲抱着我，她说，我是在做梦吗？我抚着她的头发，没有说话。她衣服红艳，可是头发已经白了那么多。

我们一起翻看你的东西，那些照片，那些信，那些书，那些奖状和证书……你把照片按日期排好，影集上编着号码，我们从"一"翻起，看到你从婴儿到少年，看到你从毕业到工作，看到你从结婚到有了女儿。是啊，我觉得奇怪，你跟母亲已经结过婚了，婚礼上你也没有逃掉，你们一起给客人敬酒，你们还喝了交杯酒，你脸上带着笑，看起来高兴得不得了。母亲也笑，不过笑得有些害羞。我用指尖摸着照片上你们的脸，你们真美。后来的照片上有了我，我指着"我"大叫，这是我！母亲啜泣起来，她又说，我是在做梦吗？我突然发觉，不是她在做梦，是我。我便说，是我在做梦啊。母亲摇着我，说那你快醒醒，快醒醒啊。快了快了，我就快醒了，别着急，我对她说，我找到父亲就醒来。

父亲，我们已经找到了你留给母亲的信，你为什么把它藏起来呢，藏在一大堆旧信中？我们几乎看完了你所有的信，才找到它。那些旧信都是母亲写给你的，在你们恋爱的时候。她在信里爱你，思念你，也在信里骂你，在信里恨你。那些信都是母亲写的，可是她读起来好像在读一本陌生的小说。她又哭又笑。父亲，你用一封写给她的信给小说做了结尾。那信很短，你写道：亲爱的虹，我还有很多问题想不通。今天天气很好，你不要哭。

母亲很听你的话，她止住了泪水。如果早一点看到你的信，她会少流很多泪。可看到信的时候已是晚上，她已哭了整整一天。我们一起去窗边，月光明亮，微风甜甜的，天气真的很好，真的。她不哭了。她睡下去，就不再起来，几天过去了，她只是躺在那儿发呆，眉头纠结，似乎也有很多问题想不通。

我找了很多地方，问了很多人，寻不到你的一丝踪迹。我有些绝望了。绝望的感觉，我想你早就知道了。家里来了一个男人，和我一样年轻，我喜欢他，却不认识他，但他认识我。他帮我打扫房屋。他清理了堆满旧物的阳台。我从未发觉阳台上有这么厚的灰尘。我走过去，闻到一种清扫过后微微带着腥甜气的泥土味。我深呼吸。阳台上已经空空如也，让人感觉豁然开朗。生活中总有一些肮脏的角落是我们自己无法触及的，有人帮你清理干净，是一件多么好的事。我感激他，走到他身边，握住他的手。父亲，我就知道，这个人会帮我大忙——他告诉我，他有一个朋友曾经看到过你，那时你去找那人，问他你可否住在我们家附近那个废弃的楼房里，并让他保密。那人是专门管理我们这个城市的废弃建筑的。我以前不知道，竟还有这样一个管理者。他不同意，劝你回家。然后，你就走掉了。噢，父亲，你为什么不住在我们美好的家里，而要去住一个被废弃的破楼房？我抬眼看向不远处那栋灰蒙蒙的旧楼，它已残破不全，像一个可怜人。我就是那时突然感觉到，你就在离我很近的地方。

突然地，我身体轻盈起来了，一步就跨上了阳台的栏杆。高高的，我看到楼前所有那些新鲜的和破败的楼群轰然倒塌，飞快地陷进土里消失，只余下一片灰黄旷野。父亲，我看到了你，你的背影像腾飞的大鸟一样迅速变得遥远。我心里充满追寻你的焦急，这焦急推着我一跃而下。我呼喊着你一跃而下。如果我变成了泥土，父亲，我请求你用我栽种一棵常青树。我闭上眼睛。可是我没有变成泥土，我落在了你的怀中。父亲，我不知道你是怎样接住我的，我只知道我终于找到了你。我抱着你痛哭。我说，爸爸别走，别走……

噢，我听到父亲的声音，他一遍一遍叫我的乳名。我是在做梦吧？别怕别怕，我马上就要醒来了，我胸腔里憋着很多沉重，等这沉重散去，我就醒来了。父亲，别怕。可是父亲，我在梦里跟你讲的那些话，它们是从哪里来的呢？是从另一个梦里吗？我在梦里跟你讲了一个梦。我们到底是活在哪里？那我现在面对的你，又是否是梦中的呢？我们那些过去的日子呢？过去的日子现在对我们的意义与一个梦好像没什么不同。过去的痛苦与梦里的痛苦是同一个质地的痛苦。过去的幸福与梦里的幸福是同一个质地的幸福。过去就是一个梦。过去。

那时，我还是被叫作少女的年纪。真美啊，那年纪。可我的生活不美。外婆是最疼我的人，可是她突然去世了。我的母亲没有了母亲。我多么伤心，我多么需要安慰。可是母亲比我更伤心，她没法儿安慰我。而父亲也是我们伤心的源泉，他更没法儿安慰我。就是因为他有了婚外情，被母亲发现，他们吵架，闹离婚，本已病重的外婆经受不住打击，才突发脑溢血而去。我恨他，我和母亲都恨他。父亲也恨自己。外婆死后，他每天喝醉。然而这样，他愈发让我们失望。我们需要支撑，需要爱，不需要醉鬼和地狱。

高考在即，可我感觉不到它与我还有什么关系。我开始与一群爱慕我的男孩子鬼混。他们待我像女王。我放弃了哭泣的母亲和烂醉的父亲，我要有我自己的快乐。后来，我怀孕了。我不想回忆那些过程，于是我把所有的过程都在记忆里滤掉了，我只知道，我的身体里有了另一个生命。一个身体，两条命，多么神奇。我要让这个生命因我而幸福。尽管他的父亲已经跑掉了，但是，我要生下他！

我不再去上学，我要在家里好好生下我的孩子。我需要我孩子将来的外婆像我外婆当年爱我一样爱他。可是我的母亲根本就不能容忍他的出生。她打我，求我。没有用，我不会屈服的。母亲的伤心积攒成了歇斯底里。她大吼大叫，对一切事物发狂。她失去了母亲，也失去了丈夫和女儿，她一无所有。然而我也觉得自己一无所有，除了肚子里的那块肉。

父亲不再喝酒了，滴酒不沾，他试图以他的改变说服我作出积极的回应。他试图重新变成我和母亲的天。而我们都已不再需要。我们甘愿把自己送进地狱，并且鄙视他这个假扮天使的魔鬼。我闭门不出，拼命地睡和吃，天天盼着肚子长大。我不想要前途，只想要一个新生命。母亲要么哭，要么骂，她让自己变得无比恶毒，以为可以以此抵挡生活的恶毒，真可笑。

于是，父亲越来越沉默。他还经常会在给我削水果时割破手指，我相信他是故意的。我对他给予自己的新的伤害形式视而不见。从前是喝醉，现在是割伤自己，你又不是十几岁，玩儿这套把戏有意思吗？——我连这种斥责的话也懒得对他说，写在日记里已经是对他的重视了，起码证明我还没有否决他在我生活里的存在。我什么也不跟他说，我在他面前变成了一个倔强的哑巴。

有一天，我突然发现家里多了很多陌生的药瓶，很精致，看上去应该是那种高级的进口药，可是上面的标签全都被撕掉了。这些没标签的药让我害怕了。我怀疑它针对的是某种绝症，或者是某种可以导致绝症的慢性毒药。家里有人将要死去，是上帝的旨意还是蓄意谋杀？我一直难以发现是谁在吃这些药，或者是谁在将这药给这个家里的其他人偷偷喂下。药粒总是在我熟睡之后减少。我有时看到父亲或母亲在装着药瓶的柜子前走过，想着他们的手上、嘴里或肚子里都可能藏着那些药片，觉得他们都身形飘忽，气息冰冷，不像人，更像鬼。对死亡的怀疑让我找回了悲伤，我随时随地流泪，并不加掩饰。我的泪水顺着书柜的边沿流淌，从吊灯上面滴下，在地板上漫延，把家里搞得湿漉漉。

我觉得我们变成这个样子都是因为父亲，我把对他的诅咒毫不心软地塞进日记，日记本黑色的面皮因为装了太多的憎恨而显得愈发狰狞。不只是它，家里的一切都开始呈现丑陋的面目。

我开始有了妊娠反应，头晕恶心，呕吐不止，我担心有一天我的孩子会被我从嘴里吐出来，一落地就狞笑着露出魔鬼的嘴脸。

我们三个人守在阴森的房子里对峙。直到那天，父亲突然消失了。

跟梦里一样，他留下了一封信。他向我道歉，说无意中看了我的日记，才知道他的存在带给了我们那么多痛苦。所以，他决定离开。他嘱咐我每天两次把那些没有标签的药瓶里的药混在母亲的维生素里给她服下。他说，那是帕罗西汀，一种抗抑郁的精神类药物。最后，他写道：好好生活。不要找我。我爱你，也爱你妈妈。

可我怎么能不找你。你对我们说了爱。爱。爱。爱。爱让我醒来了，爱让我从一场噩梦里逃脱，我不能没有父亲，也不能让母亲的后半生在抑郁里生根。我决定挽救我们的生活。我决定，找回我的父亲。

我出发了，带着他的照片，询问我认识和不认识的每一个人。我走出了城市，来到一个美丽的村庄。有一位老人端详过我手里的照片，指向远处树林里一座破败的小庙。

啊，父亲，等着我！

我向那座小庙跑去。里面走出一个人，他望着我。我也站定了，望着他。那人蓬头垢面，衣服又脏又破。我要把他领回家，变回原来的英俊体面，变回原来的慈爱坚强，变回原来的父亲。我向他伸出手，可是他却突然转过身，飞快地跑掉了，跑进茂密的树林。他奔跑的背影像一只孤独的大鸟，跟梦里一样。我追不上他，这不是梦，他不会像梦里一样以某种神秘的方式将我拥入怀抱。我站在那儿哭喊，可是树叶簌簌，把他完全裹藏，他并不想出来见我。

我不想哭，我把泪水留在了家中。我是挽救命运的人，这样的人不应该哭。不远处有一条河，河水清澈。我走向河边，边走边唱着歌。我知道，父亲听到我的歌声是不会走远的，他会偷偷地看着我。我心里涌上的全是童年时的歌儿，我大声唱着，一首接一首。我听到我的声音越来越清亮动听，带着孩提时的无瑕和稚嫩，带着无忧无虑的憧憬和快乐。

河边有一块青青的草地。啊，青青的草地，我多喜欢这样质朴的形容。我在草地上跳起舞。小时候我是市文化宫的领舞，我曾经梦想着要当一个舞蹈家。可它只是一个梦，跟所有的梦有着一样虚无的本质。我找回了我的舞蹈，我的身体还那么轻盈柔软，我边唱边跳，翻漂亮的跟头，直到精疲力竭，一下子躺倒在草地上。

太阳直直地照着我的脸庞，闭上眼睛，眼前晃动着一片霞光。我感觉到身体滚烫，越来越轻，像要化成烟向空中飘去。河水的气息钻进身体，我觉得自己正在变得透明。我觉得自己必须变成水。我觉得自己应该在青青的草地边流淌。我站起来，抬头看着那片父亲隐去的树林，走到河沿上。"今天天气很好。"在梦里，父亲的信中曾这样写道。

我脱光身上的衣服，在那好天气里跳进河中。河水冷丝丝地包裹着我，我感觉到小腹一阵剧痛，我从那里开始消失。

一只手臂将我托起，是父亲来救我了。我不会游泳，我知道他会来救我。为了找回父亲，我充满了智慧和勇气。

他喊着我的乳名。别怕，父亲，我听从着你的召唤，我醒来了，我醒来了。

我在父亲的怀里睁开眼睛，看到他湿漉漉的脸庞年轻俊美，他把我紧紧抱着。我那么小，肉乎乎的小手伸向空中，怎么也够不到他的脸。我想对他说话，可是我发现自己什么也不会说，我才刚刚学会叫爸爸和妈妈。于是，我不停地叫道：爸爸，爸爸，爸爸……

父亲抱着我站起来，他那么高大，我觉得他的头顶快要碰到天。他说，宝贝儿，我们回家。

父亲走着，脚步轻快，我在他怀里，感受到所有美好的情怀。我们穿过田野，掠过城市的楼群，将马路上气愤鸣叫的汽车远远抛在身后。我们回到了家。桌上摆满佳肴，我青春娇丽的母亲从厨房里走出来，她乌发如云，粉面如花。我拍着小手叫道：妈妈，妈妈，妈妈……

母亲的手抚在我脸上。噢，她的手怎么这么苍老。她摇晃着我，喊我的乳名。噢，她的声音怎么这么沙哑。我感觉到身体的滞重，磅礴的往事拖坠着它，早已不是新生的轻盈。是啊，我已经变得几乎和母亲一样苍老。我又在胡思乱想了吧？我从小就喜欢编故事。我用各种各样的故事骗我的母亲，骗我喜欢的小男孩儿，骗我最要好的朋友，骗说可以为我去死的男人。我只对我认为重要的人编故事。我爱看他们听故事时的表情，那表情让我心碎。只有心碎是真实的。我编故事的时候最真诚。

噢，我又听到婴儿的哭声，那声音在我耳边越来越嘹亮。我想起那婴儿。他张开大嘴哭。粉红的小舌头在没有牙齿的湿嘴巴里霸道地颤动，挤出的口水比眼泪还多。他的脸湿乎乎的，屁股也湿乎乎的。我觉得我浑身上下也湿乎乎的，仿佛刚从河里被捞起。

我被他折腾得浑身大汗。我对他笑。我对他做鬼脸。我抱着他在地上转圈圈。我把他搂在怀里亲。我给他唱歌。我给他跳舞。我给他吃苹果泥。我给他换上新尿布。而他只是哭。他为什么一直哭？虽然他还不会叫姐姐，但我确实是他的姐姐，他凭什么要对他可怜的姐姐这样哭？我抱起他走近镜子。他不情愿，把头仰起来，嘴巴冲着天上哭。一双胖乎乎的小手狠狠揪扯我的头发。我只好把他的头按着，按到镜子上。我说，来，让姐姐看看，我们像不像。他的小鼻头在镜子上挤得扁扁的，口水沿着镜面滴滴答答淌下去。他的口水真多。他一点儿都不像我。

后来我做了什么？等等，让我想想这之前发生的事情——我是怎么进了这个家门，成了我父亲那小妻子生的小东西的保姆的？对，我父亲的小妻子生的，我一见到这小婴孩儿，心里就升起屈辱的快乐。我像他这么大的时候，母亲就整日对着我哭泣，她早把屈辱种在了我的心里。我带着这种迷人的屈辱感长大，没有它我都不知道该怎么活。我参加过几次父亲的婚礼？我背叛了母亲，在这个她最痛恨的男人一次又一次的婚礼上向他的新妻子微笑。我不理睬父亲，我只向他的新妻子献媚。新妻子们跟我拥抱，感谢我的理解。我把头搁在她们的肩上，闻到跟我母亲一样的香味。我知道，我父亲只爱这一种香水。我轻轻抚拍她们的背，这不是祝福，而是提前送上的安慰。

我从不问父亲为什么，我几乎不跟他说话，况且我早从他的脸上看出了深深的疑问，他跟我一样单纯，对生活一无所知。他会给我写信，无论他在哪里，都会用他漂亮的钢笔字把自己送到我面前。他琐碎地告诉我他的生活，我因此熟悉他的每一个细节。他向我询问我和母亲的生活，但他得不到答案，因为我从不回信。每一封信的最后，他都会说，他希望我过得开心。我觉得这句话很可笑。

我喜欢父亲最新的小妻子，她年轻，倔强，在婚礼上看到我也并不与我拥抱。我们一样只是朝对方笑笑，不同的是，我的笑卑贱，她的笑含义无穷。我曾经想，她也许会给父亲一个问题。父亲从来没有得到过答案，因为他从来就没有找到过自己想问的问题。

父亲写信告诉我，我有了一个弟弟。我不能把这告诉我母亲。我弟弟与我有关系，但与我母亲没有任何关系。她已经让所有与她有关系的事折磨得不成样子，我无法再用与她没关系的事来加重这种折磨。那封信的最后，父亲告诉我，一个新生命，让他更加迷茫。他说，希望你不会感到生命的迷茫。他忘记了祝我开心。

父亲啊，难道你不知道，我一出生就继承了你的迷茫？

我敲开我父亲的家门。看到了我正熟睡的弟弟。他的呼吸香甜，仿佛他吸入的是另一个好世界的空气。如果有人在我父亲娶他的小妻子时娶我，我也会生下这样小小的嫩嫩的一团肉。父亲指着那团嫩肉对我说，就是他。

就是他。好像在指认一个犯人。

我看着他，羡慕他的力量。这个让我父亲更加迷茫的小东西，他还不会说话，但他替他母亲向我父亲提出了一个大问题：一个人的出生，是为了什么？这问题让我父亲变得憔悴无比。他坐在椅子里，十指插进一头乱发，抓来抓去。

父亲的小妻子不在家。我在父亲的信里早已知道，她是一个忙碌的人。她跟她的儿子一样力量十足，与我母亲和我形成了鲜明的对比。我静静地坐在床边看我的小弟弟，父亲开始在房间里走来走去。他的不安是缘于这突如其来的姐弟相见，还是别的什么？

父亲终于径直走向房门，他对我说他要出去走走。他指指我弟弟。我点点头。他笑了笑，关上门走掉了。我想他理解了我点头的意思，我的意思是，我会照顾弟弟的。

我的意思真的是这个吗？

父亲一走，我弟弟就醒过来，他的眼睛在看到我后霎时铺上一层惊恐。然后，他就开始哭。哭。哭。哭。

我与父亲的小妻子差不多一样大，可她是一个骄傲的母亲，而我是一个屈辱的姐姐。我解开衣襟，将我弟弟哭泣的嘴按到我的乳房上，我说，来，妈妈喂你。他把头向后挣着，好像我的乳房长满针刺。我说，乖，吃奶，来吃妈妈的奶。不论他怎么踢我，不论他怎么抓我，我按住他的头，按在我的乳房上，死死地按着。我看到我弟弟脸上的肉陷进我胸部的肉，好像我们已经融为一体……

我父亲的小妻子回家了，回来给她的儿子喂奶。我告诉她，我已经喂过了。

然后她扑向我，跟她儿子一样扯我的头发，踢我的肚子，打我的脸。然后我父亲回来了，他抱着我弟弟，父子俩都一动不动。然后我父亲的小妻子疯一样跑到厨房，又疯一样跑回来，手里高举着一把刀，像电影里冲锋的战士。然后那把刀伴随着嘶叫向我刺来，我动都懒得动。然后将要横着进入我身体的刀尖却竖了起来，借着持刀那只手无可阻挡的力量刺向了正在嘶叫的喉咙。

是我父亲在最后一刻改变了那把刀的方向，他扑过来扭住了他小妻子的手腕。

母子俩在他们温馨的家中安睡，父女俩静静地坐着，不敢打扰她们的安眠。睡吧，睡吧，我亲爱的姐姐一样的继母，和我亲爱的儿子一样的弟弟。

过了很久，我父亲在夜色里轻声说，你走吧，这与你无关，都是我一个人干的。噢，父亲，你还是想着救我。这不是梦，我是个你救不起的人。我早已跳下高高的阳台摔死，我早已在一条河流里淹死，我早已死了又死。

我不明白，我们只需要吃饭、睡觉、喝水就能活着，只需要恋爱、结婚、生孩子就能有一个家，为什么这么简单的事情我们却总是做不好。父亲，你想了那么久，你跟一个又一个家要答案，如今，你明白了吗？

我眼睛雪亮，因为我总是在深夜清醒得像一只猫，我能在黑暗里看到父亲看不到的东西。我看到了那把刀。

我捡起了刀，刀让我勇敢，刀让我不再屈辱。我晃动着它对我父亲说话了，像一个痞子。我说，我很快就要明白了。

那刀又一次刺向我的身体，带着一个年轻女人的血，替她完成使命。我们的血将要融合。这想法让我激动不已，一团火从身体内部蹿起，我的血开始沸腾。刀尖触到我的腹部，可是它开始熔化，一切坚硬都是相对的，如同生命的相遇。我看到自己的手指上烈焰燃烧，我浑身上下升腾着金黄的火苗。我照亮了整个夜晚，我照亮了我的父亲。他长出了翅膀，长出了羽毛，他终于真正变成了一只我渴望的大鸟。他将我驮到背上，在屋子里盘旋一周，向沉睡不醒的母子俩告别，然后，我们飞出洞开的窗口，飞向浓重的夜色。我身上的火苗划亮天空，点燃我们掠过的每一颗星星，把它们全变成了太阳。暗夜将从此消失。我眼前一片耀眼的明光。

我的左眼被光亮刺痛。我拉紧眼皮，想把那道光挡住。可眼皮被什么撑住了。我听到有人说话，可我听不清他们在说什么。他们是在说梦话吧。有那么多的人总是活在梦中。左眼皮终于可以合上了，右眼皮又被撑开。别这样对我，我好累啊。父亲，我们到哪儿了？让我在这儿好好睡一觉吧，睡一觉再走，不论多久，母亲会等着我们回去。我感觉身上还在燃烧。有人抚摸我的额头。有人握住我的手。有人喊我的乳名。啊，这声音真亲切。母亲，是你吗？父亲，是你吗？噢，对不起，我又在做梦了。难道我一生都要在梦中？不，我要醒，我要醒。我要看看你们，看你们幸福的笑脸，看你们年轻的容颜。我不睡了，我要睁开眼。我在努力啊。你看，我的眼皮在眨了，我的手指在动了。我终于看到了母亲的脸。啊，你在哭。你为什么要哭呢？我只是睡了一觉。父亲，你的手为什么颤抖？你也在哭吗？噢，别怕，你是会飞翔的大鸟，你能飞越一切黑暗。我们一直在一起，从未相互伤害过，也从未彼此分离，我们是世界上最幸福的一家人。我只是睡了一觉而已，你们为什么要哭？我知道了，你们也在做着噩梦，是吗？噢，亲爱的父亲，亲爱的母亲，世界上所有沉睡着的人们啊——我们，何时，能够，醒来……

2013 年 6 月 17 日

原发于《上海文学》2015 年第 2 期

请用"霉"字组个词

1

辛老师特别爱干净，她的班级周周都拿小红旗。辛老师班里的学生也乖，起码没人敢说她的坏话——她有一个间谍在班上。本来这间谍是在暗处的，无奈根本就没有不透风的墙，很快，间谍的身份就暴露了，也就是说，开学不到一个月，就人人都知道了这件事——辛老师是我亲妈。

我同桌觉得这事儿挺不可思议的，他说他最大的愿望就是他妈是我们班主任，那还用考试？就算考了那还能不及格？在家就把卷子做完了。哎呀，他可真是异想天开，我在家问我妈作业题她都不给我讲，她说上课你听啥了？在家里我是你妈。你妈天天伺候你容易吗？没有闲工夫，也没有义务给你讲题，去去去，明天上学问你老师去。我第二天上了学，辛老师会慈爱地走到我面前，问我有没有上课没听懂的地方。我怕她骂我，连忙说没有没有没有。她就会拿出我的课本，摸着我的大脑壳子说，别怕，有问题就问老师，老师不会批评你的。我很是感动，连忙拍拍课本，说都没听懂。老师果真没有生气，又都给我讲了一遍。这样的好老师真是全球难找，要是我妈跟她一样慈祥……啊，对了，我妈就是辛老师。瞅瞅，我妈就是这样的，她是一个一丝不苟、严肃认真的人，绝不会允许秩序的混乱。所以她基本上是全市最好的班主任。家长们都挤破头要把孩子送到她的班。我家长不用挤，他们两个在床上碰了碰头，就决定了这件事情，他们把我安排进了大智小学一年一班，班主任辛素洁。辛素洁说，在学校不许叫我妈，上课不许，下课也不许，放了学没离开校园也不许，周围没人时也不许。总之，在学校我不是你妈！

这很可怕，你妈，换了个地方，就突然不是你妈了。

于是，在我妈的教育下，当人人都知道辛老师就是我妈的时候，我却渐渐把这件事情给忘掉了。在我心里，辛老师是辛老师，我妈是我妈，老师不是妈，妈也不是老师。

2

我不是自吹自擂，我基本上是个人见人爱的小朋友。所有人看到我都喜笑颜开。我的同学们也喜欢我，比如说他们正围在一起说什么，你一句我一句的，乱七八糟，叽叽喳喳，就像一篇破作文没有中心思想。我一去，他们立刻就不说了，他们全部看着我哈哈笑，我说什么他们都会哈哈哈，也就是说，我成了欢乐的中心。我想这一定就是所谓个人魅力。

　　第二学期的时候，辛老师学美国选总统的方法，让我们上台演讲，竞选班长。我也想当班长，我就也上台去了。上去了我又不知道说什么，我就讲了个傻女婿去老丈人家串门的故事。全班同学笑得东倒西歪，只有辛老师臭着一张脸。我想，辛老师肯定是听过这个笑话，所以才觉得没意思。我很后悔，早知道她听过，我就讲那个傻子过城门的故事了。

　　那么多同学上台去演讲，没有一个讲得比我好，我都快睡着了，同学们也再没有发出欢乐的笑声，他们个个无精打采。我是人气最旺的啦，我想班长这位置我肯定十拿九稳。果然不出我所料，后来全班都投了我的票。可是辛老师却说话不算数了，她剥夺了我们的选举权和被选举权，任命陈露露继续当一年一班的班长。陈露露第一学期就是班长，有着一副又尖又细的大嗓门，我对她又恨又怕。

　　因为这件事，我看清了辛素洁的本质，就如我爸说的那样，她是个独裁者。独裁懂吗？就像希特勒。我会讲一箩筐二战的故事。希特勒觉得这样活着没意思，就去找人家玩儿打仗，他想说咋样就咋样，爱杀谁就杀谁。大家都不乐意，就合起伙把他打败了。他打不过别人，一气之下就把自己打死了。是这样吧？别以为我不知道。

　　回家时我向我妈讲起我没当上班长这件事，越说越生气，谁知道我妈却很同意辛老师的做法，她还因为我说老师是独裁者，不尊敬老师惩罚了我，用一把笤帚打得我哇哇直叫。

　　打完我之后，她顺便用笤帚扫了一遍地，然后把它装进一个布套子里，立在了厕所的一角。

　　我们家几乎所有的东西都有一个套子，或者是一块帘子。大都是我妈自己缝制的。她是个整洁的女人，容不得一丝灰尘。她用帘子或者套子为家具什么的遮挡灰尘，可是谁来遮挡帘子或者套子上的灰尘呢？这不仅是我的困惑，也是我妈的困惑，所以对待重点物品，她会再做一个帘子或者套子，保护里面的帘子和套子。比如说，我们家的沙发，它原来是米色的，确实是很爱脏，我妈就为它缝制了一个带花边的粉色沙发套。这层沙发套很好看，好看得又惹我妈心疼了，她就又买了一套白色的沙发帘蒙在沙发靠背上面，再买一套白色的小垫铺在了沙发座上。过了几天我妈又担心布帘和小垫被弄脏了，于是她果断地又买了一块大大的纱帘蒙在上面。就算这样，她仍然要求我们脱掉在外面穿的脏衣裤，换了家居服才可以坐在沙发上。

　　我从小就在这样整洁的环境中生活，我已经习惯了。上学也是一样，我说过了，辛老师的班级周周都得小红旗。她用班费订做了五十二个白色的桌罩，把课桌全都套起来。还有暖气罩、讲台罩、窗台罩、水桶套、暖瓶套、撮子套，当然也还有笤帚套。都是雪白雪白的。同学们每周五都要把桌罩各自拿回家去洗，其余的罩子套子由班干部轮流负责洗。洗得不干净的要返回去重洗，家长不愿意洗的就把孩子领回去。哪有家长敢不愿意洗呢，他们甚至要比赛谁洗得更干净。这对我妈来说更是个小事情，她每次要洗很多很多的帘子罩子套子褂子和裤子，根本不在乎多一个桌罩。她把它们放在洗衣机里，倒进洗衣粉，又倒进漂白剂，在洗衣机的轰鸣声中该干啥干啥，什么也不耽误。所以呀，我们的教室就是一个洁白如雪的美丽新世界，我们不得小红旗还有哪个班敢得呢？挂在我们班教室墙上的小红旗，就跟落在雪地上的一滴血一样，好像隐含着什么大秘密。

3

我刚才说，我已经习惯了，可是我爸却一直没有习惯，他不想安于现状，却又拿我妈无能为力，所以他就偷偷地进行破坏。比如说常常在我妈不在的时候把那些让他麻烦死了的帘子套子扔在地上用脚踩，或者把沙发上的一层层全都掀起来，就直接躺在沙发米色的肚子上，还狠狠地蹭来蹭去。当然了，在我妈回家之前，他会把一切都弄好，如果我妈觉得哪点不对劲儿，问他他也绝对不会承认。他说，我不知道，我怎么知道，又不是我弄的，我吃饱了撑的吗，我弄它做什么呢？然后他就拿眼睛斜我一下。我妈就问我，是你？我就问她，啥是我？我妈说，是不是你弄的？我说，啥是不是我弄的？我妈就懒得再审我们了，她一边笼统地诅咒，一边把帘子套子们扔进洗衣机。我没有出卖我爸，但心里却很鄙视他，我觉得他这种做法太不成熟，幼稚得像个一年级的小学生。

从这件事上，足可以看出我是一个讲义气的人，我这样讲义气的人根本不是当间谍的料。但我一不小心就做了间谍做的事。可这怎么能怪我呢？

有一天我放学回到家，就抱着我妈的腿哈哈大笑，我说学校里太好玩儿了，跟我一桌的侯山山说我们辛老师长得像兔子，两只板牙白又白,耳朵尖尖竖起来。然后坐在我后面的张美美说,不像兔子,像耗子,眼睛圆圆,下巴尖尖。然后的然后,跟张美美一桌的高宝宝说,不对不对,像我们家养的"吉娃娃"……我还没等说完,我妈就啪啪给了我两巴掌。

第二天上学,辛老师让侯山山、张美美和高宝宝在教室后面站了两节课,让他们想想自己犯了什么错误。这几个笨蛋怎么也想不起来。辛老师就用温柔的声音对我说,洪小声,你帮他们想想。

我站起来说,他们往我后背贴纸条。

辛老师皱着眉头说,不是这个。

我说,他们早上不值日,就让我一个人值。

辛老师再和蔼可亲,也生气了,她说,竟然还有这事儿?你们三个太不像话了,跟我上办公室!他们就站成排跟在辛老师后面去了办公室。

回来的时候,他们三个都抽抽搭搭,红着眼睛,灰溜溜的,一个像兔子,一个像耗子,一个像"吉娃娃"。我指着他们哈哈大笑。同学们全跟着我笑起来啦。

可就是那天放学回家,我就笑不出来了,我抱着我爸的腰哇哇大哭。

我爸说,好儿子,咋的了?

我说,爸啊,他们撕了我的作业本,还让我吃下去。我吃了一肚子"大算草"。

我爸把我抱在怀里说,好儿子不哭啊,吃"大算草"厉害啊,"大算草"是树皮做的,红军爬雪山过草地的时候就吃树皮。

我眨巴眨巴眼睛，把眼泪弄了回去。红军我知道，我会讲很多红军的故事，他们都是英雄。

我妈回来了，我扑上去对她说，妈，我是红军。

我妈很高兴地抚摸着我的头说，对，我儿子是红军，我儿子还是地下党。

我不知道"地下党"是啥，我刚想问她，她就被我爸扯过去。

我爸生气地朝我妈吼道，辛素洁你说你到底能不能照顾好儿子，放在眼皮子底下还让他受欺负，你怎么当妈的？

我妈惊讶地问，怎么了怎么了？

怎么了？他们撕了他的作业本还逼着他吃下去。作业本上写字儿了吧？昨天刚写了一篇"1+1"吧？是用铅笔写的吧？铅笔是用铅做的吧？铅是有毒的吧？你儿子都被人下了毒了，你那些浑蛋学生你怎么管的？

我妈没有回答我爸的问题，她鄙夷地说，铅笔怎么是用铅做的呢？铅笔是用石墨做的。没文化。

我爸喊道，我没文化？你有文化！你一个教小学生的你少来教我！

我教小学生怎么了？我教小学生我也是大学毕业。你呢？你呢？你溜须拍马送礼耍流氓当上个狗屁局长你以为你了不起啦？你说你干过一件好事儿没有？你现在敢跟我喊了是不是，你忘了你当初是怎么把我骗到手的？

我爸像被馒头噎住了，我等了半天，他也没缓过气儿来。这时候，我想起来动画片快开演了，就忘了自己为啥哭了，跑过去打开电视高兴地看起来啦。

4

就这样，以后我放学回家，只要我妈心情不错，就会把我亲切地搂在怀里问，好儿子，今天在学校过得好不好啊？学校里有什么好玩儿的事儿啊？同学们都跟你说什么了啊？我就会声情并茂地把这"学校里的一天"讲给她听。

我们班同学干了啥辛老师都能知道，躲在男厕所里干的她知道，猫在桌子底下干的她知道，放学回家路上的事儿她也知道。这太神奇了，连我这么聪明的孩子也想不出是怎么回事。于是有一个秘密在我们班里传开了，这个秘密就是，辛老师会法术，她是个女大仙。我很惊讶，回家后我把这个秘密悄悄告诉了我妈。

妈，我告诉你个秘密啊，我们同学说，辛老师会法术，她什么都能知道，她是个女大仙你知道吗？妈，你说她会不会钻墙，会不会隐身术，会不会飞？哎呀，要是她能教我们那多好啊。那你就再也打不着我了。

我妈哈哈大笑，她拍了我一巴掌说，傻儿子，我哪会什么法术啊，这都是你的功劳啊。

我把眼睛瞪得圆圆的看着她，我看清了，原来她跟我们辛老师长的一个样儿，原来她跟我们辛老师是一个人儿。我想，完了，原来是我把同学们给出卖了。我又想，活该，谁让他们老欺负我。

我不是经常能明白这么复杂的事——一个叫辛素洁的女人，她一会儿是辛老师，一会儿是我妈，她是我妈的时候就不是辛老师，她是辛老师的时候就不是我妈，但辛老师和我妈又都是辛素洁——于是我时常会不小心出卖我的同学，但是辛素洁不知道，有时候，我是装糊涂，我是故意的！别以为我傻，哈哈。

辛老师在课堂上教育我们相信科学，破除迷信。她说，亲爱的同学们，世界上没有神仙，也没有妖怪，那些都是人们编出来自己欺骗自己的。她还说迷信代表了无知，说我们都是新时代的小学生，将来都是有知识有文化的人，不能再说迷信的话，想迷信的事，应该树立正确的世界观。

后来我们班真的破除了迷信，可是不是因为树立了正确的世界观——大家都不知道"世界观"是个什么东西，不知道"正确的世界观"到哪儿能找着，更不知道怎么把那东西"树立"起来——而是因为我被识破了，就是开头儿说的，我的间谍身份暴露了。我不知道我是怎么暴露的，我只知道我不但没被严刑拷打，而且一下子成了全班最幸福的人。以前我看到同学们吃零食，馋得跟着他们直流口水他们也看不见，我说给我吃一口呗，他们也听不懂我的话。现在他们的眼睛和耳朵都好使了。我的书桌膛简直就成了小卖店的货架子，里面塞满了水果薯片虾条果冻巧克力，那都是同学们主动塞给我的。有的食品袋上还贴上了不干胶，上面写着×××或者××，说明是叫×××或者××的同学送的。以前那些女同学们围在一起叽叽叽咕咕咕，我一凑过去，她们就朝天上翻白眼，现在一下课她们就围到我身边，说洪小声你的鞋真白啊，你妈妈可真干净，要不就说辛老师今天可真漂亮啊，再不就抢着给我讲笑话，笑得我上课的时候肚子还疼。以前排队的时候，老师让男女生各站一排手拉手，女生们拉起别的男生的手大大方方，却都不好意思拉我的手，现在呀，她们都不害羞啦，都争着跟我站一排，肉乎乎的小手把我的手攥得紧紧的，生怕我跑掉似的。男同学对我那就更好了，因为每次我值日他们都抢着帮我干，他们还不允许别的班的同学欺负我，他们全都成了我的保镖。

我把这些可喜的事情告诉我妈，她一开始非常高兴，可是过了两天她就不再问我学校里的事情了，我也不知道是为什么。

跟我妈的态度一样莫名其妙，辛老师也在班里宣布，谁再给洪小声零食就罚他站两节课，谁再替洪小声值日就让他天天值日。我仍然不知道这是为什么。

我发现这世界上有很多很多谜。

5

那些最快乐的日子好像已经离我很远了，后来我就快乐不起来了，因为我有了心事。我现在是一个大人了，一年级和二年级的小豆包子都怕我，见到我躲得远远的，可是其实呢，我也很怕他们。不但怕他们，我还怕我的老师同学，怕所有的人。我懂得了一个大道理，一个有心事的人啊，是胆小的。

我每天忧心忡忡的样子让我妈很担心，可是她问我什么我都不说，我答应我爸了——不跟我妈说。

我还养成了一个习惯，每天盯着我家的地毯看，趁人不注意，我还趴在上面看。我撅起屁股跪着，把眼睛贴在地上，像楼下那只满地找食的流浪狗——这是我爸说的，我爸发现了我的怪样子，一脚踹在我屁股上，踹了我一个狗啃屎。他问我干什么呢，我不说话，只是把眼睛瞪圆了看他——对于我不想回答的问题，我常常用这个办法应对。我爸看到我的眼睛一眨不眨地瞪了一分钟，就不理我了，我接着又瞪圆眼睛看地毯。

我家的地毯很漂亮，是纯羊毛的，当然了，它同样是不可能被我妈忽略掉的。我记得刚铺上地毯那一天，我是多么高兴啊，我在上面打滚，长长的羊毛又软又暖和，像被阳光晒得好好的草地。我妈皱着眉头有些不忍心地说我，小心点儿，别弄脏了。我没管她，我扑腾累了，就躺在上面了，要不是我妈不让，我真想躺在地上睡一觉。

可是我很快就失去了我的"草地"，我妈买了一块大大厚厚的塑料布铺在了地毯上。她高兴地说，儿子，这回不怕弄脏了，你可以尽情在上面打滚了。

可是谁有兴趣在塑料布上打滚呢？很久以来，我都已经忘记塑料布下面是又软又暖和的羊毛地毯了，有一件事情让我又想起来了，又想起来以后，我就开始盯着它看了。我的目光试图穿过那块每天被我妈用抹布擦得干干净净的塑料布，看到在地毯上发生的事情。塑料布因为太厚，所以不那么透明，给我的观察增加了难度。

不那么久之前，有那么一天下午，辛老师带着我们班同学去听英模报告会，没让我去——每当有这样大型的活动，她总是给我放假。我一个人回了家，正好犯困，就躺在屋里呼呼大睡。我睡觉有个特点，就是如果没有人揪我的耳朵或者捏我的鼻子我是从来不会自己醒来的，如果我自己醒了，那肯定是让尿憋醒的。以前我都是在梦乡中直接就尿在床上，让我妈打了无数次之后，我一尿急，屁股蛋子就和膀胱一起疼，疼得我就算还做着美梦也得起床撒尿。那天我就让尿憋醒了，我半梦半醒走出房间，一下子就走不动了——客厅里那美丽的又软又暖和的大地毯新新鲜鲜地呈现在我眼前，还有一个大大的动物正在上面趴着，呼哧呼哧地喘息，还吱吱呀呀地叫。我吓得头发一直，小鸡鸡一挺，一大泡尿顺着裤管子流向了软绵绵的地毯，浇灌着上面一朵大大的红花，把我的光脚丫子也浇得热乎乎的。

尿完了，我舒服了，眼睛也好使了，我看出来了，那不是动物，是我爸，也不只是我爸，还有一个长头发的人。长头发的人肯定是个女的。

我刚想叫他，就听见他们俩一起见鬼似的大叫一声，然后就都不动了。那女的紧紧抱着我爸的脑袋，闭着眼睛美滋滋地笑着。她笑得可真好看，汗珠淌下来落在地毯上，肉乎乎的圆脸红扑扑的。看她热得那样儿，我忍不住伸出手去给她擦了擦汗。

她睁开眼睛，望着我，然后尖叫了一声推开我爸，把我也吓得坐了个大屁墩儿。

你怎么没上学呢？我爸用颤抖的声音问我。

放假。我用颤抖的声音回答。

你妈呢？

上班。

你妈上班你怎么放假呢？

辛老师给我放的假，他们去听报告会啦。

我爸松了口气的样子，摸了摸我的脑袋说，没事儿啊，我跟阿姨在做游戏呢。我爸说着站起来捡地上的衣服，一样一样往身上套。

那个女人不着急穿衣服，她大概是太热了。她用胳膊支着上身，晃着腿坐在地上，笑眯眯地看着我问，你就是洪小声啊？

哎呀呀，你怎么认识我？

因为你是全世界最聪明的孩子呗。

她这么说可真让我不好意思，我虽然知道自己很聪明，但是全世界最聪明我可不敢当。有个叫司马光的小孩儿就比我聪明。有一次我玩弹力球，那球一弹一弹一下子弹进了我家的鱼缸里，我马上想到了一个办法，下楼捡了一块大石头把鱼缸砸裂了，水都流光之后，我就拣出了我的弹力球。这个办法就是跟司马光学的，要不是听过他的故事，我还真想不出来。

我爸在旁边嘿嘿了一声。然后对我说，说阿姨好啊。

他正得意扬扬，可是一看到墙上的挂钟，就一下子跳了起来，朝着阿姨喊，快快快，她快回来了，快快快！

哎呀呀，我爸这是干什么啊，那阿姨还没玩够呢，瞧把她给气的。她气哼哼地站起来，气哼哼地穿衣服，小嘴噘着，真让人心疼。

阿姨穿衣服的时候，我爸把我的耳朵扯到他的嘴边说，什么都别跟你妈说，今天的事你就当没看见，要是告诉你妈，信不信我揍死你？

我龇牙咧嘴地说，信！

听了我的回答，我爸很高兴，临走时他甜蜜地称呼我为"乖儿子"，他说，乖儿子，把塑料布铺上，爸一会儿回来给你买玩具。我回头找了找，看到那块大塑料布被卷起来堆在墙边。我看着那塑料布说，嗯。

6

等我爸一关上门，我就赶紧趴在地毯上，学着他的样子蹭来蹭去，想知道这种游戏到底有什么意思。我蹭得满头大汗，浑身热气腾腾，把尿湿的裤子都快烘干了，也没觉出有什么好玩儿，还把我累得够呛。我爸居然会玩这种游戏，可真是个蠢蛋。

我躺在地毯上喘啊喘，突然闻到一股奇怪的味道，就爬起来，趴在地上拿鼻子找。找啊找啊，找到一片黏糊糊的东西，有点儿腥又有点儿酸，说不上是啥玩意儿，我用手指头蘸着尝了尝，涩涩的，真难吃。我又接着爬，然后找到了一摊水，这个我知道，这是我的尿。我妈要是知道我把尿尿地毯上，肯定会狠狠给我一顿笤帚疙瘩。想到这儿，我吓得腾一下站起来，扯过塑料布，哼哧哼哧地往地上铺。

我爸回来的时候，我正撅在地上劳动。

他严肃地拿眼睛朝屋子里扫了扫，没有扫出我妈的人影儿来，于是就不严肃地咧开嘴笑了起来，像喝多了酒似的小眼睛眯缝着对我说，快来看爸爸给你买啥了。

我爬起来接过他手里的大盒子，鼓捣了半天，竟然从里面掏出了一把高级的大水枪。我最喜欢拿水枪滋别人的屁股，喜欢看他们捂着屁股像猴子似的跳，尽管因为这个我没少挨揍。我已经很久没有水枪玩了，现在一分钟都不想再等了，我赶紧去把水枪灌满水，想马上出去找屁股。

可是临出门的时候，我看到我爸跪在地上铺我刚铺到一半的塑料布，屁股正对着我，我就忍不住了，冲着我爸的屁股狠狠滋了一梭子。我爸爬起来要揍我，我一边满屋子跑，一边大喊着冲啊杀啊，又冲他一顿猛滋。等我爸抢下我的枪，他已经成了只落汤鸡，我笑得上气不接下气。

要不是我爸一脚把我踹哭了，我还会继续笑。

我爸还想接着踹我，可是他瞅了瞅挂钟，就顾不上我了，我想，是一蹦跶一蹦跶的秒针儿阻挡了他。他拿起抹布胡乱地擦了擦让我滋了一下子水的地毯，飞快地把塑料布铺好，前后左右扯平了，又把边边角角都掖好了。然后他刚跟我说了三句话，我妈就回来了。

别哭了，再哭还揍你。

今天的事儿别跟你妈说，记住没有？

三，再说一遍，记住没有？

我妈回来之后，我爸的心情显得特别好，好像他一天没见我妈特别想念她一样。可我妈仍然把他训了一顿，因为他给我买了水枪。我妈说，你不知道他爱拿水枪滋别人屁股啊？你嫌他惹的麻烦不够多啊？他不懂事你也不懂事啊？你抽哪门子邪风给他买什么水枪啊？我爸丝毫不为我妈的唾骂所动，甚至看起来还被骂得很舒坦，他坐在沙发上，跷着个二郎腿，哈哈笑着对我说，好儿子，咱有枪，咱爱滋谁屁股就滋谁屁股，哈哈，哈哈，哈哈哈。

流氓。我妈说。不知道她说我还是说我爸。

7

最后我的水枪还是让我妈给没收了，我也没太在乎，又不是第一次了。我闷闷不乐不可能是因为一把破水枪。那是因为什么呢？我实在是理不清，但我隐隐约约感觉，好像跟地毯有关系，不然为什么它老扯着我的脑袋呢。自从那天以后，只要一踏进我家的客厅，我的脑瓜子就控制不住地总想贴在地上，我脑瓜子上长的那些东西，耳朵、鼻子、眼睛就想长到地毯上去。那隐蔽在塑料布底下的地毯，甚至飞出来杀到了我的梦里，它整个蒙在我脸上，使得我被闷得喘不过气来，一次次在被窝子里惊醒。

这样过了几天，我妈终于发现了我的异常。她坐下来，把我的小胯骨用两个膝盖头儿狠狠夹住，我扭来扭去也没逃出这老刁婆的手掌心儿，只好由着她向我射唾沫箭：怎么了？说！发生什么事儿了？同学欺负你了？头疼？头晕？不是头，那是哪里不舒服？你倒是说话呀！你到底说不说！我瞪着眼睛看她，一不眨眼，二不开口。难道我能够把那天看到的事情告诉她吗？当然不能。我爸说了，不能跟我妈说，否则他会打死我。为什么不能告诉我妈，我有点儿不懂，又好像有点儿懂。我还没活够呢，我当科学家的理想还没实现呢，我可不想死在我爸手里。

由于触及了生死存亡的大问题，我开始忧愁起来，不说话，没心思。下了课好多同学都围着我，他们拨拉我的脑袋，说我的脖子好像折了，整天都垂着头，他们拽我的胳膊，说它像面条，软不拉叽的。辛老师也发现了我的异常，于是她把我叫到了她的办公室。洪小声，这几天我发现你不太对劲儿哩。你怎么了？谁欺负你了？发生什么事情了吗？辛老师抚摸着我的头，温柔地说：不要怕，有什么事告诉老师，老师帮你想办法。你不相信老师吗？

　　信，我信。老师是万能的。她又慈爱又体贴，真是个爱护学生的好老师。这个时候，哪个学生能不感动？哪个学生能不对老师吐露心声？我于是把那件事情讲了，我说辛老师，我跟你讲一件事，这事儿我不敢告诉我妈，也不敢问我爸，憋在心里又不知怎么办，就告诉你吧。于是，我将让我困惑让我难过的事情向敬爱的辛老师全盘托出，我问她：老师啊老师，你有啥办法让我做梦的时候不让地毯闷死？辛老师看来也被这个问题给难住了，她憋得满脸通红，想得肝肠寸断，浑身发抖。

8

　　接下来的事情真是让我万思不得其解——我妈竟然不知道从哪儿知道了这件事，而且当天就知道啦！这可太奇怪了，天下果然没有不透风的墙啊。那天我妈回到家，一脚踹开了里屋门，我爸正躲在里面打电话。我妈抢下电话，一把摔在地上。我妈力气真大，电话被摔得零件满地滚。我爸大吼一声：辛素洁！可是吼完了他又不知道该说什么，于是就在地上爬来爬去捡电话。我妈开始对专心致志捡电话零件的我爸破口大骂。我爸终于从地上一跃而起，开始反击。哎，对喽，这才有意思。两个人骂着骂着就骂到了彼此的身上，他们滚作一团，互相撕扯，又挠又咬，又掐又打，转而又分开，各自寻找武器，长枪短炮，飞弹流石，刀斧剑戟。真是好看啊，比电视里演的好看多了，我在旁边拍手加油，呐喊助威，准备谁赢了就拜谁为师，鞍前马后，五体投地。

可是，我遗憾地没有看到这场战斗的结局，据说我因为兴奋过度又犯了抽风病。我醒来的时候，发现正躺在我妈的怀里，她虽然头发蓬乱，衣着不整，眼圈乌黑，嘴角红肿，但是没少胳膊没少腿儿，没有缺肉也没有流血，于是我高兴地问：妈，你赢了？我妈思考了一会儿，然后郑重地点了点头。我大叫一声：师父！我妈哭了起来，我想，她也很激动吧。

自从我爸那次战败逃跑，他就再也没回过家。战场也一直没有打扫，家里到处乱七八糟。这正合我意啊，我从来没觉得自己的家有这么好。我妈再也没有洗过那些帘子垫子套子。我披着脏兮兮的沙发帘当斗篷，把笤帚舞得虎虎生风，已经离武林高手不远啦。

9

我重新变成了一个快乐的小孩儿，可是辛老师却不知道是怎么了，她像变了一个人儿似的，整天两眼发直，要么不吭声，要么就是大喊大叫，抖着乱发，张着大嘴，脑袋像个狮子头。我们都躲着她走，不到万不得已，绝不跟她说话。

同学们都在议论辛老师出了什么问题，他们围着我问。我怎么知道？我也正纳着闷儿呢。于是，我摇了摇头。他们就又问我，你妈咋了？我妈咋了？我妈好着呢啊，我妈战败了我爸，把他打成了一只缩头乌龟，再也不敢出来啦。我一想起这个就激动，赶紧绘声绘色地讲起了我家这个精彩的故事，就像辛老师教的那样，起因、经过、结尾都有，还用了好多的成语，绝对是一篇满分的口头作文儿。我不愧是我们班的故事大王啊，所有的同学都围着我听得津津有味，连辛老师来了都不知道。

事情的结果太出人意料了，辛老师不但没有表扬我，还狠狠地给了我两个大嘴巴。她把我拎到了办公室，把桌子上的作业本哗啦一下都砸在我的脑袋上，然后发疯一样地朝我吼道：把你家长给我叫来！

我一边哭一边给我爸单位打电话，我说爸你快来吧，辛老师不让我上课呀！她拿作业本砸我呀，她还要找我家长！

我爸叭地挂了电话，差点儿震聋我的耳朵。

不一会儿，我爸来了，他咣地推开教师办公室的门，脸上流着汗珠珠，气冲冲地走到辛老师面前。可是还没等他说话，辛老师就咣地一拍桌子站了起来，她指着我爸的鼻子尖大喊道，你这个家长你怎么管孩子的？你成天都干些什么！当家长的要为孩子负点儿责任，别整天就知道吃喝玩乐！你以为你是局长你儿子长大就能当局长了是吧？做梦！白日做梦！我告诉你，你儿子就是一个弱智、白痴！白痴、弱智！

我爸抬起一只手，举到辛老师头顶的时候，坐在辛老师对面的张老师悄悄站起来走到我身边，她拉起我说，洪小声啊，来，跟张老师到外面去。

她身上香香的，我吸着鼻子闻。鼻涕在我鼻孔里一上一下，很是碍事。

张老师顺便拽了拽我爸扬起来的胳膊，温柔地说，有话好好说。

我爸的胳膊好像也举累了，赶紧垂了下来。

我被香香的张老师牵着小手，出了门——啊，真是令我惊讶！竟然有这么多老师站在门外的走廊上。他们要在这里开会，研究我的问题吗？张老师看到这么多人，也吓了一跳。她朝他们笑着招了招手，意思可能是说会议开始啦，大家就都跟着她走到远一点的地方去开会了。

会开得可热闹了，大家叽叽喳喳，惹得我也忍不住走过去听。美丽的张老师看到我，拉起我的手，摸着我的头，对大家说，你们知道吗，洪大声喝醉了酒，把辛素洁给强奸了，辛素洁怀了孕，没办法就只好答应嫁给了洪大声，结婚不久就生下了这个小白痴。这句话引起了一阵激烈的讨论。我才不关心他们说什么呢，张老师身上真香哩，我把脸贴到她裙子上蹭啊蹭啊，把刚才哭出来的鼻涕擦得干干净净，然后使劲闻着她身上的香味，可好闻啦！闻着闻着，我突然想起了一句我爸常说的话，于是我扬起脸骄傲地对她说：我 × 你妈。

10

那天我爸被辛老师教育了一番后，晚上竟然回了家。可是很快他就又走了，带了两个大行李箱，大概是要出一趟很远的远门。

我妈好几天没去上班，我也好几天没去上学。当我以为以后的日子都要这样过下去的时候，我妈突然在一个阳光明媚的早晨用快乐的声音对我说，儿子，妈决定重新开始。我说，妈，啥重新开始？我妈说，一切。说这个"一切"的时候她把右手扬起来在空中画了一大圈。我随着她的手看到我们垃圾堆一样的家。

于是，重新开始的第一件事就是大扫除。辛老师经常领着我们大扫除，她有五十二个学生，可是我妈只有我。

灰尘在阳光中飞舞，雾蒙蒙的，我看到我妈被笼罩在里面，像个仙女。她一边挥舞着抹布东擦西擦，一边对我说，儿子，不怕，你爸不要你了，你还有妈。妈一定把你培养成人，培养成市长，省长，联合国秘书长，地球球长！专管你爸！听了这话，我真高兴啊！我爸管我的时代已经过去，我管我爸的时代即将到来。我干活儿更起劲儿了，手里的抹布比我妈挥舞得还快。

我妈可真能干，很快就把满地的东西收拾好了。她满意地拍了拍我的头，好像那些活儿都是我干的似的。接下来，我妈指挥我把地毯上的塑料布掀起来，她说以后再也不铺啦，说我可以在地毯上打滚儿了。这是一件多么令人高兴的事啊。

我们一起动手，唰啦啦地掀起了那张大大的塑料布。可是，可是，竟然，竟然，有一股巨大的难闻的味道从塑料布底下升腾而起，扑面而来。我被熏得一屁股坐在地上，看到地毯它自己长出了一片一片丑陋的花儿，黄绿色，还毛茸茸的。我妈愣住了。她停在那儿，一动不动，我还以为她被呛死了。

过了很久，我妈用慢动作拿起一块湿了呱叽的脏抹布，在墙上使劲写了一个大大的"霉"字。这个字我学过，那篇课文里有个叫小萝卜头的小孩儿，跟我差不多大，他跟他的妈妈生活在一间破牢房里，每天吃的都是发霉发臭的破馒头。我妈用手敲敲墙，仿佛那是块大黑板，然后指着我说:洪小声同学，起立。

这时候我突然想起来一件大事，原来我妈就是辛老师！

我连忙从地上爬起来，挺直胸脯站在那面"大黑板"前。然后，我便听到我妈和我敬爱的辛老师用一个声音对我说：洪小声同学，请你用"霉"字组个词。

我吓了一大跳，这是怎么回事啊！我妈说过，在家里她是我妈，不是我老师，辛老师也说过，在学校她是我老师，不是我妈。现在事情都乱掉了，我一下子就变傻了。而且，即使我不变傻，我也答不上她的问题。我会讲很多很多的故事，我还会用无数的成语，但是我就是学不会组词，就是学不会。

我妈很失望，懒得再理我。她慢慢坐到了地上，把头靠在墙上，用那两只突出来的白白的板牙咬住下嘴唇。她闭上眼睛。我想她是困了。她真的应该好好睡一觉，她太累了。

我突然觉得心里有一股热乎乎的水在流，这股热乎乎的水流把我冲到她的身边，我悄悄地弯下腰，亲了亲她那两颗白白的门牙。

我感觉到，她的门牙在颤抖。

2011 年 9 月一稿，2011 年 12 月 19 日二稿改毕

原发于《红豆》2012 年第 1 期

第四个苹果

甲

　　你想了解我？你已经很了解我了啊。里里外外你都了解过了。况且，你刚刚又了解过一次了，你还了解得那么深。呵呵……你真的不了解我？不了解我你爱我什么呢？不是你虚伪，就是爱虚伪。唉，我愿意相信你是真心的，这不怪你，你说爱的时候恐怕连爱是什么也不知道。人总是这样的，确信着自己根本不知道的东西。比如说爱啊，神灵啊，又比如自己。我不确信，我不确信任何事，包括我自己，所以我也没法儿给你讲清我到底是什么样的人。

　　有的时候，我很绝望，我觉得这辈子都不可能了解自己了，我不知道我是掌握在谁手里的，反正不是我自己。大概是魔鬼吧。你刚才在我身体里有没有见到魔鬼？见到了啊？哈哈，它对你说什么？……我才不信呢，魔鬼不会爱任何人，它只会戏弄人。

它不只戏弄了你，它也一直在戏弄着我，还有其他所有人。世上的事没有真相，因为都是魔鬼随心所欲的把戏。

我的第一次？男人总爱问女人的第一次，以为知道第一次就掌握了一把钥匙，解开她心灵的秘密。真愚蠢。"一"没有任何意义，很多事情在第一次以前就开始了，只是谁都无法看到。你真的也要做个愚蠢的人？哎呀，好吧好吧，我总是舍不得拒绝你。我的第一次呢，应该说是个挺悲惨的故事，从哪里说起呢……

我跟你说过，我是个苦孩子。我从小就没了爸爸。人说寡妇门前是非多，我一直跟我妈相依为命，受尽了欺负。我妈又很漂亮——这你从我身上就看得出来啊，呵呵——就老是有人故意来找我们家的茬儿，想占我妈的便宜。我们那个破村子哪有人能配得上我妈？其实我爸也配不上，我妈那么漂亮的女人搁在城里，就是大款夫人，或者官太太，呵呵。我妈就硬撑着，愣是一个人把我拉扯大了。我上学晚，九岁才开始上小学，初三就十七了。我妈想让我接着念，考上大学，考进大城市，以后就能留在大城市工作，嫁个好人家。可是高中的学费高，她实在是供不起我了。村里有个包鱼塘的，就是我们村最有钱的人了，姓刘，也是早年死了媳妇，一直惦记着我妈，有事没事就往我们家跑，常送鱼给我们吃——现在你知道了吧，为什么我家那么穷，我还能长这么水灵，因为我天天有鱼吃，呵呵——但是我妈一直没对他松口。那时为了能让我读高中，而且想想自己也快老了，有个人照应也好，还有，吃了人家那么多年的鱼，我妈她一直觉得对姓刘的挺愧疚的，这些原因加在一起呢，我妈就决定要跟姓刘的过日子了。但是说要等到我考上高中了再结婚。

姓刘的当然答应了，乐得屁颠屁颠的，大大的脑门儿都整天放着光儿了。得了我妈的允许，他就几乎天天往我们家跑，不像以前在门口递了鱼就走，而是越来越像个主人似的，在我们家吃饭，顿顿还要喝点儿小酒。时间长了，我跟我妈也确实跟他就觉得亲近了，甚至他要是实在软磨硬泡，我妈也会同意他偶尔住在我们家了。

他们住东屋，我住西屋。我有时一个人躲在被窝里，想着我妈为了我，跟一个浑身鱼腥味的男人睡在一起，就觉得做个女人真的很可怜。可是我却发现，我妈跟他睡了几次之后，却开始变得在他面前千娇百媚的了，整个人鲜亮了不少。我也就不那么难过了。

姓刘的有两个孩子，老大是个女儿，已经嫁到外边去了，还有个小的，是个男孩，叫小栓子。跟我差不多同岁，老早就不上学了，但是脑袋却挺好使，很小的时候就能帮他爸算账，大了些他爸就把账都让他管着。没事儿的时候，他也常到我们学校去，跟那帮男生在一起玩儿。我早就认得他，但从来都不搭理他。只是我妈跟姓刘的好了之后，我心里隐约觉得应该对他稍好一点儿才对，见到了就会对他笑笑。后来他也常跟他爸到我家来吃饭。他很有数学天赋的，没学过初中的数学，看我的书就能懂。我数学特别差，他有时竟然还能给我讲讲。我就对他有了些好感，开始来往多了些。有时他爸不来，他也一个人来我家。我妈不喜欢他，跟我说他没文化没教养，长大了也就是顶他爸的班儿包塘养鱼什么的，不会有什么大出息，让我别跟他来往。我说他有没有出息跟我有什么关系，要不是你跟了姓刘的，我连话都不会跟他说。我这样一说我妈就放心了，不再盯着我们俩。可是她一不盯着就出事了。

有一天，姓刘的吃完了晚饭就钻进东屋和我妈黏黏糊糊的。小栓子帮我捡了碗筷跟着进了西屋，我们坐在炕上玩儿扑克，他说，谁输了就要让对方摸一下。我不干。他说要不我不给你讲算术了。我就同意了。第一次他就赢了，他摸了一下我的手。第二次他又赢了，他摸了一下我的脸。第三次我赢了，我在他脸上打了一巴掌。他说打人不行，下次他赢了要摸我两下。下次他就赢了，第一下他摸了我的大腿，第二下他就一下子伸进里面摸了我的屁股。我差点儿叫出来。我嘴里骂着他，但我却更想跟他玩儿了，我想一直都让他赢。于是他就一直赢。等他爸和我妈从东屋里出来，他把我全身都摸遍了。我妈推开门儿，看到我们俩在老老实实玩儿扑克，就舒了口气。小栓子就起来跟他爸回家了。

那天晚上，我自己又把自己摸了一遍。就是从那天起，我开始懂得想男人了。后来有一天，我妈上邻村去了，我一个人在家，没听见声音，就见小栓子呼地撩开门帘进来了。我一看到他，身子就有些发软了。他问我，还玩儿扑克吗？我说不玩儿。他说这回我让你赢。我说我才不稀罕呢。我扭头就往屋外走。他一把拽住了我，说不玩就不玩呗。我就回来坐着。我们俩呆坐了半天，小栓子突然说，我想看看你，你，你不穿衣服的样子——他都结巴了。我说不要脸。可我觉得身上舒服极了，就像有太阳从里面唰地一下升起来一样。小栓子哀求着，说就看一下。我一扭身子，将后背对着他。他却一把把我的衣服从后面撩了起来，就像撩我们家门上那门帘似的。后来，他就把我脱光了。我已经完全软了，躺在床上由着他在我身上看啊摸啊，想我妈跟姓刘的肯定每天做的都是这样的事儿。后来小栓子把自己也脱光了，他身上那个东西像个小棍似的不断戳在我身上。我捂着脸，不敢看。

这就是我的第一次。这是一辈子的阴影你知道吗？你非要我讲，让我往伤口上撒盐呢。女孩子的第一次是多么重要啊，可是我却糊里糊涂地就被夺去了。你还笑！还有更惨的事情呢。

后来我们就常常偷偷在一起做那事儿。终于有一天我肚子鼓起来了。我肚子鼓起来的时候孩子已经快三个月了，可是我们都不懂。是我妈突然发现已经有两个月没看到我洗月经带了。她又想起我特别能吃，还偶尔恶心，站在院子里干呕。也不用检查，她就知道肯定是那么回事儿了。她问我是谁，我就说了。我妈二话没说，径直去到老刘家，把小栓子拖到我家，关上门，抄起鸡毛掸子就没头没脸地一顿狠打。姓刘的莫名其妙地跟到我家，看我妈打他儿子，就劝，问什么事啊什么事，别打了，有话好好说。我妈也不听，就是打。姓刘的终于忍不住了，他一把抢过我妈手里的鸡毛掸子横在腿上掰折了。我妈没了武器，却没停下来，抢开胳膊还是打。小栓子一声不哼，抱着脑袋蹲在地上。姓刘的急了，吼了几声吼不住，扬手就给了我妈一巴掌。他打我妈，我怎么能让他呢！我冲上去，就对着他拳打脚踢。他便拎起我来用手里的半截鸡毛掸子打我。小栓子算有良心，他一下子蹿起来去拽他爸的手，姓刘的把他甩到一边儿继续打我。他便扑过来，一口咬住他爸的手。我妈一边护着我一边用手去挠姓刘的。我们四个打成了一团。后来还是姓刘的先反应过来，住了手。他一停下来我们就都停下来了。他问，到底怎么回事儿啊！我妈指着我的肚子说，你王八蛋儿子干的。姓刘的呆了一阵儿，终于反应了过来。眨巴眨巴眼，抬手就给了小栓子一下子。然后他就笑了，他说，我当是多大个事儿呢，正好，咱俩办完就给孩子办，手续到岁数了再补。他们俩结了婚咱们俩就等着抱孙子。多好点儿事啊，打什么啊打！我妈盯了他半天，把他盯得直摸脑门儿。我们四个像四个桩似的戳在那儿。我看到我妈都快把眼睛盯出血了，然后她的眼珠终于转了，转向外面，她走过去，把大门打开，指着外面说了一个字儿：滚！姓刘的愣了一阵儿，见我妈的手指坚定不移地横向院子，只好拖拖拉拉地往外蹭，小栓子也赖着，还想说什么。我妈又扯着嗓子喊了一声：滚！爷俩儿才排着队勾着脑袋走出去了，像两个俘虏。呵呵。从那以后，我妈再也没让姓刘的进我们家的门儿。她领着我到城里做了流产。孩子太大了，我疼得受不了，就使劲地挣，我说求求你们了，我不做了，我生下来行了吧。大夫也不跟我说话，又叫了人过来死按着我。我的恐惧感一下子就上来了，好像要被上刑，要被弄死。结果我发疯了一样挣，终于弄破了子宫壁，大出血，差一点儿就死在手术台上。所以，我是死过一回的人了。

姓刘的不明白为什么我妈可以嫁给他，我却不可以嫁给他儿子。他让他家大女儿回来，给我送来了手术费和住院费，帮着我妈照顾了我几天。我脱离危险那天，我妈就在我床边儿心平气和地对他大女儿说，翠儿你回去吧，你妹儿没事儿了，我一个人忙得过来。你回去跟你爸说，这个婚我们不能结了，就算我们这辈子没那个缘分。孩子的事儿你妹儿也有错，我也不怪小栓子了，让他爷俩儿以后离我们娘俩儿远远的就行。我妈守了我几天几夜没睡觉，脸黑得吓人。她就那么平心静气地说，小翠却在旁边哭。我迷迷糊糊地听到我妈的话，也闭着眼睛哭。小翠姐劝了半天我妈就是一声不吭，她像没听见似的只是拿块毛巾不停地给我擦眼泪。后来小翠就走了。话肯定是带到了，姓刘的再不敢跟我妈提结婚的事儿，在哪儿见到我妈都小心翼翼的，垂着两手，哈着腰，像面对一个女王。我挺同情他的，说到底这件事跟他是没关系的。可是也怪不得小栓子，要怪就怪我自己贱。

　　小栓子不久以后就出去打工了。但姓刘的还往我们家送鱼，自己不敢来了，让伙计送。头一回让我妈给扔了，他托人带话说，是给孩子的，孩子刚做完手术得补补。我妈就收下了。她一边狠狠地刮鱼鳞，一边对我说，咱们就是这贱命，让人祸害了还得吃着人家的东西！你这不要脸的东西，我苦了大半辈子，就盼着你好好念书，将来嫁个好人家，别再吃苦，也让我过两天好日子。你就作死吧！我妈天天骂着我伺候我，骂着老刘家做他家的鱼给我吃。从那时候我就觉得，谁也别说谁，谁也不比谁高贵。人人都是贱命一条。你别笑，你也一样！中考就是在这时候。我没参加上考试，当然也就没读上高中。等我好了之后，我妈让我重念，我不干。破罐子当然得破摔了，你还能指着它盛得住水？我不想再好了。就跟着村里出来打工的姐妹们跑到这儿来了。

你不信？你问来问去的，跟你讲了你又不信。不过你不信也是对的，我说过了，世上的事没有真相。

……我真的没上过大学。高中都没有读过，上什么大学啊。都是后来我自学的。英语？英语是跟一个老外男朋友学的。在床上学的。最先学会的是"fuck"。哈哈。

还想知道什么？后来？后来我就四处打工啊。我挺聪明的，一边打工一边自学英语什么的。工作越换越好，越来越有钱，就慢慢变得跟城里人一样了。也交了几个男朋友。后来？后来就遇到你了呀。你都知道了。几个男朋友？哈，那我可不记得。反正有过好多吧。啊，你弄疼我了。你别这样看着我，我现在真的只爱你的。那都是以前的事了。不说。就不说。说了你又要生气。唉，我也说不清是为什么。你说女人跟男人上床是为什么？对我来说，这似乎就是一道门，你推开一道道门，就看到一个一个世界，不推开这道门，看的就永远是门。男人都会伪装，他装得再好，在床上也暴露无遗了。床品如人品，哈哈。一个男人就是一段人生。坏人？我不管他是好人是坏人。我又没有钱，又不怕他谋财害命。色也用不着骗，我给他了嘛。我肯定是一般意义上的坏女人了，但我感觉你会理解我的。

乙

你不用这样看着我，我不是罪犯。是，我是犯了罪。但是，我不是罪犯！……对不起，请给我支烟……可以让她出去吗？我只想对你一个人说。我不是交代罪行，我要说的比你们要得到的多得多，我需要有人倾听。也许，也许不久我就死了……谢谢你，谢谢你能听我说。

你相信爱情吗？呵，请原谅。一个四十多岁的老男人在审讯室里谈论爱情。我能从你的眼睛里看出来，你是相信的。你跟别人不一样，你心里好像也藏着一团苦，但我没有权利问你，我也没有资格跟你说什么谈心了。我有感觉，我们从前如果遇到，肯定会成为朋友的。现在不一样了，现在我什么资格都没有了，连抽一支烟都要请求你，连命也要交出去了。也许还会被人骂，被人当作茶余饭后的谈资。我死成一个笑话了，死成一个荤段子，一个小报消息了。哼，人人都是贱命一条，我也一样——她可真是先知。

……你今年多大了，顶多三十五岁吧？你是副队长？年轻有为啊，真好……可是我的路就快走到尽头了。我刚才说的是什么？噢，爱情。呵，这东西我早就不相信了，我有过很多女人，但很久没有过爱了。可是我认识她之后又相信了。我控制着控制着，还是爱上了。她说我可能根本就不知道爱是什么东西，也许吧，可是谁知道呢，还不是都爱来爱去的。我不喜欢听别人讲爱情，觉得真是可笑。但谁的爱情是可笑的呢，只有自己知道这东西是多么苦。你也不感兴趣吧，但你得听下去。我因为爱她才杀了她，我要交代杀她的过程，就得交代爱她的过程。爱就是我的杀人动机。……我，想再要一支烟……谢谢……你不知道她是多么迷人的女人。她身上的每一寸都诱惑着我，她的一举一动都能让我爱得发疯。我现在知道了，这个女人身体里真的是有魔鬼的，从我进入她的那天起，魔鬼就从她身体里面拽住了我。我爱她，可是她最终却毁了我！我这么说不是为自己所做的一切开脱。这是事实！你们都已经掌握了，我是个好人。我一向遵纪守法，而且也是个有地位的人啊。我有妻子有孩子，有个基本上算是美满的家庭。

她与众不同，这样说是挺笼统的，但是如果你认识她，你就会理解我所说的了。她跟我讲过她的身世，很苦，从小跟着母亲相依为命，中学没毕业就跑出来打工。可她身上竟然没有一点儿俗气，她高傲，可是又低贱。她身上有股邪恶的劲儿，但她又邪恶得那么单纯。她不知道自己的好，也不知道自己的坏。是的，她是很漂亮，但这不是主要的，比她漂亮的女人我见得多了。尽管她给我讲了很多她以前的事儿，但我还是总觉得她身上充满了谜。我想弄懂她，可越走近我越发现她像玻璃似的透明，好像我什么都早已经看到过了似的。可实际上呢，她又不透明，她是一堵墙，不，是一座城。你懂我的意思吗？唉，我也说不清。她就是那样一个女人。她什么事都告诉你，却让你更加弄不懂她的心思。她只是一个小职员，尽管工资不低，但是还是过得不怎么样的。可她从来不要我的钱。我只好给她买礼物，买很贵重的礼物，每一次她都感动得不得了，她流着泪说让我别对她这么好。但是那些礼物呢，那些钻石项链啊，金表啊，她却很少戴，我看到她随便把它们放着，她又根本不太在乎。她是不在乎礼物呢，还是不在乎我呢？我问她，她却说她是爱我的，是最爱我的。我也感觉她是爱我的，女人做爱的时候那身体是假不了的——妓女做的假其实男人都能看出来，但是乐得自己骗自己罢了——她的每一个部位都是向我打开的，都是疯狂的。有时候她会做着做着就流出泪来，她狠狠地抱着我，不停说着我爱你我爱你我爱你，那时候她身上的气息告诉我她说的是真的。

　　可是，她却还要有别的男人。是的，我不能给她婚姻，我老婆是个很好的人，我忍不下心。可是我的心全给了她了，我跟她在一起的时间比跟我家人长得多，我可以一辈子照顾她，这跟结婚有什么分别呢？而且后来，我真的已经动摇了，已经在做着要娶她的打算了。我把我的想法告诉她，让她别急，给我点儿时间。她也不说什么，她有时候点头，有时候摇头，但她不说什么。我也不知道她是怎么想的。可是我自己是心虚的，我不能过分要求她对我忠贞，毕竟我能给她的还只是一个口头承诺。而且，我也虚伪，我不能承认我被她完全控制了。这怎么可能呢？我什么女人没见过？我想要什么样的女人得不到？只有她们企求我服从我，我怎么可能被一个女人控制住呢？我不能接受，我容不得自己变成个小男人样。我说服自己，告诉自己无所谓，用不着对她太在乎。于是我装作很大度，装作不以为意，忍受着她的所有男人，老情人，新情人。她的男人多得让我简直要发疯，我真不理解她要那么多男人做什么！她对他们也不图什么，对我也是，她似乎只是对男人充满热爱，她简直乐此不疲。她说性和爱是不一样的，可是我自从有了她，就没兴趣再碰一下别的女人，甚至跟我老婆都分房睡了。我都已经为她这样了！我很想告诉她，但你知道，我又是绝对不会说的。

　　她这个魔鬼，她可真的什么都不在乎，她经常会在床上跟我讲起她别的男人，有时候讲他们的好，更多的是那些可笑的事。我假装着，好像我也不在乎，我笑着听她讲，其实心里很恨。恨谁呢？恨她，也有那些男人，更多的是恨自己。恨自己怎么就没法儿不爱她。只要不喝酒，我都能忍得住，这么多年，我什么都经历过了，已经有很强的控制力了。酒我也是可以控制的。可是不行了，她让我渐渐把握不了自己了，酒也喝得多起来。有时候喝多了，就管不住自己了，我骂过她，狠狠打过她。她就哭着哄我，照顾我，任由我打骂。有一天我甚至把她绑了起来，我是那么憎恶她的身体，给了那么多男人的身体，我掰开她，用手狠狠地撕她捅她。她哭，我也哭。我就哭着那样做，感觉自己无能透顶。第二天我酒醒了，看到她在旁边睡着，可是她的手还被绑在床架上，身上全是我弄出的伤痕。我心里就被刀子剜了一样疼，我解开她，吻醒她，我想扑在她身上求她，我想跪在地上求她，我想让她狠狠打我，可我竟也忍住了。我只是抱着她道歉，说对不起，我喝多了。我故作镇定，可是我控制不了我的身体，我一直在发抖。我想我将永远失去她了，我心里怕得要命，我后悔，甚至感到了绝望。可是你知道怎么样吗？她竟然对我笑了，她搂着我，反而劝起我来，像妈妈一样把我的头抱在怀里，轻轻哄我，直到我不再抖。后来我想她心里大概什么都知道的。可是知道了她为什么仍然那么狠心地对我。笑就是狠心！不生气就是狠心！我有时候觉得她那是在鄙视我！

　　她那里被我弄伤了，好几天不敢坐着，不敢走路。可她仍然像以前一样对我，好像什么都没发生过，好像那只是她自己不小心碰伤的，跟我无关。她不要我的钱，也不要求我娶她，而且也从来没求过我办什么事情，她似乎不需要我，却又不离开我，哪怕我给她那么大的伤害也不离开我。这又是为什么啊？这难道不是因为爱吗？这么想的时候我就又觉得她是爱我的。我就这么被她折磨着。一会儿觉得她爱，一会儿觉得她不爱。你了解那滋味吗？

……好吧，那天的情况是这样的。下面，也许就应该说是交代罪行了。你可以做笔录了。

我出差几天，特别想她，那天晚上回来的时候就直接去她那里了。我看到里面有灯光，知道她在，就用钥匙打开了门。我听到卧室里有声音，一开始还以为是电视机呢，仔细一听却是她的声音——她在叫床！我当时就蒙了，虽然我知道她会和别的男人做爱，但是就撞在眼前了还是让我受不了。我本来想冲进去，但是我稳住了，我当作没事儿一样，关好门，把旅行袋放下来，把外套脱掉，甚至还走到厨房去看看有没有什么吃的。这时候里面的声音停了，她喊我的名字，问是不是我回来了。我说是我，你干什么呢？她竟然嘻嘻笑起来了，她又喊道，你先在客厅里坐着，我一会儿就好。我竖着耳朵听里面的动静，听到那男人好像要走，可她说没事儿的，我还要。我还要！她居然说我还要！这个婊子。我还硬撑着，我不信自己会被她左右。我若无其事地，还假装幽默地大声对她说，你忙你的。我本来可以走的，可好像又有种力量拉着我不让我走，我在门口站了半天，就是迈不出那个门。于是我便走到阳台上，站到那里去望风景。我尽量转移自己的注意力，去看楼下的车，看远一点儿的万家灯火。但是我却什么也听不到看不到，耳孔里涌进的只有她的声音，眼前只有她光着身体取悦别人的样子。我做了无数次的深呼吸，可也无济于事，我就哼起了一支歌儿，很大声地哼起了一支歌儿。我就那样很悠闲自在地回到客厅里。我坐在沙发上，茶几上有一个水果盘，盘里满满地装着一堆苹果。对，是苹果。我愣愣地看了半天才反应过来那些是苹果。于是我就拿起一个削了起来，这才发现自己的手抖得不成样子了，那把刀总想往自己的腿上扎——我的腿也抖个不停。

我终于还是忍过去了，我什么也没做，只是坐在那里削苹果，我有点儿为自己高兴。她打开门出来的时候，我还能对她笑。她跑过来搂着我，亲我，我厌恶地想到她或许刚刚给那个男人接吻过，可是我还是迎合着她。她说想死我啦，我说我也是啊。这时候那个男人从里面出来了，我尽量不去看他，可是还是忍不住看了。他很年轻，也不算太年轻，大概跟你差不多。他一开始看到我的眼神里还有些愧疚和恐惧。这样的眼神让我心里好受一些了。可是她说话了。她过去把那男人拉到我面前，笑呵呵地把他介绍给我，说，这是小马，我昨天去他们公司办事认识的。那男人怔了一下，然后表情就变了，变得很坦荡，还有些高傲。他竟然向我伸出了右手。他竟然想要跟我握手！我身上所有的血都涌到头顶上了，以前总听到人说这句话，真不知道是什么感觉，那时候我算体会到了，我只觉得浑身冰凉，头却轰地炸开了。

我手上还拿着那个水果刀，我已经在削第四个苹果了，削好的三个都整整齐齐地摆在茶几上，在等着它们的第四个兄弟。

我放下第四个苹果，也伸出手，不过我手上还拿着那刀，我将那带着苹果味儿的刀狠狠地扎进他肚子里了。噗的一下就进去了，我觉得很畅快，他没有防备，所以身体放松，我几乎没感到阻力。我忽然就想起她说过的话，她说是魔鬼在她身体里控制她。我知道魔鬼跑到我身体里来了，那一刀让我无比快乐，我都想大笑了。我真的就哈哈地笑了，然后又扎进去第二刀。如果那男人不倒，我还会扎第三刀，第四刀……可是他第二刀就倒下了，真是个孬种。他双手握着我的刀柄，我拔了一下没有拔出来，他就带着那把刀轰地栽在地上。血很快流出来。我想起了家乡的小河，想起小时候写作文说小河欢快地流淌。他的血在我眼里就是在欢快地流淌。我停不下来了，魔鬼在我身体里大呼大叫。于是我就冲她大呼大叫。她呆呆地站在一边，连喊都没喊出一声，只是瞪大了眼睛愣愣地站着。我把她抵到墙上，掐着她的脖子狠狠地往墙上撞。我冲她喊，爽不爽啊？爽不爽？你不是还要吗？不是还要吗？我给你。我给你……她一点儿也没有挣扎，在我手里像个布娃娃似的，那么顺从和柔软，跟做爱时一样，好像我只是在跟她做爱。她看着我，眼睛里连惊恐都慢慢没有了，变得那么平静，不仅是平静，还有温柔。她那个样子，她竟然是那个样子，她应该哭，应该求我，应该说她爱我，可她竟然是那个样子。她连死都不在乎。她不怕我，这个时候也不把我放在眼里。我就一直掐着她的脖子，把她的头一下又一下撞在已经变红了的墙上。她身子彻底软了，眼神里突然透出一种异样的光，怎么说呢，是幸福，是幸福的光！是真的，你若看到就会相信我说的话，真的是幸福的光。我停住了，我想仔细看看她，我想看清那道光。可我刚一松手她就顺着墙滑下去了，她眼睛里什么也没有了，没有光了，更不会再有我。我突然意识到她死了，那一刻我身上的魔鬼好像一下子就跑掉了，它杀了人，却把我留下来顶罪。我无能为力。我瘫在她旁边，想大声地哭，可是却一点儿哭的力气都没有。我想跟她一起死，也没有力气杀死自己了。我就那么呆呆地坐着，脑袋里一片空白。

　　不知道过了多久，我听到有声音，是那个男人，他醒过来，他还没死。他从身上摸出手机，拨了120。他问，120吗？我就忍不住笑了。呵，他拨的是120，不是110。他不急于让警察惩治我，他要先救自己的命。我也确实不会跑，而且我看到他醒过来，连再去补一刀的想法都没有。我爱的女人都死了，我还杀他有什么用。我对他一点儿都不感兴趣，他爱活就活着吧，最好长命百岁。我不恨他，也不想杀人灭口。我自己什么也做不了了，我绝望了，把自己全交出去了，爱怎么样怎么样吧。

　　我只想快一些死，警察同志，我申请判我死刑。我要早点儿过去陪她，这下好了，我们可以永远在一起了。我有的是时间了解她了，我要问问她，她到底爱不爱我，我要问问她，被我杀死的时候她是不是真的觉得很幸福。我只是觉得对不起家人，父母，妻子，孩子，如果可能的话，请对他们隐瞒些吧，就说是仇杀，或者说我是误杀，唉，总之不要让他们抬不起头来，求求你们了。……是的是的，我知道结果要听法院的判决，我知道，剩下的就不是你们的事儿了，我知道，我知道……什么？她没有死？真的吗？那她现在怎么样？还能醒过来吗？不好说？

什么叫不好说！我要见她！我要见她！……如果她没有死，我是不是也就可以不死了？……你误会了，我不是怕死，我是怕没有她。我要跟她在一起，至少得在一个世界。……你说什么，小马死了？哪个小马？小马是谁？是那个男人？怎么会！我明明看到他醒过来，自己还打了急救电话。救护车来的时候他还清醒着。到医院就死了！啊，果真是个孬种……

　　……等一下，等一下！警察同志，如果她醒来了，求你转告她一句话，就说——我恨她！……不，不不，告诉她我爱她。我至死都爱着她。那样，她才会更痛苦！

丙

　　你不认识我，但你以后会认得的，等你醒来之后，你就会认得我。先从认识我的声音开始吧，以后我每天都会对你说很多很多话。医生说，要不停跟你说话，刺激你的大脑，你才会早点儿醒过来。其实这样也挺好的，如果你醒着，我不知道自己是否敢对你说这么多话。我已经很长时间没对什么人说过心里话了。我每天说的，都是在刺探别人心理的话。要讲方法，讲策略，要软硬兼施，要攻心战。其实我一边攻着别人，一边也在攻着自己。我打击罪恶，罪恶也在打击我。我根本就没把罪恶怎么样，倒是罪恶把我打击得七零八碎了。我对这世界越来越绝望了，没有美好，罪恶遍布每个角落，似乎人人都可疑。等把你们这个案子彻底移交，我就申请辞职了，有了这想法之后我很轻松，我就想来对你说一说。

我还有事情想跟你说，这件事一直捆得我透不过气来，我以为时间能让我忘了它，可是却越捆越紧。我不能对别人说，只能对你说，而且只能对现在的你说。这样等你醒过来，你就会看到一个干净的我了。尽管罪恶不会因为说出来了就不存在了，但是我希望你听了，能求上帝赦免我的罪。你现在昏迷着，看不到尘世，是离上帝最近的人，就替我传个话吧。我不是基督教徒，我原本什么也不相信，可我现在宁愿相信有上帝。最好有上帝，否则谁救我呢？

我开始说了——我握着你的手你不介意吧，这样我才有勇气说。

我在警校的时候，爱上了一个女孩儿。其实我高中的时候就很喜欢她了，我们是同班同学，可是那时候还小，也没有什么太多的表示，只是偶尔献献殷勤什么的。上大学之后，我就给她写了一封信，她没有回信，却直接跑到学校来找我了。她见了我，半天才说了一句话，她说，我同意。我在信上问她，可以做我女朋友吗？她同意，就证明她是我的女朋友了。我们就开始谈恋爱了。我爱她爱得不得了，我嘴笨，表达不出，就总想着最好我们在公园里啊或者在什么地方啊能遇到一伙坏人，要欺负她，然后我就冲上去把他们全打倒——我那时已经学了不少功夫，擒拿格斗什么的，很自以为是了——但是就算我打不过他们，让他们打死我我也情愿，我就能让她知道我有多么爱她了。我是可以为她死的。

后来我警校毕业，分到了一个派出所，她毕业之后在服装厂做会计。我想好好奋斗几年，调到分局或者市局去，然后我们就结婚，一辈子的路就会那么平平稳稳地走下去了，多好啊。可是她却变心了。然后一切也就都变了。我的路变了，她的路也变了，还有另一个人的路，也变了，变得更大，变成死路了。

　　她跟我提出分手，是因为一个离过婚的男人，我不是歧视离婚的人，只是我对她彻头彻尾死心塌地地爱了这么多年，在她心里竟还不如一个斜刺里插进来的半老男人？这我无论如何也接受不了。可她铁了心要离开我，竟然辞了工作奔那人去了。那男人在山里开了一个小煤矿，她去帮他管账目，简直就把自己当成老板娘了。她不回心转意，我就只好从那男人身上下手了。我开始暗中调查他。我知道这样的小矿主大多身上不干净，多多少少有些事。一查，果真是的，他矿上曾经死过两个工人，是出现了小塌方，活活被憋死的——煤矿设施根本不符合国家安全标准。这两个人，有一个的家属来闹过，他指使打手们将他们关了两天，连恐吓带哄骗，只给了五千块钱。另一个还一直瞒着。以为神不知鬼不觉，却被我查到了。我本可以把他揭发出来，但我怕他后面有人撑腰，我一个小片儿警不能把他怎么样，什么事没办成，反而毁了自己的前途。于是我就决定自己解决这件事——我手里捏着他的把柄，只要他把女朋友还给我，我就可以不再追究。

　　像我预料的一样，他没有拖泥带水，很痛快就赴了我的约。我在电话里没有抖出这件事，我只告诉他我是婷婷——噢，就是我女友——的男朋友，想找他谈谈。他大概认为我就是想敲他几个钱才肯放手，没什么大不了的，所以也没有带什么人，一个人大摇大摆地来了。混账王八蛋，根本没把我放在眼里。我靠在一棵树后面，天已经快黑了，看不清他的脸，只看得到一个肥胖的身子像鸭子一样踱着方步。我心里突然又涌上那种难以控制的愤恨，婷婷竟然宁愿跟这个让人恶心的家伙。就是因为他有几个臭钱？人就可以这么贱？我走出去，强压着怒火，假装心平气和地跟他谈判，好像在做某种正当的交易一样。可是果然跟我想的一样，他根本就不怕这个！他说有能耐你就告去好了，我要是没那金刚钻儿也不会揽这瓷器活儿。哼，你以为这煤矿是谁都能开得起来的吗？你当我是吃素的吗？你要真敢太岁头上动土，我让你吃不了兜着走，我让你警察都当不成，我让你全家哭都找不到调儿。呵，他还跟我一套一套的。我心里恨，却又觉得实在好笑。就笑了。他见我笑，大概以为我怕了，是在讨好他呢。他轻蔑地看着我，把一沓钱从兜里掏出来，放在手上敲了敲，啪的一下扔在了我面前。然后他也笑了，说小伙子，想开点儿，婷婷呢也是想过好日子，你一个穷小子，当一辈子警察能挣几个钱儿，不够我给她零花儿的呢。我挺喜欢她的，不会给她亏吃，你放心好了。拿上钱赶紧走，别等我后悔！——我现在想起来，他这几句话还像就在我耳边说的一样——我没说话，我们僵持了一会儿，我就走过去了，弯下腰去捡，不过，我捡的不是钱，是一块砖头。我冲过去就给了他一砖头，那一下又准又狠，他一下子就给撂倒了。我接着砸，不等他发出声儿，他就永远也不能发声儿了。我探探他鼻孔，然后拔出了腰上别着的一把刀，这把刀很普通，是在批发市场买的，遍地都是的式样，没法儿追查它是从哪儿来的。我擦去刀上的指纹，把它放在那男人的手里，然后在自己身上找好位置，握着那男人的手一刀扎了下去。拔出来，又向肩膀划了一刀。就这样，我让自己负了重伤。我在警校学过人体解剖生理学，知道扎哪里最能唬人又没有生命危险。做这些的时候，我都没有犹豫，简直可以说是一气呵成，天知道我是怎么做出来的。那天去之前我根本也没有做过什么计划，我也没想过要杀他，更没想过捅自己。我只是下意识地带上了一把刀，一把查不出底细的刀。我不知道一切是怎么在瞬间就发生的，直到现在我才明白，就是你说的，有魔鬼在支使吧。

　　救护车来的时候我昏过去了，醒来之后我就成了一个英雄。众所周知的事情经过，是我在暗中调查黑煤矿的事被矿主知道，矿主约我见面，想要收买我，但我不为所动，心黑手辣的矿主便掏出了刀子，向我下手。我身受重伤，仍然奋起反击，终于将歹徒击毙。

　　出了事之后，那个小煤矿的黑幕迅速被抖开。人已经死了，没人会傻到为一个再没有用处的死人撑腰的地步，加上死去的那两个矿工的家属坐在政府门口哭天抢地，当官儿的、当差的都唯恐自己沾上嫌疑，根本就没有闲暇顾及一些小小的疑点，比如我一个片儿警，为什么突然去查一个辖区之外的煤矿，又比如为什么我查到了情况，却不向领导汇报。很快小煤矿就被查封，没收非法所得，而那矿主只能是罪有应得，死有余辜。他的前妻早恨他入骨，儿子尚小，现任女朋友苏婷婷也绝不会提出什么异议。于是这件事便这样了结了。以比我预想的更好的方式了结了。我直接被调到了市局刑警队。苏婷婷呢，彻底没了靠山。而我却突然长成了一座山，我被嘉奖，被重视，前途无限光明。她只能回到我身边，这是她当时最好的选择。她在我住院期间每天不分白天黑夜地照顾我，她摸着我腹部一圈一圈的绷带求我原谅她。可就是在那时候，我突然对她产生了强烈的厌恶。我突然就不爱她了，我讨厌她，恨她。

但我还是娶了她。你知道我是怎么想的吗？我为了她受了这么大的折磨——不是说肉体上的，那种伤对我来说不算什么；是精神上的。从那以后，我就被捆上了，我是一个杀人犯，一个得不到惩罚的杀人犯，我的罪恶没有人知道，它就在我的肚子里发酵，让我觉得自己浑身都散发着恶臭。而这一切都是因为她，因为她的背叛，因为她的虚荣、她的无情——我怎么可能放过她呢！我不爱她，我也不会让别人去爱她。我要霸占着她，等她人老珠黄，再把她一脚踢开！

……啊，对不起，我攥疼你了吧。手腕都被我捏紫了。对不起，我太激动了。这些话，我一辈子只能说一次，就是这一次了，我知道你不会对别人说的，除了上帝。你会替我保密的。说出来我觉得舒服多了，接下来就看上帝肯不肯原谅我了，原不原谅我都理解，我知道自己罪孽深重。你是不是觉得我很可怕？你别怕，我不会伤害你的，以后我也不会再伤害任何人。苏婷婷，我也并没有狠下心来再伤害她。一年之后，我就跟她离了婚，而且把局里分的房子给了她。

我不想再爱别的女人了，天下女人都是一样的，虚荣又虚伪。那天，我审讯他的时候，他跟我提到了爱。以爱的名义杀人的案子我见过太多了，并不新鲜。——我原以为杀人的原因，无外乎两种，不是因为爱，就是因为恨。但现在不一样了，现在还可以因为冷漠。爱，恨，冷漠，都成了杀死一个人的原因，这世界越来越可怕了。——他说他不喜欢听别人的爱情故事，他以为我也会厌恶，觉得肉麻和可笑。可是我却是愿意听的。我喜欢听所有的爱情故事，我听了太多的罪恶，我不能不再听到一些美好。而且我对别人的爱很好奇，我想弄明白爱情到底是什么东西。可是每多听一次，我就更绝望一点儿，知道肯定是徒劳。那天他说到了爱，他爱你，可是他到最后也不知道你到底是不是真的爱他。他真是可怜。你也可怜。唉，其实我又何尝不可怜？又有谁不可怜呢？那些犯了罪的人，那些被罪恶杀死的人，那些自以为没有罪恶傻乎乎地活着的人……他请求我听他的故事，他说到了你。不知为什么，我心里的爱一下子复苏了，我感到自己竟然爱上了你，爱上了一个他讲述中的你。爱这东西太可怕了，它毫无规律，也一点儿不讲道理。就那么一瞬间，我就觉得自己跟你亲密无间了。虽然你对我来说仍是一个陌生人。我们都是有秘密的人，我的秘密听起来可怕，其实没什么了不起，只不过是一个"恶"字，你不一样，你的秘密更深，深到你自己都看不到真相。

　　我传染上了他的病，我也想破解你这个谜，想了解你。我有自己的办法，于是我又动用了我的职权，偷偷调查了你——你是我调查的最后一个人，这是对我刑警生涯最好的总结，想起来觉得挺幸福的。你跟他说你从小没有了父亲，跟母亲相依为命，可是我却找到了你的父亲。当然，也找到了你的母亲——你放心，调查是秘密进行的，不会让你父母知道的，至少暂时不会，能瞒多久瞒多久吧。他们年岁大了，知道你这样，恐怕经受不了打击——你根本不是什么农村来的打工妹，也没有什么不幸福的单亲家庭。你父母都是大学老师，在同一所学校教书。你家境很好，父母和睦，而且他们都很爱你。你从小品学兼优，是最听话的学生。你可以被保送你父母所在的大学，可是你没有去，自己考到外语学院读书。毕业后你没回到父母身边，也没有留在北京发展，而是选择了这座城市——我想，你大概就是想到这样一个没有人熟悉你的地方吧。从小到大，你像公主一样，没有经历过什么大的打击，一切都顺顺利利。我让医生给你做了全身检查，你的子宫壁很光滑健康，也从来没有破裂过。也就是说，所有悲惨的故事都是你自己编出来的。你把它们讲给你的男人们，朋友们，他们都讲给我了，他们都当真了，他们都说你是个可怜的女孩儿。可是他们每个人讲的都不一样，呵，你编的故事还真是多，想象力也够丰富的，一个比一个悲惨。我调查清楚了你的情况，可是我仍然调查不到你的灵魂。甚至，我是越调查越糊涂了。我不是很明白你为什么这么做，但似乎又有一点儿明白。我想如果你知道，等你醒了，你会告诉我的，告诉我你真正的内心，就像我今天告诉你我的内心一样。如果你自己也不知道，那就让我们共同来找答案吧。

　　说了这么多沉重的，我给你讲个笑话吧。有一个食人族的酋长，感到身体很不舒服，就去看医生。医生给他做了检查之后告诉他，你得注意饮食，以后要吃素才行。于是呢，酋长就不再吃人了，改吃植物人了。呵呵，真有意思，我是在上周的晚报上看到的。那天的晚报还刊登了你们的这起案子。那些记者很烦人，缠着我采访，我讲了案情，他们又让我讲得详细一些，还要来拍你的照片。我就火了，把他们臭骂了一通。我可以阻止他们写你，但我阻止不了记者去写他。毕竟你是受害者，而他只是罪犯。人犯了罪在其他人眼里就不再是人了，没犯罪的人急切地想把他与自己区别开。其实他们——那些记者——又何尝不是罪犯？报道铺天盖地，添油加醋，就算奇迹发生，他不被判刑，他也不可能再在这座城市生存下去了。他母亲突发心肌梗死病危；他妻子已经有些精神失常被送进了精神科；他女儿还小，却在学校待不下去了，休学被接到了姥姥家，听说整天只是发呆，一句话也不说。你瞧，这难道不是跟杀人一样吗？他们杀的人更多，他们敢说自己没有罪？每个人都是有罪的，可多数人看不到自己的罪，都敢于向别人"砸石头"。我这样说别人，更是在说我自己，我每天在那里把别人调查来调查去，审讯来审讯去，可我有什么资格审讯别人呢！我正是一个最需要被审讯的人，是一个需要惩罚的人，一个应该被石头砸死的人。可我却在那里伪装成正义的代言人。多么可笑的事情！现在好了，我将要辞职了。我要用我今后的生命好好爱一个人，拯救一个人，补偿我的过失。也可以说，让我们互相拯救吧。可以吗？

亲爱的——原谅我没经你同意就这样叫你——你想到你有一天会变成植物人吗？你以为变成植物人就安全了？哎呀小傻瓜，食人族的酋长改吃素了，改吃植物人了，你还是早点儿变回人的好。

我希望你能快点儿醒过来，你醒来的第一眼就会看到我，从那时候开始，我就是你最亲的人了。

2008 年 4 月 26 日一稿

5 月 18 日凌晨二稿

8 月 28 日改毕

2009 年 4 月 15 日将题目由《食人族》改为《第四个苹果》

原发于《钟山》2011 年第 5 期《2011 中国短篇小说年选》选载

邂逅是一件天大的事

　　少女莫莉看着自己的另一张脸。它们同时向上挑起嘴角笑了笑。它们又同时把眼珠转向别处了——莫莉让目光穿透车窗望向外面。其实她什么也看不到，只有一片因车窗的反光而油亮的黑色。车窗上莫莉的另一张脸上，目光却正好投向明亮的车厢。四个人围着铺了报纸的小桌板打扑克，旁边的两人时而偏过头去看看。一个四五岁的男孩儿在过道上跺脚和奔跑，嘴里呜呜叫着，似乎把自己当成了一列走走停停的火车。男孩儿的妈妈在他跑过身边时会一把将其抓住，晃着他的小腰身告诉他要听话，不要乱跑，不要喊叫。男孩儿使劲扭着身子，以更大更尖厉的叫声一次次获得自由。两个长得粗野的中年男人在劝对方喝酒，每个人面前一只玻璃杯，里面的酒轻微地晃动。这种玻璃杯既是酒瓶，又是酒杯，出售的时候上面有一个密封边沿的塑料盖，盖上和杯身上印着字，标示着酒的名称和产地等。拿在手里撕掉密封条，抠开塑料盖，省去了你倒多少我倒多少的计较，每个人的面前就都是一只斟满了酒的杯子了。这种包装的酒不论品牌和产地都被俗称为"口杯"——是以其容器命名的。两个男人的面前都已经有了一只空的"口杯"，他们不扔掉它，是想一会儿用它来接开水喝。一定是的。如果不是，他们没理由不扔掉它，因为他们已经扔掉了很多东西，打开车窗，方便极了，嗖的一下，鸡骨头，方便面袋子，香肠皮，烟蒂，油乎乎揉成一团的卫生纸……就被裹挟进黑暗里，它们会无声地掠过几个车窗，然后在空旷荒凉的田野里栖息。一个烫了头发的漂亮女人把头枕在旁边男人的腿上睡觉。女人穿着红色的羊毛衫。她的发卷紧密，略显得生硬，看得出是新烫好的。也许是一个新娘子。那男人闭目养神，并没睡着，有时会睁开眼睛茫然地四下望望。穿湛蓝色制服的乘务员推着细长的白色铁皮小货车走过来……

　　少妇莫莉从杂志上移开眼睛，看向她少女时代的第一次独自远行。和现在一样，她也是去看望一个男人。穿红色制服的乘务员推着细长的白色铁皮小货车走过来，阻断了她向自己回望的目光。她向后调整了座椅靠背，闭上眼睛，想睡一会儿打发时间。如今的火车对她来说已没有一丝乐趣。从前她觉得火车本身就是旅程，而现在的火车则快得让她惊心，封闭的白色边框的车窗像个高傲的女人一样让人觉得冰冷和讨厌。座椅又大又高，把人圈在里面，整个车厢便被分隔成了若干份，只有一小份属于你。不似那咣当当载着绿皮椅子的旧火车，好像整个车厢，甚至整列火车都是你的地盘，敞开眼去，会看到很多平常不曾贴近的世态人生。现在除了接打手机，听不到几个人说话。MP3、MP5、电子书、电脑、智能手机，把坐在车厢里的人从这里抽离了出去，带到不同的世界里。所以莫莉觉得坐在这车上的，似乎只有她一个人。她是一个寂寞的旅者。她没有能如愿地睡着，旁边的男人不停地间歇对着手机讲话。这却不是打电话，而是在"微信"。短信用说话的方式来传递，莫莉搞不懂，那为什么不干脆打个电话。这个男人也难以忍受旅途的乏味，每次他想与莫莉搭话，莫莉都赶紧把眼睛看向手里的杂志，强迫自己认真去读。莫莉结婚了，她从一个敢跟陌生男人回家的狂野女子，变成了一个连别人的搭讪都不敢回应的温驯妇人。她不怕陌生男人，从来都不怕，她也不惧怕丈夫的嫉妒和愤怒，她怕的是自己和自己作为一个妻子的身份。她花了很长很长时间决定嫁为人妇，却在结婚的一刹那就发现自己犯了个巨大的错误，更糟糕的是，她没有力量重新摆布一下自己。原来的莫莉迅速毫不留情地离她而去，现在的这个人让她从里到外感到陌生。她不懂自己为什么不再喜欢那些暴露鲜艳的奇装异服，为什么不再伶牙俐齿地咄咄逼人，为什么不再想做什么就敢去做什么，不懂自己为什么突然间就失去了所有与众不同的魅力，变得像满街一切庸常妇人的孪生姐妹。她抬起手臂，看着做工精细的真丝袖口，和袖口中伸出来的那只做了保养和美甲的塑料模特一样的手，发起了呆。

余娜娜坐在莫莉斜前方靠窗的位置，她和莫莉素不相识。她也不知道莫莉正在看她。当然，莫莉此刻并没有看到余娜娜，高而厚实的座椅靠背把她的身体遮得严严实实，莫莉能看到的只是她的声音。余娜娜正在打电话。她是一家医疗器械公司的区域销售代理。这个公司刚刚起步不久，正在疯狂揽市场的阶段，所以只要完成销售任务，就可以免除代理费。也就是说，余娜娜可以"空手套白狼"。但她也并不那么轻松，她是可以不交代理费，但她也不能不挣钱。不挣钱她拿什么交房贷，买漂亮衣服和做美容呢？她在高档饭店请人吃饭的时候常常产生错觉，觉得自己已经是一个成功的女强人、女富商了。回到家里，酒劲儿散去，她的沮丧便更深一层，意识到自己是一个正在费力打拼的可怜的单身女人，很心疼在饭店里付出去的大把钞票。攒起这些积蓄不容易，如果这个代理做得不顺畅，拿不到能完成任务的订单，那么花出去的钱就真的是覆水难收了。所以实际上，所谓区域销售代理，只不过是不用付工资的销售员。余娜娜让自己的声音显得很威严，她在跟公司交涉，希望获得一些免费的样品。只靠几张图片，谁敢跟你签合同呢？余娜娜反复强调自己已经打开了局面，她解释说之所以她到现在还没有签下一张订单，就是因为公司答应给她提供的样品一直没有到位。对方是公司的一个副总经理，也是一个女人。余娜娜不喜欢她，女人对女人总是很严苛，她坚决地要求余娜娜必须按出厂价自己出资购买样品。她的理由让余娜娜很生气，她说如果你拿了免费样品就跑了呢，不做了呢，我们又没有收你的代理费，没有办法约束你。这个理由很充分，但余娜娜依然理直气壮，她不想跟女人打交道，于是要求得到老总的手机号码。余娜娜没见过他，可她相信只要给她机会，她就能把他搞定。可女副总虚伪地向她道歉，说老总有家事要处理，特意交代这一周任何事情都不要打扰他。余娜娜并没被女副总打击，她与公司的另一位男副总关系很好，就是他曾经允诺过可以特批给余娜娜一些免费样品。但当余娜娜指出这一点时，女副总终于掩饰不住骄傲，用带着些讥笑的口吻告诉余娜娜，那位怜香惜玉的男副总已经辞职了。

莫莉不知道前面那个打电话的女人到底做的是什么生意，她听到女人的声音很有活力，很润朗，有时还很高亢，听得出年龄不大，或许比自己还要小几岁。莫莉很羡慕她，莫莉羡慕一切有手腕的年轻女人，青春加上手腕，她们能让事情按照自己的意愿发展。莫莉反省过，她发现自己只有对虚无发狠的能耐，即使在我行我素的年纪，她做出的那些自以为惊天动地的事也仅仅是些对现实无用的疯狂。莫莉坐直身体，揉着僵硬酸痛的脖颈，耳朵里依然灌进那个女人的声音。"我认为，他辞职与否跟这件事无关。我只知道一个曾经主管公司销售的人答应过我可以提供一批样品。如果你们公司可以用主管人员辞职来解释这种出尔反尔，那我就只能认为你们是个不守信不正规的企业。有的是公司跟我联系，我可以随时撤出。"莫莉很振奋，她觉得女人的话切进要害，真理在握。她再次瞥向那个座椅，期待那女人能从座位上站起来，转过身，让她看看这个有着好听嗓音的年轻女强人有着怎样的面庞。"……这不是我的损失，恰恰相反，这是你们的损失。我在这方面有很广的人脉，现在我已经在大区的几个城市都打通了关节，合作意向都有了。万事俱备，只欠东风了，你知道吗？只要样品一到，他们对质量和样式都

满意，马上就可以签合同。他们是我的朋友，不是你们公司的
朋友。你不明白吗，我可以随时转做其他公司的代理，也就是
说，我可以随时把这些你们公司的潜在客户变成别的公司的。"
莫莉又一次打开杂志，眼睛扫过一页一页的奢侈品广告，心里
微微替女人着急起来。她希望那个不知是干什么的混账公司赶
紧同意女人的要求。"……咱们虽然接触不多，但是我很敬重您。"
莫莉听到女人的声音突然变得软煦起来，好像由谈生意变成了
拉家常。"哪里哟，您才是真正的女强人啊，我还差得远呢。您
也别太累啊，女人嘛，得多为自己着想。我们不为自己想，男
人就不想着我们啦。哎，对了，我一个朋友从美国给我寄来一
些葡萄籽粉，听说能抗衰老的，特别好，美国人现在都吃，我
寄给您几瓶您先试试效果。……没关系的，也是朋友送的。我
有很多的。"莫莉看到周围的几个人似乎都在倾听女人的话。邻
座闭目养神的男人这时候也睁开眼睛，看向斜前方女人的方向。
莫莉不满意女人突然的转变，不喜欢女人这种讨好的声音。她
觉得她应该据理力争地获得一次光明正大的胜利。烦躁感又回
到心里，莫莉唰唰翻过几页炫目的彩页，看到一篇介绍野生动
物摄影师的文章。配发的图片里有一幅名叫"与美洲豹对视"。
莫莉把杂志捧起来，举到眼前，跟变成照片的美洲豹对视。照
片上那双眼睛虽然只是由彩色油墨合成，但莫莉还是在里面看
到了凶狠和狡黠。莫莉想，每个生物体都有一套个体哲学，用
以让自己的生存和强大变得磊落和充满道理。回过头来细看文
章，里面写到的这个叫张愿的摄影师毕业于斯坦福大学哲学系，
后专职研究和拍摄野生动物。记者问到为什么会改行。张愿说，

他其实并没有改行，最广阔和最真实的哲学就在大自然中。莫莉想到自己刚才的想法竟与文章中提到的不谋而合，她认为那是她奇怪的预感又一次现身。莫莉相信，人人都对自己的人生有着神奇的预知，只是没有人能分辨巧合和预感的差异。于是，当事实发生时，先前的预感只能作为后悔或者感慨的依据，别无他用。

　　余娜娜疲惫地挂掉电话，嗓子干涩，说话的惯性却让她还有些兴奋。她拧开矿泉水瓶盖，喝下一大口，又拨通了另一个号码。她需要把刚才的事情向人讲一讲，她需要有个人倾听一下她对这件事的处理，夸赞一下她的先兵后礼，处事圆通，需要再顺便被关心几句，享受一下做女人的甜蜜。电话通了，他的声音传过来了，余娜娜心里涌上调皮和喜悦，却还没等说话，就听见电话里低声而焦急地说道："我现在很忙，你有事吗？"有事吗？余娜娜愣了一下，不知道该说自己有事还是没事，她支吾着说："噢，也没什么事吧。但是想跟你说说话。"电话中说："那等一会儿我忙完了打给你啊。"余娜娜说："好吧，那你忙吧。"可是，这句话说出的时候，电话已经挂掉了。虽然并没有人知道她说出的只是句无的放矢的废话，但她依然觉得很尴尬，心跳加速，脸上突地热了起来。她不自然地换了一个姿势，看向窗外，可是天已经黑透，车窗上映出的只是她自己。她看到自己，更觉得不好意思，马上又低下头来翻找手机上的电话簿。如果你没有什么具体的事情，只是想向人毫无理由地讲述一下自己的经历，那么对象真是少得可怜，只有这时候，你才发现，你其实并没有真正的友谊和爱情。这个想法让余娜娜很恐惧，她急于证明自己并不孤独，手指加快了速度，电话簿上的名字伴着"嘀嘀"的按键音一个个闪过。终于有一个名字让余娜娜停了下来，她舒了一口气，愉快地按了拨号键。彩铃是一个叫"凤凰传奇"的组合的那首成名曲《月亮之上》。欢快高昂，让余娜娜对即将开始的通话充满动力。然而，电话响了很久也没有人接听。断掉之后，她又执拗地重拨了几遍。《月亮之上》一遍一遍地重复演唱，每一次都被"您所拨打的电话无人接听"毫无感情地切断。余娜娜把手机拿在手上摩挲了一会儿，然后用力按了关机键，把它塞到皮包里。《月亮之上》还是缭绕在耳边，那旋律在她身体里灌得满满的，马上要从嘴里溢出来。她再一次打开皮包，取出笔记本电脑，打开，点击播放软件，找到电脑里专门存放歌曲的文件夹，插上耳机，按下鼠标——就从那首《月亮之上》开始。

莫莉惊讶地听到了一阵似有若无的歌声，声音尖细，似乎在尽力抑制着不得施展，她以为是火车上的广播，仔细听了听，发现并不是。歌声不顺畅，偶尔落掉几个字的歌词，又接上，还有些走调。莫莉已经听出，是那首曾经满街传唱的《月亮之上》。她不喜欢这种歌，觉得没有什么品位，尽管在某种时间和场合，它也显得有些动听。现在，这歌声可并不动听，莫莉终于发现，它竟然来自刚才打电话的那个女人。她原本以为，女人哼两句就会停下来，谁知道不仅没有停下，而且唱完了女声的部分，连男声部分的RAP那个女人也没有放过。莫莉听到女人粗着嗓子学着男声，哼哼哟哟地念叨着。她忍不住笑了出来。不仅是她，周围几乎半个车厢的乘客也都同时明白了歌声的来源，不约而同地看向女人的方向，迸发出一阵轻笑。这种笑带着戏谑与嘲讽，与看马戏团的小丑表演时还不太一样，舞台上的小丑带给人的笑只是表达简单的欢乐，生活中的小丑带给人的笑还有一种让人自觉高人一等的满足。莫莉此刻的笑与其他人并无不同，她觉得这女人突然尽失身份，形象骤然低落，成了漫长乏味的旅途中半个车厢的笑料。莫莉合上杂志，专心听女人走调的歌声，用猜测她唱的是哪首歌的方式打发时间。这种方式对被旅途折磨着的莫莉来说真是行之有效，她很快忘了疲劳和烦躁，仿佛一眨眼，近一个小时的时间就被车轮碾过，撒向旷野，无法再缠绕她的身心。感到轻松了许多的莫莉几次坐直身体，试图看到那个女人，但只看到小桌板上一个笔记本电脑的半边屏幕，还有女人连着耳机的半头卷发。女人唱的都是过时的流行歌曲，这类歌曲大多没有重量，不会让你内心深沉，只有简单的欢愉。莫莉这才发现了这种歌曲的好处，她甚至有些感激。坐在唱歌女人身边的男孩子已经把半个身子侧了过来，毫无用处地与女人的歌声拉开距离。莫莉能看到他的侧脸，还长着几颗青春痘。男孩儿正用手机玩游戏，女人的歌声对他来说显然已经从乐趣变成了干扰。但他从没转过头去看他的邻居，除了偶尔用手不着痕迹地抚一下额头表达无奈，没有别的举动。莫莉便觉得，这是个礼貌的、心存温柔的男孩儿。那么自己呢？如果自己坐在女人身边，会不会表示出明显的嘲笑或厌烦，要么，会不会善意地轻声提醒女人她的失态？莫莉不确定自己在特定时刻能否克制歹毒或驱除冷漠。

　　余娜娜的电脑上存了几百首歌，她几乎都会唱，如果生活全然顺遂自己的意愿，那么她会让自己去当一个歌星。她的嗓子好，乐感好，从小学到中专，都是文艺委员，学校里有演出，还经常是站在前面领唱的。但余娜娜是一个现实的人，她做完了梦就会醒，最看不起那种头脑发热的傻瓜。她只是把当歌星的愿望像一个宝贝一样揣在怀里，时而拿出来看看。在各个公司跳来跳去之后，余娜娜获得了一些资本，包括金钱、经验、心机、人脉，最重要的是她发现了自己的潜力——她要创业。可对她这样一个缺少背景的女孩子，创业也不是一件容易的事。苦的时候，余娜娜感到好像自己全身都长出了味蕾，都能品到那苦的滋味。好在有卡拉 OK 这种东西，她由此得到了不少补偿和安慰。长大了的文艺委员余娜娜清楚地认识到，只要拿起麦克风，她就会像曾在学校里对男同学构成吸引一样，瞬间风采怡人,令那些她尽心讨好的男领导男客户双眼发亮,心旌荡漾,看上去能为她去做任何事情。所以唱歌渐渐在余娜娜生命中有了更丰富的意义，很多时候，它就是一种武器，她用这种武器对付男人、时间和忧伤。余娜娜将自己塞在座椅的一角，觉得刚刚的几个电话在恶狠狠地逼迫着她，她想重整旗鼓，马上想到了她还有件最称手的武器。戴上耳机，歌声响起，余娜娜就进入了一个无敌的境界，屈辱感和失败感土崩瓦解，她开始膨胀，胀开逼仄的座位空间，冲破密罐样的火车车厢，变成顶天立地的一位女神。什么都没有了，她只有她自己。余娜娜为自己涌起崇拜，这时候怎么也抑制不住想唱的欲望。她跟着耳机里的旋律忘情哼唱的时候，根本没有顾及她会因为塞住了耳朵听不到自己的声音而走调，也没有想到在噪音很小、乘客安静的高速列车上，她的歌声听起来会是那么嘹亮。

　　莫莉发现周围的乘客们再次集体哑然失笑，这一次她没有能笑得出来。"我不想，我不想，不想长大……"因为女人嗲着嗓子唱了这句欢快得实在不合时宜的歌词，坐在女人后面一排的老年夫妇笑得都靠在了一起。老太太是那种穿着时髦、举止欢快的人，更年期的忧郁症状在她那个年龄早已一扫而光，脸上泛着孩子样的红润光泽。莫莉有些羡慕这样的老年人，也许内心的怡美只有这样的年纪才会踏踏实实地跟在一个女人的身边。老太太向她前面女人的座位伸出手去，老伴一把将那只手攥住，握回放在腿上。富态的老先生笑着摇了摇头，说了句："由她去唱嘛。"莫莉听不出这句话的语气和情感倾向，可是莫莉发现，女人已经不再唱了。"我不想，我不想，不想长大……"唱完了这一句，歌声就戛然停止了。莫莉在心里默默复唱了一句，突然感到了一阵酸楚，她闭上眼睛。睫毛湿莹莹的，弄得她眼角有点儿痒。车厢里霎时显得极为安静，除了火车行进的声音，莫莉只能听到自己因克制情绪而粗重的喘息。她猜想，唱歌的女人跟她一样，被这句歌词引发了感伤，此刻，她们同样因为流逝的美好或者还有迷惘的余生产生了哭一场的欲望。莫莉终于把泪水忍了回去，睁开眼睛望向女人的方向——深灰色的座椅靠背把女人完全遮挡，仿佛那座位上根本就没有人，仿佛刚才的歌声压根儿就只是在莫莉的心里。

余娜娜合上电脑，深深吸了一口气，再慢慢地，一点一点呼出来。她并不知道，她的心境被另一个女人轻轻地，毫无预谋也毫无道理地，猜中了。嗓子感觉干燥，空调抽走了她身上仅有的那点儿滋润感。可是余娜娜只是将矿泉水瓶紧紧搂在怀里，并没有拧开瓶盖喝上一口，好像那是一个什么珍贵的物品。她跟自己的干渴对峙着，品味着自虐感带来的忧伤。耳边没了音乐，一下子显得特别空静。余娜娜是一个喜欢热闹的人，她很少有这样的思考——假如人一直身处天堂样的宁静和安稳，心中是会常喜悦，还是会更焦灼？

莫莉直到到站都一直靠在调斜的椅背上，睁着眼睛看着苍白的车厢顶棚。乘务员从车厢的一端走过来，逐个座位地收拾垃圾，并提醒乘客整理好自己的物品。莫莉邻座的那个男人如释重负地坐直身体，自言自语地叹道："终于到站喽。"然后麻利地从自己的前前后后收拾出七八个空的饮料瓶，一股脑儿扔到乘务员推着的垃圾车里。莫莉没注意他什么时候喝了这么多水，而且惊讶他竟然这几个小时都没有起身去厕所。莫莉因此对他笑了一下，这笑容让他获得了机会似的眼睛一亮，凑过脸来问莫莉："你是来出差吗？"莫莉慌忙收了笑，答非所问说："我老公来接我。"听到自己莫名其妙的回答，莫莉马上羞愧起来，低下头收拾东西，没有敢再去看那男人。男人穿上大衣，站起。莫莉仍旧只是低着头向外侧了一下身，看到他粗壮的两条腿从身边挤过去，在过道上停留了片刻，向车门的方向走去。乘客们陆陆续续地站起来，从行李架上取东西。很多人都迫不及待地先到车门旁边排起队来。莫莉没有动，她想看到坐在斜前方窗口座位的那个女人站起来，转过身，从身旁经过，诚恳地向自己展示容貌、身材、体味、服装的品位和目光中的内容。她想了解那女人，想得到一个适当的时机跟她说说话，想体贴她的心思，分享她的苦乐，听她讲讲她生活中最细小的那些事，或许还可以向自己传授一下她与这世界周旋的办法。但是，那个女人跟莫莉一样一动不动地坐在座位上，似乎专门是在与她抗衡。等到火车停稳，车门打开，人流从车厢里转移到熙熙攘攘的站台上，等到有人从外面叩响莫莉这一侧的车窗，那个女人还没如莫莉所愿地站起来。莫莉看到车窗外丈夫向她微笑的脸，只好起身，穿上貂皮大衣。大衣是丈夫送的，莫莉不喜欢，她厌恶甚至蔑视把动物毛皮穿在身上的人。可她还是穿上了，并且竟然说了喜欢和感谢，说了你真好和我爱你。豹纹图案的大衣让她想起杂志图片上那只与她对视的美洲豹。裹在大衣里的她觉得自己是一只被美洲豹吞到腹中的猎物。那个女人还没动，站起来的莫莉可以看到她静止的头发和摆在扶手上的一只胳膊。莫莉本想从前面的车门下去，尽管远一些，但她至少还可以回头看一眼那女人。可是她透过车窗看到丈夫已朝她背向的那个车门走过去，只好拎起手包，转身，与那个女人越来越远，还原成最初那种彻底的陌生。

余娜娜觉得自己累极了，尽管明天约见的人对她的所谓事业来说很重要，但是她也不想明天到来。她得知那人有些好色，这对一个急需他帮助的女孩子来说是一件好事情，也是一件坏事情。余娜娜有的是对付这种男人的经验，要动用那种似有若无的勾引，让他觉得有希望又不明确，还得展现能力与才华，让他心怀渴慕又不敢冒进。如此才能牵动男人心，让他帮你做事又无法控制你。但是这是一场很艰难的斗争，弄不好便会事办不成，还要将自己赔进去，劳神着呢。余娜娜早就厌倦了这种周旋，她真想某个能上天入地的男人会死心塌地爱上她，听从她的指示，扶她上青云。她就是这样想的，她需要依靠男人，但不是把自己完全塞给他的那种依附。对尚且踌躇满志、野心勃勃的余娜娜来说，男人应该是台阶，而不是屋子。然而，她遇到的男人都虚情假意，她也只得让自己虚情假意。她自认为是一个心存真诚的人，对一个心存真诚的人来说，虚情假意是一件特别累的事情。余娜娜觉得几小时坐着不动的旅程让她胸中积郁，她重重地叹出一口长气。这是终点站，车厢中渐渐空了下来，乘务员带着疑问的表情向唯一一个还坐着不动的旅客走过来。余娜娜赶紧起身，匆匆忙忙地套上大衣，从行李架上取下像个红灯笼一样孤零零悬在头上的红色旅行箱，拉开拉杆，拖着沉重的脚步和箱子向车门走去。

莫莉回应了丈夫的亲吻和询问，乖乖地跟随着他。她被带到一辆在停车场的灯光下闪闪发亮的宝马车前。丈夫拉开车门，满脸得意地看着她，等她评价。莫莉只好说："真漂亮。""不光是漂亮。"丈夫显然对这句没有切中要害的赞美不太满意。"最

新款的顶配，给你买的。我就知道你喜欢。"莫莉笑了笑，坐上
车。她很想纠正一下丈夫的话，首先这是他的车，莫莉与他两
地分居，分享的次数有限得很，还有便是她根本就不喜欢。但
是她说不出口。她所有那些难以言说的感觉都不会被丈夫理解，
即便是说出来的心思也会被他毫不犹豫地忽略。而且这个男人
有本事将所有自利的行为都说成是为别人好，莫莉曾多次想辩
驳，但最后都以绝对的失败告终，还会鬼使神差地对他产生愧
疚和感激。现在莫莉早已放弃了抵抗，沉默起码还能让她保持
清醒，一旦发言她就越说越糊涂。所以莫莉此时只得笑笑。坐
下来，透过车窗，莫莉才发现原来正在下雪。细小的雪花在无
数路灯和车灯中飞旋，被照耀得像一只只莽撞的萤火虫。停车
场里汽笛声乱作一团，宝马和不是宝马的车辆们接到了亲人和
不是亲人的人，都急着要驶离这个没情趣的地方，回家或者去
往不是家的其他好地方。丈夫不着急，他发动汽车，把暖风开大，
不由分说地就把莫莉搂了过来。莫莉的大衣没有系扣子，里面
只是一件丝质衬衫，这让丈夫的手极为顺利地长驱直入，一把
握住了她的一只乳房。莫莉被这只冰凉的手惊吓，一把推开丈夫。
"别摸我！"她大声说。丈夫马上皱紧了眉头。莫莉像外国人那
样耸耸肩，拍拍椅座。"B，M，W——别摸我。"她说，随即尴
尬地笑了两声。丈夫脸上再次展现出昂扬的笑，这让他看起来
似乎完全相信了这只是莫莉临时迸发的幽默。莫莉不得不承认，
自己害怕这个男人。她无奈地看到自己的右手正将丈夫的左手
拽过来，焐在大衣里暖了一会儿，便任由它再次突破衬衫和胸罩，
抚上自己起伏的胸。那只手还是很凉，莫莉觉得全身由一只乳

房开始唰的一下便冷透了。"难道他不知道自己的手很凉？"莫莉搞不清楚对于丈夫这不管不顾的激情，自己是应该感到欣慰还是伤心。

余娜娜拖着箱子站在车站广场上，没有人接她。尽管她已经打电话预订好了酒店，但她仍然觉得自己没有归处，不知道该去哪儿。出租车等候站拥满了人，地铁售票处前的队伍也排得曲曲折折，甩了几道弯还嫌不够长。人们行色匆匆，每张脸都像冰雕，让余娜娜突然感到了某种诡异的恐惧。她的心尖锐地疼了一下，很具体的疼。她想，"心痛"真是一个高明的词，是心理和生理状态的胶合。余娜娜抚着自己的头发，有点儿湿，这才发现下雪了。灯光里旋落的雪花和灯光里笼罩着的人一样多，雪中和人潮中的余娜娜更觉茫然，她呆呆地站了很久，才决定不管怎样，先要让自己看起来是个有奔头的人。于是，蹬着高跟短靴的余娜娜迈出了弹性十足的那种步伐。拖在地上的红色拉杆箱碾过广场上的方砖，一颤一颤，显得跟余娜娜的靴子一样快活。地上有些湿滑，余娜娜绷紧小腿，让脚步没有一丝的犹疑。连她自己也被这坚定的姿态骗过，心中仿若真的充满方向。

莫莉很想阻止丈夫不断按响喇叭的手，可这似乎比阻止他那只攥住她乳房的手还缺乏理由。她于是转过头看向窗外。汽车的车窗外与火车的车窗外有全然不同的景色，一个繁华过盛，一个寂寥太深。她忽然又想起火车上那个自顾听着耳机唱歌的女人，希望自己此刻能重演她的举动。作为丈夫的男人终于将那辆让他自信倍增的宝马车隆重地驶出了停车场，一路汽笛长鸣。莫莉深埋着头，羞耻感将她的脸蒸得发烫。丈夫只会为了没有钱而羞耻，他认为一个人被别人瞧不起只是因为缺乏地位和金钱，他只对这两样东西谦和有礼，对其他所有的都显出不可一世的傲慢。从小职工到小商人，从小商人到大老板，他迅速地扩张业务，没有原则，什么赚钱做什么，最近又刚刚开了一家医疗器械公司。莫莉想，与其说他是在积累财富，不如说他是在为自己积累傲慢的资格。圆滑和强硬，虚伪和无情，自大和狡猾，这些莫莉最恐惧和最缺少的东西却聚集在这个离她最近的男人身上。可能正因为恐惧，莫莉在面对它们的时候毫无抵挡的能力，被利落地打成败寇，而也许也正因为缺少，在虚无里骄傲而在现实中却现出彻头彻尾的可怜的莫莉才不由自主地需要它们的保护。所以与其说莫莉被这些丑陋却凶狠的东西俘虏和关押了，不如说是它们与莫莉互相攫住。莫莉曾经觉得这世界让她不知所措，她总是无法知晓自己该怎样才能好好活着，现在她再也没有问题能拿出来向虚空质问，所有阔大的疑惑和美好的痛苦全都被不知什么力量给抽走了。她不得不承认，自己已经变成了一个体面的梦游者。

余娜娜蹬着小鹿一样的步伐，没有理由却义无反顾地准备穿越马路。她朝向路对面的步履匆匆忙忙，目光热情四射，就好像被车流阻隔的那一端是她的情人。一束束耀眼的车灯照得她心烦，她抬起手遮住额角。就在这一瞬间，与几乎所有车祸发生的情形一样，嘹亮的汽笛和刺耳的刹车声伴着车里车外的尖叫一同响起。余娜娜倒在了地上，看到一个闪亮的"宝马"标识悬在自己的头顶。

莫莉刚刚看到那个拖着红色拉杆箱的女人，就感觉到载着自己的这豪华"宝马"已不可遏制地撞向了她的身体。她尖叫一声，不等车完全停稳，就拉开车门扑下车，一下摔倒在湿滑的地上。丈夫也已下了车，他并无太多焦急，审慎冷漠的模样好像一个法医在检查尸体。可女人并没变成尸体，她还活着，这让莫莉的眼泪一下子涌出来。她看到女人睁开眼睛，并试图起身去摸自己的腿。她大声喊丈夫的名字，"你还愣着干什么，赶紧抱她上车啊！"丈夫似乎对莫莉的叫喊很不满，他皱着眉头伏下身。莫莉奔过去拉开车门，帮丈夫托住女人的身体平放在车后座上，然后跑出很远去捡回了女人的红色拉杆箱塞进后备箱。不知道为什么，莫莉在这时候竟然牢牢记着女人的红箱子。好像这红箱子跟莫莉有过一点儿说不清道不明的关联。莫莉一路向女人道着歉，她觉得丈夫也应该对她说点儿什么，可他却一言不发，好像开车撞了人的是莫莉而不是他，好像受伤的是他坚硬的"宝马"而不是那女人。女人并不答话，只是偶尔呻吟，她身上没有外伤，莫莉祈祷她安然无事。医院的诊断结果让莫莉稍感安慰，除了左脚踝骨骨折，女人没有别的伤。整个晚上，莫莉和丈夫都在医院里奔波。交款，陪女人做各种检查，拍片子，等着医生给她做处理，打上石膏，办住院手续。都安顿好了，莫莉又跑到医院门口的通宵粥铺给女人买了夜宵。女人说不想吃，莫莉端起饭盒来要喂她，女人和丈夫同时对她的举动表示出了轻蔑。莫莉只好放下饭盒，讪讪地站在床边。丈夫把自己的名片放在了床头柜上，告诉女人已经交了一万块钱住院押金，明天他还会来看她并处理其余的事。"那你好好休息，我们先走了。"莫莉用讨好的声音向女人温柔地道了别。这个夜晚让莫莉觉得很惊惶，但竟也有种充实的快乐。有那么一件具体的大事驱逐了她的麻木和孤独，她清楚地感觉到了自己在恐惧、心疼、内疚、伤心、焦急，感觉到了自己与他人仍是同一个质地的造物。

余娜娜躺在床上，没有任何办法能让自己睡着。她想着那辆宝马车，那乖戾的男人和那个穿着貂皮大衣的漂亮少妇，脚踝的疼痛让她固执地感到，男人和女人，所有的男人和女人，都在合谋伤害她。再坚强的人此时也必定会流泪，所以余娜娜觉得自己现在的泪水一点儿都不特别，她很快把它止住了。

莫莉回程时选择乘坐飞机，有那么点儿想让一切快些结束的意思。她盯着窗外，眼睛牢牢抓着大地，却只一瞬间，那个包裹着她的实实在在的城市就突变成一幅不真实的图画，又过了一会儿，一切就隐在了云雾中，像她刚刚逝去的那段生活。春天到了，那个被丈夫撞伤的女人已经能依偎在他怀里慢慢散步了。莫莉曾在那个女人的目光中看到过自己没有的那种凌厉和幽怨，她知道自己肯定会败于这种不屈又不安的女人，就像从前一样。莫莉的狠都是向内的，对待别人却都是服从、奉献和交付的姿态。即将离婚的少妇莫莉觉得她对自己的命运早就清清楚楚，所以她没办法对任何人发出抱怨。她平静地接受了丈夫移情别恋的现实，并觉得这是老天一个不错的安排。她没有勇气和力量改变所有既定的事实，但隐隐约约地，她一直怀有一些期待。现在纠正错误的机会从天而降了，莫莉决心重新规划自己的人生，她想她可以尝试着活得凄苦而真实，尝试着去重新唤醒自己心中那些无望但澎湃的爱。尽管这需要时间，可她现在已是一个只剩下时间的女人，她有这资本。飞机在云雾中也不丢失航线，莫莉希望自己也找到一个清晰的终点，以重生的幸福感踏实地降落。

余娜娜睁开眼睛，已是中午，她被目光所及的陌生惊了一下，皱起眉头，想起自己身在何方。余娜娜坐起身，看了看有些肿胀的脚踝，活动了一下，觉得并无大碍，不影响今天的安排。回忆起昨天晚上自己那片刻有些孤绝和没来由的虚荣心境，她觉得有些可笑。如果她安心地等在出租车等候站，钻进一辆温暖的出租车，就会安全快捷地到达酒店，洗了澡，舒舒服服地躺在床上安睡，精力充沛地迎接新的一天。就算是想走一走散散步，也该安于身在异乡的寂寞，小心悠闲地穿过马路。当她用雄赳赳的步伐奔向一个莫须有的怀抱时，并不把满街穿流的车辆放在眼里。她以为那辆车会远远地就减速，耐心等她走过。可那开车的男人也并不把一个拖着旅行箱的异乡女人放在眼里，径直冲到面前。余娜娜反应过来，一时惊吓分心，尖叫一声，倒在地上，看到一个闪亮的"宝马"标识悬在自己的头顶。是的，那辆车并没有撞到她，但她认为她是因为它摔倒的，她的脚踝很疼，可能扭伤了，她觉得自己这个样子实在很屈辱，应该得到充分的道歉和安慰。一个女人打开车门扑下来，也滑倒在地上。余娜娜看到那个穿着豹纹貂皮大衣的女人瘫坐在地上，觉得那就像一只要朝自己扑过来的母豹子，故而霎时充满敌意。等那女人爬起来，到她身边要扶起她时，开车的男人从车上下来，一把将女人拽到身后，冷漠地说："怎么？你自己摔倒的还想赖上我们不成？"余娜娜不想回答这种混账话，她愤恨地将锥子一样的目光轮流投向男人和女人灯光中显得狰狞的脸。女人跑开去捡起滑落出很远的拉杆箱，立在旁边，刚要说话，男人便命令她："没你的事儿，你上车。"女人像只玩具豹一样听话，上了车呆呆地坐着。路上的车很快就堵了一串，喇叭声响成一片。男人轻蔑地再次提醒余娜娜："我可并没碰到你，你不起来我也没办法。"

莫莉刚刚看到那个拖着红色拉杆箱的女人，就感觉到载着自己的这豪华"宝马"已不可遏制地撞向了她的身体。她尖叫一声，不等车完全停稳，就拉开车门扑下车，一下摔倒在湿滑的地上。莫莉发现车离女人有一米多的距离，放下心来，知道女人是自己摔倒的，不会有多大的事。但摔倒的也会疼，何况是摔倒在这样泥泥水水的地上，委屈会比疼痛更折磨女人。所有女人都是爱面子的。莫莉感同身受，她懂得那摔倒的女人只是需要被一双手扶起，需要有人抚慰来挽回面子。莫莉以为丈夫会去做这件事，这样的事男人做比女人做更有效，莫莉不会因为这个吃醋。她希望丈夫去温柔地扶起那女人，替她擦去身上的泥污，最好再送她去她要去的地方。可是丈夫没有这样做。面对一个倔强地与他对峙的年轻女人，丈夫丝毫没有心软，他上了车，按响喇叭，见女人还不动，便打转方向盘，从女人的身边绕过去，傲慢地载着他的妻子扬长而去。可他并不知道，在妻子莫莉的想象里，他很快就会爱上那个被他斥责的女人，并因此而将与莫莉离婚，变成一个跟她再无瓜葛的人，更不知道，此刻莫莉虽然还坐在他身边，但她的心却会很快跨越寒暑，即将在意念中的春天乘上飞机归乡远去，不再重来。"宝马"驶入车库，莫莉下了车，觉得自己从时空相隔、虚实相悖的飞机上坠落了。这一路上，莫莉在心里用极端的方式让丈夫给了那女人抚慰，一方面弥补着自己的歉疚，一方面弥补着自己的人生。

余娜娜独自在酒店的床上诅咒着那对看上去和谐幸福的夫妻时，莫莉正在丈夫"为她购置"的豪华新居里为即将到来的温存清洗身体，脑子里祝福着那摔倒的女人。余娜娜并不晓得被她咒骂的女人对自己的惦念，然而等她第二天中午醒来，还是为昨晚的诅咒向上帝道了歉，觉得自己又重新强大了起来。她下楼吃了顿丰盛的午餐，买了红花油。一直到下午三点前，她将精心地照顾和打扮自己，迎接晚上重要的约会。每个人都有颗对抗现实的勇敢的心，只是很多人不知道自己是多么倔强。余娜娜知道。她是一个了解自己，所以不会被左右的女人。在她往脚踝上涂抹红花油的时候，有那么一瞬间，又管束不住地生出幻想，看到自己的身体走进那件豹纹貂皮大衣，坐进宝马车，把原来栖息在里面的那具女人身赤裸裸赶进了风雪中。继而她便觉得坐在床上委屈地揉着脚踝的不再是自己，而是从宝马车中被替换出来的那个女人了。余娜娜觉得那个女人很可怜很懦弱，远没有自己这般坚强，不足以承受如此的伤害和孤独，于是宽宏大量地笑了笑，把自己又换了回来。她站起来，走到镜子前，发出对自己的赞叹。

少女莫莉奔下火车，正在茫然四顾的时候，被一只手轻轻地牵住胳膊。她回过头，看到一张微笑的脸，尽管笑着，眼神却与照片上一样沧桑忧郁。"你真傻。"他怜惜地抚着莫莉蓬乱的头发。坐了二十八个小时火车的莫莉顿时为这个短句感动，觉得自己的行为同时有着疯狂和高尚的美，是个无比正确的选择。莫莉在一本杂志上看到他的文章，写信到杂志社找到了他的地址，从此将自己少女的迷惘与思愁用幼稚但真诚的文字向他诉说，寻求着理解和慰藉。他的回信由冷静变得炽烈，莫莉感到新生与破灭同时在她的生命中降临，她爱上了一个遥远的有家室的人，终于感到，自己必须与他相见。一天一夜还要多的漫长旅途中，莫莉一直没有睡觉，整夜，她瞪着眼睛看向黑茫茫的车窗，清楚地知道窗外不可望见的漆黑旷野就是自己的未来。莫莉知道这一见对她来说意味着什么，她也承认自己知道，她从不扮演上当受骗的无知少女，她愿意这样清醒地义无反顾地付出自己。在小旅馆肮脏的被子下，她一件一件脱下自己的衣服，虽然有所迟疑，但最后还是脱下了那条印着心形图案的裤衩。她闭上眼睛，一把掀开被子，清瘦雪白的身体颤抖地陈放在那段同样在颤抖的时光中。

　　少妇莫莉抚摸着自己的身体，感到小腹微胖，乳房丰满，皮肤温暖。丈夫早已经起床，在厨房里为她煲汤。莫莉闻到一阵润腻的香味，沉重的无奈感轰的一下砸向心房，泪水夺眶而出。她唰地掀开被子，看到十七岁的莫莉从自己的身上陡然一跃而起。那个清瘦雪白的背影走到窗前，利落地爬上了窗台。少女莫莉回过身来，向少妇莫莉展现了一个透明的微笑，便拉开窗，扑向清冽的冷风间，小鸽一样轻盈地飞上云端。

原发于《人民文学》2012 年第 4 期

鸟死不能复生

1

晚间新闻报道了一起车祸，两个人在这起车祸中丧生，一男一女。人们从电视上看到了这样一个画面：山崖下一辆侧翻的黑色小轿车，车体下露出的两条白皙小腿和一截明黄色的裙摆，一只脱落在车旁的白色凉鞋，还有铺展在矮草丛中的一摊血。如果仔细看，还能发现一条健壮的手臂伸出朝天敞开的车窗，像条蜥蜴趴在车门上。可以猜想，这个男人伸出一只胳膊在空中摇晃过，试图求救或者挣扎，但从最后的结果来看，则更像是挥手告别。虽然是车祸现场，可这画面还是显出了一种凄凉的美，甚至让城市的傍晚比往日少了些喧闹。忧伤的气息升腾着卷上云层，一片一片的云朵像有了心事似的变成灰色，慢慢地聚集着，抱成一团，抖颤着落下了一场细雨。更让人回味的，其实是新闻最后的四个字：疑似殉情。

其实在新闻播出的时候，两个死去的人已经躺在医院的停尸房。男人的手臂和女人的小腿此刻并无丝毫美感，人们因电视画面而引起的忧伤与它们也没有关系，它们真实呈现的姿态只是尸体的一部分。女人双唇微张，男人的嘴却紧紧抿着。他们不会转过头来交谈上几句，从他们的对话里，你也许会听出真相来，但是他们不会有对话，再也不会有。其实即使是活着的时候，他们的对话也不多，只是这些，人们都不会知道。下午罗罡在妻子的尸体前流不出一滴眼泪，他看着她的嘴唇，等她说话。他并不相信她已经死了，他以为死去的是他自己。警察拉开白布的一角，露出了那男人的脸，罗罡却开始痛哭，他支撑不住身体，瘫坐在地上号啕不止，让警察误以为这个男人才是他的亲人。警察绕到他身边，犹豫了很久，还是拍拍他的肩膀，说，人死不能复生，请节哀。罗罡抹去眼泪，站了起来，问，这个男人是谁？警察有些疑惑，但似乎又有些明白，于是他用有些歉意的口吻告诉罗罡，他是余女士的教练。罗罡转过身来，凝视着余女士的脸。警察等了很久，还是决定不打扰他，于是走出门。等再进来的时候，罗罡还是那么站着，没有离开的意思，也没有要理他的意思。警察再次退出去。门再开的时候，换了另一个警察，他走到罗罡的身边，示意他跟自己走。罗罡愣愣地看他，还是看尸体时的眼神，看得年轻的警察毛骨悚然，轻轻打了个寒战。那警察怯生生地请他跟自己去签一下字，说签完了字可以再回来。罗罡跟他到另一个房间，在一沓纸上飞快划上自己的名字，他不知道那纸上都写着什么。他没有再回去。他不想再看那女人一眼。他也没能从电视新闻里得以重温女人的小腿和裙摆。从回到家开始直到第二天黎明，他一直呆坐在客厅里，就像是又一具尸体。

2

四年前的一个早晨，凌寒正站在一棵异国的果树下，叶片微微摇摆着肥厚的身姿，细小斑驳的阳光在他脸上晃动。他抹下头顶的蓝帽子，双手揉搓着，紧张地张望着村庄的方向，大脑里一片毫无接缝的广阔空白。此刻他还没有感到后悔。

在他张望着的那个村庄里，玛萨卡十三岁的弟弟正在领着妹妹和一个更小的弟弟玩捉迷藏。他们的家被炸成瓦砾，新家是中国维和部队工兵营修建的，对他们来说还很新鲜，他们喜欢在新家里探索，似乎已经完全忘记了父母双亡的悲痛。玛萨卡一边柔声地呵斥弟弟妹妹们停下来，一边躲在帘子后脱下身上破旧的黑裙。她换上一条明黄色的长裙，这是她最好的衣服。玛萨卡十九岁，在首都上大学，一个女孩子考上大学，村里人替她和她的父母惋惜，觉得她做了一件毫无意义的事情。可是玛萨卡说服了父母，她一边读书一边打工，已经读到了二年级。尽管如此，人们的惋惜还是很快复苏，因为玛萨卡的父母已经在最近一次反对派与政府军的交火中丧生，而她必须辍学回家，来照顾她三个未成年的弟妹。他们从玛萨卡的经历中看到生活的怪圈，对未来的日子充满了迷茫。

玛萨卡爱慕凌寒，并且一点儿也没有把这当成一个秘密，村里的老人们得到启发，找到了把这些从天而降的拯救者们永远留下来的好办法。他们到营地里跟指挥官提亲，心情急切地擅自替全村的女孩子们做了主，说维和部队的小伙子们想娶哪家的姑娘都行。翻译转述老人们的话时有些哽噎，让指挥官也心情沉重，他请翻译委婉一些转述部队的纪律，他们不允许与当地女孩儿谈恋爱。翻译不知怎样才能委婉地表达一条铁硬的军纪，支支吾吾地说了半天。老人们互相看看，从彼此的眼神里确定了共同意见，认为这只是这群外国士兵可爱的羞涩，便咧开嘴愉快地离开了。他们将翻译的话以自己理解的意思转告给玛萨卡，于是使得玛萨卡对凌寒更加炽烈。

这天一大早，凌寒奉命和两个战友一同前往玛萨卡家送生活物资，临行前指挥官严肃地提醒他要注意部队纪律。他知道指挥官说的是什么，心里委屈，便不由自主地涌上对玛萨卡的埋怨。可路上，他又开始自责。他问自己，为什么从未明确地拒绝过玛萨卡呢？除了那隐隐的不忍，突然陷入这个充满绝望的世界，玛萨卡那纯真的毫无保留的爱，难道不是他贪恋着的安慰吗？他发现，他对玛萨卡的需要并不比玛萨卡对他的需要少。他心里那点儿可怜的英雄主义在这里显得那么虚无和脆弱，每一次看到玛萨卡投向他的目光，他才觉得自己还是一个有用的人。那目光里闪烁着对未来的期待。他不得不承认，与其说他无法忍受拒绝玛萨卡后带给她的痛苦，倒不如说是他无法忍受自己的失落，他无法忍受面对一双失去希望的眼睛时他将对自己产生的厌恶和仇恨。可我真的不可能爱上她啊。他又跟自己争辩起来。另一个自己便马上逼问他，为什么要说"不可能"，这硬生生的"不可能"里明明有着抵触和歧视。凌寒抬起空闲的那只手，攥紧拳头捶向自己的头，他是一个拯救者，是带着高尚情怀和牺牲精神来到这儿的，他不相信自己会有那么可耻的想法。

凌寒心里乱作一团，脚步也焦躁凌乱，他扛着面粉飞快地走在前面，时而被路上的石块绊得趔趄。突然间，他感觉自己好像在回家，他买了面粉，焦急地要赶回家里，交给他可爱的妻子玛萨卡。他暗自笑了笑，继而脑海里却马上跳出另一个场面，他带着玛萨卡和她的弟弟妹妹，也许还有他和玛萨卡的孩子们，在残破的房子里躲避着外面呼啸的枪炮。背上的汗水一下子冷了，他脚下一软，差点儿跌倒。两个战友赶上来，嘲笑他说用不着那么着急，玛萨卡飞不了。他没有理他们，心里产生了不被理解的悲哀与孤独。这时他莫名觉得只有玛萨卡是他最亲近的人，他颠了颠肩上的袋子，心里只剩下一个念头——要把所有的想法说给玛萨卡。

他几乎是闯进了玛萨卡的家，放下袋子，他就奔到玛萨卡面前，热切地对她说："我到果园等你。"玛萨卡怔住了。凌寒无暇理会她的表情，转身就走。战友们在门口拦住他，提醒他要小心。凌寒知道他们的意思，反对派和政府军轮番四处掩埋地雷，工兵营一到就开始清除，挖出了整整两大车。果园附近地带是凌寒亲自带人清除的，他对战友们摆摆手，表示没事儿，就向果园的方向匆匆地走去。

果园里的阴凉开始让凌寒的思虑一丝一丝钻出头来，正是这时候，凌寒后悔了，他醒悟到自己芜杂的心绪根本无法向任何人道明，而无辜的玛萨卡更不应该替他承受那些纠结的痛苦。

他戴上帽子，心里带着对自己的鄙视，快步走出果园，想在玛萨卡到来之前逃走。可是已经晚了，他看到玛萨卡正在踉跄地穿过一片瓦砾，她穿着一条明黄色的长裙，远远地向他挥手。凌寒呆立在那儿，阳光已经炙热起来，一瞬间就烤得他满头大汗，他抬起手，本想擦去额角流下的汗水，却不知怎么，将手高高举起在半空中。

玛萨卡看到凌寒向她招手，脚步欢快地奔跑起来，她的身影渐渐近了，身后灰黑破败的背景让她的黄裙子更加鲜亮，让她像一个天使一样动人。她不是在奔跑，而是在飞翔……

凌寒看到玛萨卡飞起来的时候，扑通一下跪在了地上。他直挺挺地跪着，除了耳畔一直回荡着的那声巨响，他的世界空无一物。直到一群人从村庄那边穿越废墟跑过来，他才扑下身体，将头重重地磕在地上。他狠狠地磕破了自己的额头，长啸一声，蹿起身向玛萨卡跑去。玛萨卡的黄裙子已从空中跌落，像被撕碎的花瓣铺展在那片焦土上。村民们在离玛萨卡几步远的地方站住，惊愕地看着眼前血肉模糊的躯体，有人喊道："玛萨卡！"喊出声音的人马上双手捂住了嘴，哽咽了起来。

在离玛萨卡几步远的地方，疯一样奔跑的凌寒倏地收住了脚步，再一次跌跪在地，他垂下头，没有勇气向玛萨卡望上一眼。在膝下的血泊中，凌寒看到一只扑动的小鸟。小鸟的羽毛在阳光下璀璨夺目，是一只太阳鸟。凌寒看着它金黄的肚皮急促地抖动，一把将它抓起，放在手上，徒劳地捏紧它的伤口。太阳鸟在他掌心里绝望地颤抖了最后几下，便瞬间丢失了光泽，直挺挺地不动了。凌寒把它捂在怀中，失声痛哭。

3

　　一个月前的那天下午，余音正一手擎着鸟笼，一手掏出钥匙串哗啦啦地抖着翻找开家门的那把，门却从里面打开了。罗罡站在门内，想说什么的样子，却没有说，默默接过鸟笼放在玄关柜上。

　　余音换好拖鞋，急急走进卧室，看到那只小鸟正在窗台上来来回回地蹦跳着，边跳边执着地啄着窗子。玻璃被它撞得当当轻响。余音笑了，走到窗台边靠着，盯着小鸟看。罗罡走到她身旁，却是一脸凝重。余音问："怎么了？"罗罡指着窗台说："它今天一直便血。"窗台上铺着几张画报纸，花花绿绿的，余音凑过去仔细看，才发现上面果然有斑斑点点的血迹。她惊讶地捂住了嘴。"怎么会这样？"她的声音拢在掌心里，带着哭腔。罗罡搂住了她的肩膀，她怔了一下，便靠在了丈夫身上。

　　他们已经很久没有这样了。没有亲昵，也没有争吵，甚至也不说话。他们曾经是那么相爱——其实直到现在他们仍然都是爱着对方的，只是他们都确信，对方已经不爱自己了。他们都为失去了自己最爱的那个人的爱而悲痛和绝望。直到两天前，罗罡从路边捡回了这只小鸟。

　　那天余音加班到很晚，回到家的时候罗罡竟然在客厅里等她。余音很意外，看到罗罡有些热切的神情，心里一颤。罗罡走过来，接过她的外套——这也是很久没有过的事情了。余音怔怔看着罗罡，不知道要不要说句谢谢。罗罡扯住她的胳膊，一边向卧室走，一边说："你来看。"余音木偶一样跟着他走进卧室，于是看到了那只趴在空牛奶盒中的小鸟。那个晚上，罗罡和余音讲了很多话，都是关于这只小鸟的。罗罡讲述了它的来历，讲自己怎样将消炎药片碾碎，用指头沾着抿进它嘴里，怎样喂它喝水。"过了一会儿它竟然睁开了眼睛，又过了一会儿它就扑腾着能爬起来了。"罗罡兴奋地说了一大堆，突然想起他们的境况，尴尬地转过身去，用指尖抚摸着小鸟的羽毛。余音背过脸悄悄抹去眼角的泪。

他们一同凑在电脑前，上网查找到了这种鸟。它叫太平鸟，喜欢吃浆果。"浆果？"余音跑进厨房，从冰箱里拿出一堆水果，细细切成米粒大的小块儿，用咖啡杯的托碟盛着，放进牛奶盒。她守在一旁，就像看护摇篮里的孩子。罗罡看懂了她脸上那母爱，却突然有些失落，遗憾两个人相爱一场，竟然没生个孩子，分手后就了无痕迹。小鸟没有动那些水果，余音失望地回头看罗罡，却正撞上他落寞的表情，她心里陡然一沉，默默地去洗漱了。罗罡本想今晚借机留在主卧里睡，却以为余音的沉默是一种驱赶，于是呆呆地在床边坐了一会儿，还是回到客房里躺下。余音从卫生间回来，看着空荡的大床，扑在枕头上，捂着嘴哭了很久。

这只鸟儿成了他们之间的使者，余音给小鸟起了名字，就叫"小太平"，两个人在就"小太平"交谈的时候，仿佛都忘了前段时间的冷战。罗罡是老师，正在放暑假，他在家里干什么都心神不宁，于是便专心守护这只小鸟，虔诚得像使徒守护圣物。小鸟的情况在好转，他们严肃地讨论了它的未来。罗罡是动物保护主义者，但他最终还是放弃了把这只鸟放归大自然的主张，同意了余音的决定。余音说："我要养着它，明天我就去买鸟笼。"

鸟笼还在玄关柜上放着，没人去拿。余音和罗罡紧张地盯着小鸟。它不再蹦跳，慢慢转回身子，一屁股在窗台上坐了下来。余音惊叫一声，伸出双手去扶它。它挣扎着站了片刻，就又扑倒了，这次连头也耷了下去。罗罡把它捧起来，放在手心里。"水！"他朝余音喊。余音慌忙端起盛水的瓶盖放在小鸟嘴边。它使劲地张了张嘴，却不是喝水，而像是在喘息。余音扔掉瓶盖，从罗罡手里接过小鸟，却不知如何是好，只能在心里祈求。她感觉到小鸟的心跳越来越快，那小身体开始急剧地抽搐，她全身都跟着颤抖。似乎只是一刹那，掌心里静了，接着那个温软的身子陡然变得僵硬。这僵硬的感觉像条蛇一样从手心滑到她的心里。她从没这样清晰地感觉到死亡。恐惧和悲伤像两团黏稠的染料搅在一起，向她兜头泼下，糊满她全身，她捧着小鸟放声大哭。

罗罡心酸地看了看捧着鸟尸的妻子和妻子手上的鸟尸，走出去，坐在客厅里连抽了两根烟，才站起来，从玄关柜里找出一个装药的小纸盒。他拿着小纸盒向卧室走了两步，又折回去，提起鸟笼。鸟笼很精致。罗罡将它怜惜地摸了一遍，放进了储藏间。

余音的哭泣怎么也停不下来。罗罡擎着盒子站在一旁，漫长的等待让他有足够的时间胡思乱想。余音过分的悲伤让他疑惑，小鸟是他救回来的，是他亲手救活的，他觉得他应该比余音更伤心。他看着余音痛不欲生的样子，突然想到原来她这几天来的转变都是因为这只鸟儿。"这一切都不是为了我。"罗罡在心里硬硬地对妻子说。余音的眼睛已经哭得红肿。她抬起头，想得到罗罡的安慰，罗罡却冷漠地一把从她手里抓过鸟尸，塞进小纸盒，又把纸盒啪地放回她仍摊开的掌心。余音的泪水一下子被一种巨大的空洞吸掉了。

他们一起默默地下楼，在小区的一棵丁香树下挖了一个小坑。小鸟太小了，罗罡拿着种盆花的小铲，只两三下就挖好了那个小小的墓穴。夜色深沉，丁香花的香味浓郁扑鼻，余音本来希望这个仪式能够庄严而漫长，也许一切会有所转机。她无法知晓罗罡心里正被巨大的失落搅扰得烦躁和气愤。罗罡挖好坑，接过余音手里的小盒子放进去。余音摘下几朵丁香，刚刚向纸盒上投去，一铲土就撒下来，把几朵花打得七零八落。余音的泪再次奔涌而出，不等罗罡便先自跑回了家。

4

昨天上午，余音接到了驾校教练凌寒的电话，说十点半可以练车。这段时间，她和罗罡的关系已经滑到了悬崖边上，余音鼓励自己，万一哪天他说出了那句话，她得学会一个人生活。她先想到了学车，学一项技能，也可以让自己分分神。到驾校报名前，她本想告诉罗罡，可又固执地觉得罗罡根本不会在乎她做什么，便觉得自己多此一举。她没有心情上班，常常请了假待在家里等着教练打电话约时间练车，可罗罡从来不问她为什么不上班，又是接了谁的电话，要去干什么。余音每次出门前都要磨蹭一会儿，化化妆，换几次衣服，等着罗罡来问她。

可她的等待一次一次像个空袋子，除了沉默的空气，什么也没有装下。

自从那只被余音唤作"小太平"的鸟死后，余音开始喝酒，她每天晚饭时给自己倒上一些，像个嗜酒者一样带着响亮的声音一口一口呷着。罗罡想劝她不要喝，但又觉得以两个人现在的关系，这会是一种不礼貌的干涉。余音却因此对罗罡更失望，索性敞开性子，越喝越多。一天晚上，她醉了，突然冲动起来，盯着罗罡问道："你还爱我吗？"罗罡的筷子停在空中，停了好一会儿才放下来。他低下头，看着桌面，又是很久。这长久的默然让余音心生苍凉，她将杯里的酒一饮而尽。罗罡突然抬起头说："爱！"可是余音已经无法相信。罗罡接着问她："你呢，你还爱我吗？"余音没有回答，砰地放下杯子，站起身走进卧室。罗罡一直坐在餐桌前，等到饭菜都凉透，没有再吃一口，就都倒掉了。倒掉的一刻，有一种放弃的释然，仅霎那间，却又感觉到了释然后漫无边际的空寂。

余音开始慢慢地在衣橱里翻找。她侧耳听着罗罡的动静，然而却没有动静。罗罡保持着静止的姿势坐在那儿看书，静到连翻书页的声音都没有。余音觉得自己的心灰暗得几近乌黑，她看到了那条明黄色的裙子，眼前一亮，毅然从衣挂上摘了下来。

临出门前，余音故意站在镜子前照了半天。鲜艳的裙子给她带来的光亮竭尽最后的力气闪了一闪，还是熄灭了。罗罡从她身后走过去接电话，连看都没有看她一眼。她砰地关上了门。

罗罡放下电话，凄凄看了一眼紧闭的大门，把身子在沙发上弯下来。余音穿着黄裙子在镜子前的身影像道魔咒一样让他头疼不已，他抱住自己的脑袋狠狠捶打，捶得泪流满面。

余音赶到练车场，晚了几分钟。教练凌寒刚皱着眉想说什么，突然愣了一下，目光在她的裙裾上流连片刻，轻轻叹了口气说："开始吧。"

余音一声不吭地坐进驾驶室。她有些害怕这个凌教练，他特别严格，也严肃，甚至也很少见他跟别的教练交谈。可是他却常是别人交谈的话题，余音于是听说他以前在维和部队当兵，本来可以当上军官，却提前退伍了。一群沉陷在庸常生活中的普通人对一个经历过世界大事的神秘人物有着本能的好奇，而且也本能地更关心阴暗的那部分，他们对凌寒为什么提前退伍格外关注，有人说是因为他犯了错误，有人说是由于他胆子太小，一听到枪炮声就头疼。但余音从凌寒的目光中感觉到他内心似乎有着无法言说的沉痛。她曾经想问问凌寒他当兵时的事情，可是刚提起话头，就被他严厉地打断，让余音再也不敢问及。

余音领悟能力强，学得很快，车已经开得不错，这天却不是挂错挡，就是忘记踩离合。凌寒却很令人意外地没有发火，每次只是轻声提醒。他的耐心让余音感到了些许安慰，她把车停下，感激地望着凌寒，轻轻说了句"谢谢"。凌寒看到余音红起的眼眶，有些惊讶，但很快理解了，每一个看似在享受平静生活的人都有隐在心底的战乱,他默默注视她,心里却轰然一响，疼痛硝烟一样弥散开来。

有心事的人很容易彼此感同身受。余音是个坚忍的人，从未想向人表露伤痛，此刻，她竟然不想掩饰。她对着凌寒，大大方方地流出了眼泪，又对着他擦干泪水。"我想飙车。"她用任性的口气对凌寒说。话一出口，她自己有些震惊，她没想过自己会用这样的语气跟男人说话，而且还是一个甚至称不上熟悉的男人，但她很快谅解了自己，并更确定地看着凌寒。

凌寒意外地察觉自己心里翻腾起暖流，眼前这个女人从前对他来说与其他人一样疏离而陌生，现在他却莫名地想满足她所有的愿望，于是他郑重地点点头，问她："去哪儿？"余音温顺地回答："哪儿都行。"

凌寒与余音换了位置，便开着车向西而去。"西岫山。我心情不好的时候常一个人去那儿。"在路上，凌寒对余音说。他一路上只说了这一句话，余音也不言语，但他们之间的沉默像亲人间一样坦然。

车子开上距市区四十公里的西岫山，满眼青翠，林木和泥土那种贴心的味道蓦地蹿进车里，两个人都狠狠吸了一口气。他们互相看看，目光中表达着自己感到的安慰。凌寒加快了车速。车窗大敞着，风满满地灌进车厢，呜呜地响，吹着低音号一般，说话要大声喊才能听到。余音喊道："停下来，让我开！"她的声音清亮地拖在风中。凌寒心里不知怎么涌上一种慈爱的感觉，他就用那种慈爱的声音问道："你想开？"余音展开手臂说："我想飞！"凌寒大笑了起来，他清楚地记得自己有多久没这么笑过了。他毫不犹豫地停下车。

余音起车，抬离合，踩油门，换挡，流畅自如，仿佛一个驾驶老手，让凌寒很满意。他没有提醒她开慢一点，他觉得自己也想飞。那就一起飞吧。车子在盘山路上飞驰，他们一路高喊着，想把心里的苦都喊出去。

　　突然，一团东西砰地撞在挡风玻璃上。两个人的呐喊瞬间收在喉咙里，他们同时看清了，那是一只小鸟。车速很快，小鸟血肉模糊地贴在玻璃上，红蓝相间的尾羽随风轻颤。

　　余音愣愣地看着那只死去的小鸟……

　　凌寒愣愣地看着那只死去的小鸟……

　　等他们注意到前面那个急转弯的时候，已经晚了。车轮滚到悬崖边上，一刻也没有迟疑就凌空而起。两个人心里都想着另外的人，但他们互相看着，同时把手臂伸出了车窗，一左一右，像鸟儿的两只翅膀……

2014 年 5 月 1 日 0：25 分一稿完，5 月 3 日 21：54 分删节修改，6 月 19 日改毕，6 月 30 日凌晨再次删节修改，7 月 6 日凌晨定稿

原载《新世纪周刊》2014 年 7 月 21 日

铅　球

1

我还记得宋雨冰笑的样子。我已忘记了自己笑的样子，但我记得她的笑。尽管已经隔了十三年。十三年前初夏的一个下午她给了我们最后一个笑容，然后就不见了。听说，是疯掉了。"疯"这个概念那时对我来说很空洞，我从没有近距离地见过一个真正的疯子，所以我实在想不出疯了的宋雨冰会是什么样。

我一想起她，就想起铅球。当然，绝不是因为她长得像铅球。相反，她白白净净，水水灵灵，在我记忆里漂亮得出奇。可我为什么会想起铅球呢？

那是因为铅球很沉，体育达标的时候，她怎么也扔不过去。

这有些奇怪，因为她并不瘦弱，不但不瘦弱，还可以说有些丰满。丰满这个词是我现在想出来的，那时我们还根本就不会用。她早早地就长熟了，胸前鼓鼓的，很让人担心。具体担心什么，我也说不清楚。

有着鼓鼓的胸的宋雨冰走起路来却很轻盈，一点儿也不嫌沉。她扭扭搭搭，扶风摆柳，像电视剧《红楼梦》里的人，又好看又有点儿惹人笑。另外，我们还听说她爱照镜子，写作业时要照，吃饭时要照，不写作业不吃饭时也要照。她对着镜子笑，对着镜子哭，还对着镜子说话，念《红楼梦》里的台词儿，仿佛镜子是她的宝哥哥。

这些话是一个同学从教师办公室无意中听到的，宋雨冰的妈妈拿她没有办法，就去跟我们的班主任老师哭诉。真不知道我们的班主任可以帮上什么忙，因为她也爱照镜子，我们经常看到她在自习课上对着镜子数她脸上根本数不清的小雀斑。可我们的班主任田芳香还是尽了自己的一份力，她把宋雨冰叫到办公室骂了一通，她恨铁不成钢地说，你这样下去，长大了就会变成一个不折不扣的"骚货"。宋雨冰的妈妈听到"骚货"这两个字不高兴了，生气了，又不好说什么，于是愤然离去，开门的时候一下子撞上正在门口偷听的我们班同学。这件事不太好，弄得大家都很尴尬。然而别人的尴尬都是我们的笑料，这简直是真理。

全班很快都知道了这件事，并以"骚货"为中心词将它尽可能传播到更宽广的范围。我们那个时候对"骚"这个字有着隐秘的兴奋感，说的时候既不好意思发准声音又想狠狠地喊他一嗓子，这样的矛盾使得它的发音甚至导致了一些同学脸上轻微短暂的抽搐，目光也是既光亮又游移。

说真的，我也爱照镜子，我那个年纪曾无数次对着镜子端详和揣摩过自己的容颜，可我现在却怎么也想不起自己那时候的样子了。每当我回忆自己的少女时代，想起来的竟全是宋雨冰的脸、宋雨冰的笑。这也难怪，宋雨冰笑起来就像一朵花噗地在你眼前开了似的，好看得把你吓一跳，在那个容易刻下烙印的年龄里，让你吓一跳的东西很容易终生难忘。

我想宋雨冰肯定就一辈子忘不了铅球，因为她最怕扔铅球。她一见铅球就愁眉苦脸。有一次测试时还险些砸到自己的脚，她跳起来尖叫一声，差点儿哭出来。

铅球基本上是个没什么观赏性的体育项目，可宋雨冰扔铅球的时候，我们班的同学都聚精会神地围在那儿看。就见她皱着眉头，慢吞吞地走向铅球，站在那儿看了它半天，才用两只手很费劲地将它抱起来。她把铅球托在下巴颏底下，就像捧着一个大苹果要啃似的。

我们毫无必要地敛气吞声，仿佛怕她不小心硌掉牙。

她把右腿拖拖沓沓地往后撤了一步，因为两条腿站成了一条直线儿，她的重心被大苹果一下子拽向右边，趔趄了一下。

我们哈哈大笑。这大概就是我们爱看她扔铅球的原因，我们喜欢意外。

她等了等，竟然也笑了。这笑突然让我很心疼，也不知为什么。

宋雨冰摆好脚底下的姿势,酝酿了半天情绪,终于呼了口气,鼓了鼓胸脯,将肩膀朝右后方一扭,再向前一扭,像个女兵扔手榴弹一样将手甩了出去。可是我们顺着她出手的方向找了半天也没找到铅球，她自己也很纳闷。我甚至都要往天上去看了，就听到体育老师喊，向后转！大家分头朝自己后面看去，只有该转的那个没转。后来陈庄重——就是我们的体育老师，不得不走过来扳过宋雨冰的肩膀，将她的上半身折向右后方。

于是我们全都看到了待在宋雨冰脚后跟的那个铅球。我们也就再次狠狠地将宋雨冰笑了一通。

宋雨冰就是不得要领，像个老是演错戏的演员，不断被导演"咔""咔""咔"。同学们都站累了，都快要看腻了。这时陈庄重大步走过去，唰地把宋雨冰抱了起来。他假装——我们都认为他是假装的——咬牙切齿地说，我把你扔出去算了。我把你扔出去都比你的铅球扔得远。这情形怎么能让人不振奋呢，连宋雨冰自己都一副巴不得马上被扔出去的样子。她咯咯咯地笑了，笑得我们很替她不好意思，反倒都沉默着。陈庄重把她放下来，说，回家对着镜子好好练练姿势，铅球是推出去的，不是撒出去的。喏，这样——陈庄重姿势矫健地将铅球一下子扔到了最远的那条白线也望尘莫及的地方——对着镜子，好好练练。

于是，宋雨冰有了一个很好的照镜子的理由。她可以光明正大地去照了。连我都替她高兴。回忆起这个的时候，我挺想笑的。可是我早就已经不会笑了。不是不想，是不会。这事儿我没有告诉任何人，让人们以为我是一个严肃的人好了。

2

那以后宋雨冰笑得更好看了。

活像《聊斋》里的狐狸精。

——这句话是任晶晶说的。任晶晶是我们班最胖的女生，大概是因为她的体重，她的话在我们班的女生中间也很有分量。

我虽然没有表态，但我心里也同意她的说法。电视台播完了《红楼梦》，正在播《聊斋》，我想宋雨冰的笑有足够的理由像狐狸精，因为她有了新的参照了。而且我认为这没什么不好，狐狸精是那一个时期我心里最美的事物之一。

我每天守在电视前看《聊斋》，里面鬼叫魂儿一样的音乐吓得我头皮发麻，可我欲罢不能。实在害怕的时候我就紧紧搂住我的姥姥。我们两个抱在一起，就都变得勇敢了。也正因为这样，她允许我每天看电视，她有时也害怕，她像我需要她一样需要我。我父母都经常很晚回家，甚至彻夜不归。我爸十天半月不回来也是常事，但他每次出差都能给我带回很多漂亮的衣服，所以我就原谅了他平常对我的疏忽。

每天晚上临睡前，我把床单或者毛巾被披在身上，在胸前交叉那么一抿，把两边多出来的地方夹在腋下，就做出一件古代人儿的衣服了。我房间的镜子照不到全身，我就站在床上对着黑亮亮的窗玻璃照。我回顾着当天晚上看过的那两集，轻轻念着能记得的或者自己杜撰的台词儿，引诱着窗户外我那看不到的秀才哥哥。

现在想起来，真是幼稚得可笑。可是，当然了，我依然不会因为这个而笑。另外，我记得这些，却想不起自己扮出的傻样子，我想起来的窗玻璃上穿格子床单的狐狸精的脸，全是宋雨冰的。

她在我记忆里独占了狐狸精。这伟大的未来的女疯子。

悄悄地，也可以说是轰轰烈烈地，宋雨冰开始出名了。名人的一切都是人们瞩目的焦点，而她好像不知道这个似的，依然不拘小节，常常做出类似不戴胸罩只揣两只野兔子上学的举动。野兔子爱动，弄得男生们总想逮住它们用手紧紧掐住。我看到他们的目光不自觉地就溜过去打猎。这是没办法的事情，这是猎人的职业病。我感觉自己洞察世事，我也感觉我的比喻很好。我有些沾沾自喜，觉得可以以后当作家。于是作文课上我很兴奋，很轻松进入了状态。那天的作文题是"童年趣事"，我写起小时候和邻居家的小男孩儿假结婚的游戏，边写边笑。

我虽然现在不会笑了，那时候我的的确确是个爱笑的女生。

可那篇令我分外得意的作文甚至连分数都没有得到，它被原样发下来，上面连个红点点都没有。我鼓起勇气去问田芳香是不是忘记打分数了。田芳香却冲我发了威，她拍着桌子说，我没好意思说，你倒好意思问，小小年纪就写黄色文章，不像话！

我被她吓了一跳，不由瞪大眼睛去看她，却发现她脸上所有的小雀斑都像反瞪着我的眼睛。我吓得赶紧低下头，一个字儿没敢说，灰溜溜地走了。得了这种评语回去，我又不好意思哭，就只好强作平静。我假装没有这回事，对谁也没有提起。可是，后来它依然弄得尽人皆知，这也是没有办法的事情，我也只能认倒霉了。

3

尽人皆知的还有宋雨冰和陈庄重的"丑事"。这个词也是任晶晶嘴里吐出来的，确实是"吐"出来的。她平翘舌不分，两个俊俏的卷舌音在她那里全变成了恶狠狠的平舌，这样的咬字方式加上她愤懑的心情，就让很多唾液喷吐而出。宋雨冰听完这句话，拿袖子使劲蹭了把脸，然后顺势就给了任晶晶一嘴巴。

任晶晶缓缓地把被打扭过去的脸转过来，像电影里的慢动作，揪着我们的心。一瞬间我几乎想起了所有看过的武打片，不知道她要用哪招儿。可我们都没想到任晶晶竟是个只动口不动手的君子。她捂着左脸，用右嘴角吐出三个字，"你等着"，就走掉了。说真的，我着实是替宋雨冰松了口气，任晶晶要是扔过来一巴掌，非把她打得原地转圈儿不可。任晶晶扔铅球可是轻轻松松。可是我们虽然松了口气，宋雨冰的气却还鼓在胸脯里。那鼓气憋在那儿，左冲右突出不来，很着急很难受的样子，让男生们反而对这个施暴者充满了同情。可他们谁也没公开表示什么，他们只是朝她温柔地看个不停。宋雨冰肯定也心里有数，她知道如果真打起来，绝对会有男生冲上来帮她揍扁那个丑胖子。我其实也确信这一点，我偷偷看到几个男生已经跃跃欲试，他们若冲上去，傻子都知道他们会帮谁。任晶晶当然也知道，所以我想她撤退得可真聪明。

事情的起因就没必要说了，所有人全忘了。让任晶晶挨巴掌的那句话却被无数次地重复过——"谁不知道你和陈庄重的丑事！"——这句话卷舌音太多，用任晶晶式的粗壮的大平舌读起来，真是有无穷的乐趣。

莫名其妙地，我偷偷有了一个极其强烈的想法，就是想采访一下陈庄重自己对这件事的看法。

陈庄重会怎么说呢？

"对不起，无可奉告。"我最后在心里为他找到了一个完美的回答，才算把这个让我备受折磨的愿望放下了。

而任晶晶比我执着和脚踏实地得多。她又说了很多很多宋雨冰和陈庄重的"丑事"。在她的启发下，越来越多的人加入进来，比赛似的说。也不知道宋雨冰和陈庄重怎么这么笨，干的所有"丑事"都能被别人看到。后来，宋雨冰和体育老师陈庄重的故事就渐渐初具雏形了，而后又逐渐完善，剧情已经直逼《红楼梦》和《聊斋》。任晶晶还觉得意犹未尽，于是又给宋雨冰起了个特别的、让人过耳难忘的名字——"送雨伞"。

这件事是这样的。陈庄重负责校篮球队，一个周日，他领着队员们在学校训练。后来就下起雨来。就像歌儿里唱的那样，春季里的小雨淅沥沥沥，淅沥沥沥下个不停。雨下个不停，他们就没法儿再练了。他们陆陆续续地走掉了。到最后，只剩下了一个人，就是陈庄重。他为什么没有走？雨不是很大，他高大健硕，根本不会把这点儿雨放在眼里。而他没有走，他显然是在等待。他等的人显然是宋雨冰。因为过了一些时候，宋雨冰果然出现了。她打着一把伞，手上还拿着一把小花伞，走到了陈庄重的面前。后来，陈庄重就是打着那把小花伞回家去的。据说那时候校园里就他们两个人了。你们说说他们会干些什么？任晶晶绘声绘色地说。

其实我很想就这件事说点儿什么。这件事我最有发言权。陈庄重打着一把小花伞回家是真的，但那雨伞根本就不是宋雨冰送的。是我。

　　我的家就在学校的对面——我们学校有很多同学的家都在学校对面，我们大多数都是这一个校区的，我们的家分散在学校的周围，大家抬头不见低头见的，烦死了——我那天趴在阳台上看他们打球，后来下雨了，他们冒着雨又打了一小会儿，就都跑了。我望着空荡荡灰蒙蒙的篮球场，猛地感到了巨大的孤寂，突然发现了生活中原来存在着那么多令我痛苦的事情，而我以前竟没有察觉。我就流下泪来。我趴在自己的胳膊肘里哭了好久，雨还没有停。我抽抽泣泣地抬起头来，却突然看到一副让我惊讶的景象。

　　篮球场边上，有一个高高的铁铸的裁判椅，上面有一个篷，它在操场一侧，正对着被雨丝织满的一大片空旷，仿佛是一个高高在上的王位。陈庄重一动不动地端坐在上面，看着远处或者近处的雨，也或者是雨里的某些东西。就像一个赏雨的国王。我虽然看不清他脸上的表情，但我就是觉得他满脸悲伤。爱看雨的人是悲伤的人，这几乎是常识。

　　我犹豫了很久，还是跑下楼去了。真的像任晶晶他们描述的一样，打着一把伞，手上还拿着一把伞。我只是没有走到陈庄重的面前，他坐得太高了，只能说我走到了他的脚下。我踮着脚尖，伸长胳膊，把雨伞递上去。他俯下身子，果然是张忧郁的脸。他把伞接过来，仿佛费了些劲儿才在脸上绽开笑，说，谢谢。就这么简单，我们当然什么也没干。事实上我回到家很久，陈庄重才从那王位上下来，打着我的小花伞，不像国王，却像个败兵似的走出校园。

　　事情就是这样的，可我没法解释，我说了也不会有人相信。

于是，宋雨冰就被叫作"送雨伞"了。就让他们叫吧，我觉得，也挺好听的。

4

宋雨冰的铅球终于达标了。不但达标了，还得了很高的分数。

快要毕业了，不达标是毕不了业的。于是那段时间的自习课上，体育老师会把没达标的同学叫出去，让他们补测。一百米、八百米、仰卧起坐、引体向上、铅球……每天补测一项，这次过不了的，下一轮再测。这样几轮下去，我们班就只有两个人没达标了。一个是任晶晶，一个是宋雨冰。任晶晶太胖了，补测了两次八百米还没过去，每次跑完了都躺在地上老半天起不来；仰卧起坐就更别说了，她只能做到前两个字儿——"仰卧"。我们趴到窗台上看她脸憋得通红，像个球似的在垫子上滚到左边又滚到右边，乐得都不行了。但她老是那个球样子，看了几次还是个球，我们就不再有兴趣了。

而更吸引人的显然是铅球，铅球也永远是个球，但因为是宋雨冰扔的，就可以有无限的可能。可是铅球的场地在操场的另一边儿，我们的操场又那么广阔，所以我们在教室里只能看到陈庄重和宋雨冰的身影，却看不清铅球。大家于是尽情想象，当然也就有了更无限的可能。

一节体育课上，陈庄重宣布了我们的体育成绩。宋雨冰的铅球成绩竟高得让人不可思议，大家太惊讶了，都原以为她的铅球这辈子也达不了标呢。而任晶晶仍有两项没有及格。陈庄重用愉快的声音表扬了宋雨冰的进步之后，马上换了严肃的口气责令任晶晶一会儿继续去跑八百米，然后再继续去仰卧起坐。我们立刻想起她"仰卧"了就无法"起坐"的样子，爆发出一阵欢乐的大笑。这样任晶晶就在这一刻被孤立起来了，她习惯了拉帮结伙，无法忍受这样的孤立时刻。于是她说话了。

她说，谁看到宋雨冰达标了？

她的声音很小，只能算是咕哝。可是这样的话是非常容易引起注意的，于是我们全静了下来满脸纯真惊诧地望着她。她受了鼓舞，提高声音又说了一遍——谁看到宋雨冰铅球达标了？陈庄重怔了一下，他肯定明白了这话里的意思，他的目光唰地盯在任晶晶似笑非笑的脸上，重重地说，我看到了！任晶晶于是不说话了，但她仍然似笑非笑。

陈庄重盯了她一会儿，然后也似笑非笑了。他喊道，体委出列，去器材室拿个铅球。其他同学，向左——转，变二列纵队，跑——步——走！

我们跑到了哪儿呢？

当然是铅球场地啦。我们聪明地理解了陈庄重的意思，没等他下命令就自动站成两排，激动地等待着。宋雨冰也明白，她可能觉得很有意思，就低下头笑了起来。可她抬起头来时，表情又突然非常严肃，甚至有些凄楚。

体委拿着铅球回来了。一切按我们的猜测，陈庄重把宋雨冰叫出列，让她当着大家的面扔一次，并且以这次的成绩为最终的达标成绩。陈庄重向宋雨冰投去意味深长的一瞥，被我敏锐地捕捉到。我不知道那是什么意思，我希望宋雨冰能够理解，可是宋雨冰却没有看陈庄重。

宋雨冰低着头走过去捡起了铅球，低着头走到那条白线后。然后我们看到，她一下子抬起头来，脸上绽放出一朵美丽的大茶花。我为什么想起了大茶花呢？我也不知道。大茶花照耀着所有人，特别照耀了一下仍然似笑非笑的任晶晶。接下来，只见宋雨冰右腿后撤一步，将铅球用右手托着举到肩窝处，重心右移，身体向右后方旋转，左臂悬起，右臂猛然伸展……

那铅球以迅疾之势飞出，带着让人惊叹的力度和美感。

就在我们要鼓掌的刹那，那铅球却出乎所有人的意料，咚地砸在另一个球上。那个球就是任晶晶。

任晶晶大概根本就不相信宋雨冰能把铅球撇过两米远，所以她独自站出了列，当时正抱着手臂，用很有气势的姿势站在我们的前面。她来不及哼一声就砰然倒地。我们太过惊讶，以至于都沉默着。过了几秒钟，我们才意识到任晶晶不会自己爬起来，擦擦脸上被铅球沾上的灰，大骂一声或者做点儿别的什么了。在陈庄重跑过来的同时，女生们（除了傻子一样的宋雨冰）集体爆发出一阵声势浩大的尖叫。叫声响彻校园，久久在单双杠和篮球架子边，在楼前的甬道上，在校园两侧的小树林里回荡。

我们害怕，但我们却忍不住要去仔细地看。看得最仔细的，就是宋雨冰。宋雨冰蹲在任晶晶的旁边，足足看了她能有一分钟。任晶晶的脸血肉模糊，鼻子已经不在了，上嘴唇也不在了，那个位置形成了一块乱糟糟的塌陷，血在她脑袋下迅速地蔓延。我们看过一眼就哗啦啦向后退着，仿佛是怕那血把自己淹没。宋雨冰没动，血流到她脚下，绕过她的白球鞋，一只——两只——

把她整个包围了。她突然把两只手全放到自己脸上摸，胡乱地摸，使劲地摸。然后她终于也尖叫起来，并且一直尖叫着跑出了校门，就像一列拉着汽笛飞驰而去的火车，让我们完全丧失了阻挡的勇气和力量。

5

我们班原来是四十七个人，毕业照上只剩下四十五个。我查来查去，确实只有四十五个。可是很奇怪，除了宋雨冰和任晶晶，我还没有找到我自己。四十七，减去二，的的确确就是四十五啊。四十五个里面应该有一个是我啊。可是没有。很多年，我找了很多遍，都没有找到我自己。后来我就释然了。我想，这世界上总有一些错乱难解的事情，难保不会有一件发生在我身上。

宋雨冰。宋雨冰。宋雨冰像一个魔咒，我回忆起的中学生活总是跟她有关的。我有时会觉得很害怕，我极力想摆脱她，可是这女疯子总是跟着我。虽然我们家在我初中一毕业就搬离了那座小城，搬得很远很远，从北方一下搬到了南方，可是年少时的发生，就是那么固执和顽强，绝不会因气候变化和水土不服而死亡。

尤其是一些特别的事情。

初二的下半学期，我们开始上晚自习了。每天晚上两节，一节一个小时，一直上到月上柳梢头。一天晚自习中间休息的时候，因为教学楼里的厕所装修，我只好去上操场边上的厕所。

天已经有些暗了，操场一边半隐半现在小树林里的厕所，看上去阴森森的，让人有些害怕。好在，我不是一个人，宋雨冰跟我在一起。我们两个好像也没怎么说话，就走到厕所里了。厕所里没有别人。

然后，当然，我们俩就蹲下来，各办各的事。

突然就又有一个人急火火地跑进来，我想，这个同学肯定要憋不住了。可是还没等我反应过来，那个人就一下子扑到了宋雨冰身上。宋雨冰刚要起来提裤子，就被扑倒，她向右仰去，光着的屁股结结实实地坐在布满肮脏痕迹的水泥挡板上。那人跪在那儿，把嘴抵到宋雨冰的胸脯上蹭，一只手伸到宋雨冰下面使劲地掏。我这才明白发生了什么。宋雨冰也如大梦初醒。我们一起尖叫起来。特别是我。我听到自己的声音刺破脑袋，从眼睛，从鼻子，从耳朵，从嘴巴，从每一个头发根儿处穿出来。我觉得我的头快要爆炸了，它会轰一声爆开，把我们三个都炸死。那人愣在那儿了，然后终于站起来跑了出去。我收住声音，看着宋雨冰。她缩在那里，像被人扔掉的破布娃娃。

我们俩都傻住了。

好长时间，宋雨冰慢慢站起来。我们两个人都光着屁股，拎着裤子站在那里，不知道该做些什么。后来，宋雨冰开始在衣袋里翻，掏出所有的纸片，大概还有一点儿纸币。不管是什么，她都拿来狠狠地擦着屁股上沾的秽物。我顿时也觉得自己的屁股肮脏不堪。我赶紧提上裤子，把自己口袋里的纸也都递给了宋雨冰。她再没什么可以用来擦了，就皱着眉头慢慢把裤子穿好。我很想哭，可是宋雨冰没有哭，我也不好意思哭。我忍住了。

　　可就在我们刚要出去的时候，那个男人的身影又出现在门口了。我再次张大嘴巴，却连声音也吓得出不来了。我们看不清他的脸，却看得清他的动作。他用两只手捏着他身上长在中间的那个臭东西，向我们无耻地摇晃。

　　我想，大概死期到了吧？我忽然很绝望，我没有去看宋雨冰，爱怎么样怎么样吧，反正都要死了。宋雨冰的手冰凉冰凉的，跟死人的已经没什么两样儿了。可他并没有让我们死，他没有进来，而是闪到一边，把自己的身体藏在门后面，只把那个丑陋的大棍子露出来。它坚硬地支在那里，虽然只是一小截，但却像个门闩一样，完全封死了我们的去路。我们浑身瘫软地靠在一起，没有一丝气力从它旁边走出去。就这样僵持着。

　　直到上课铃打响，那个"门闩"才终于走掉了。我们又等了一会儿，才从厕所里飞奔而出，疯狂地跑向教学楼。跑了一段儿，我们回头望望，见并没有可疑的身影跟着，还有一些同学从操场的四面八方往教学楼走来，才停下来把一直憋着的一口气长长地吐出来。上课铃很长，还在尖锐地响着，往常我是那么讨厌这惊心动魄的铃声，那天却觉得它无比温馨。

　　我们慢慢地往回走着，像走出一段深远的往事一样郑重。

　　宋雨冰叉着两腿，表情很难看，嘴里咝咝地抽着气。

　　我轻轻问她，怎么了？

　　她说，疼。

　　哪儿？

　　那儿。宋雨冰说。

　　那天晚上回家，我把自己锁在卫生间里洗到半夜。我想宋雨冰一定洗得更久更久，她大概一夜都会不停地在洗，用光她家所有的洗衣粉、洗衣膏、洗衣液、香皂、肥皂、增白皂……

其实后半夜，我仍旧在洗。在梦里。我跳进了黄河。黄河上漂着洁白的肥皂泡，香飘十万里；而我爬上岸，依旧是满身臭气。我哭起来，想把被弄脏的那部分从身上摘下来丢掉，可是我拽啊扯啊，怎么也摘不下来。

早上起来，我感到那儿隐隐作痛。我想起晚上的梦，怀疑自己是不是真的动了手。

这件事，是我和宋雨冰心里的秘密。我们从来没有想过把它告诉父母或者老师，让他们帮我们主持公道。当然也就更不会告诉任何一个同学。可是，让人无奈极了，似乎还是有人知道了。因为，过了几天，有人问了我一个奇怪的问题。

那天是周日，我从小卖店买完钢笔水向家里走的时候被截住，强行带进一个死胡同里。那些人将我团团围住，我认得他们，是那群经常在我们校门口转悠的"小流氓"（我们只能这样称呼他们），为首的那个叫张威，是以前被我们学校开除的。

张威他们截住我，就是为了问那个问题——他走到我面前，问道，听说你看过男人的屌啦？

我摇摇头，莫名其妙。我问，屌是什么东西？

他们嗤嗤地笑起来，都一副不相信的模样。

我就说，真的，我真没看过。爱啥是啥。让我走。

真没看过？

没看过就是没看过！让我走！

好，没看过那让你看看。

对，让她看看。别的人起哄说，都像过节似的快乐。

这次你记清楚了，什么是屌。

张威说完就转过身去在身上掏。我觉得很纳闷，这屌到底是什么东西这么重要，弄得这样兴师动众来问我。看着他在那里鼓鼓捣捣，我甚至有点儿着急，微微探头看过去。这时张威猛地转过来。于是我再次看到了那根棍子，不，钢刀，它就像是插在我心上的一把钢刀，把我一下子就打败了。我心上一疼，"啊"的一声蹲下去，立刻就悲从中来，哭声和泪水喷涌而出，没有片刻的犹豫。

哭什么啊？没意思。又没把你怎么样……我听到张威说。

还想怎么样呢？我没有理他，连对他说话都觉得恶心透顶，就只是把头埋在四肢搭建的堡垒里，哭。

等我站起来时，他们早已悄悄跑掉了。只见阳光斜斜地照进那条胡同，将路边一根电线杆子的阴影正砸在我身上。那电线杆子简直就是一个巨大的"屌"。我走出胡同，走到那电线杆子旁边，仰头看着它，再次溢出眼眶的泪水迷蒙了我的视线。后来我把那瓶墨水狠狠地砸向它，蓝黑色的液体溅了我满身满脸，把我弄得和它一样肮脏。

6

我一步一步走在街上，走得很慢。上海的夏天有种不容置疑的闷热，我又是个不容置疑的胖子，所以每走一步都要流下不少汗。

宋雨冰——

声音很轻很轻，在喧闹的街上渺小得就像一只小蚊子的嗡嗡。这只蚊子越过重重的人群，飞啊飞啊，叭的一下子叮在我的脸上。我抖了一下，不由自主地捂住了脸。我告诉自己，别怕，肯定是重名。

宋雨冰——

我站下来，茫然地向四周看着，突然间感觉眼前的每个人都似曾相识。这是一场盛大的假面舞会，所有的人都深谙你的秘密，却把自己打扮成陌生人的模样游弋在你周围。我觉得恐怖极了。

宋雨冰——

一个男人横在我面前，脸上带着惊喜再次重复了一遍这个名字。他确实是在叫我。

他把我当成了宋雨冰。

我只好仰着头对他说，陈老师，你认错人了，我不是宋雨冰。

陈庄重哈哈地笑起来，真的是你啊宋雨冰。

天真的太热了，我感到有些晕，腿一软，就栽到了陈庄重的怀里。

十三年了，我知道我永远骗不了别人，我只是想骗我自己。虽然漏洞太多，怎么编都不能让我满意。我总是把"我"和宋雨冰分离开，煞有介事地以一个旁观者的角度回忆宋雨冰的往事。这是一件不太容易做的事，需要把自己变成别人，还需要造出一个假的真实的自己，还需要找到，并同时掩饰这两个自己之间的联系。

我有没有疯，我一直也弄不清这个问题。因为我从来不知道一个真正的疯子是什么样子的。我只是记得，那几年我的心里就只有铅球。没有铅球，我就把我身边能够得着拿得动的东西全以扔铅球的姿势扔出去。右腿后撤一步，将"铅球"用右手托着举到肩窝处，重心右移，身体向右后方旋转，左臂悬起，右臂猛然伸展……那一刻，我就快乐得战栗。

我吃了一些药，在一个幽静的地方住了一段日子。平静下来之后就一直在构思着怎样从我身体里赶走宋雨冰，把她彻底变成另外一个人。我几乎就要成功了。

陈庄重把我扶到旁边的一个咖啡厅里坐下。里面冷气大开，我觉得好多了。

陈庄重在那件事后也因失职被学校开除。他到北京给一个富商当了几年保镖，积累了一些钱，就开始自己做生意了。做了一些别的，虽然很赚钱，但总觉得心里不踏实。最后，他开了一家体育用品商店。他就踏实了。他把这生意做得很红火，刚刚在上海又开了一家分店。

他讲了很多，我听进的不多，大概归拢了一下，也就是这些事。我心不在焉地搅着咖啡，连个礼貌性的微笑也无法给他。

你变了。陈庄重说。

我当然变了，我变成了一个像任晶晶一样的球！我没说话，抬起头看他。我现在这个样子虽然很丑，但是是我自己选择的，所以我很坦然。

你不会笑了。

——我没想到他说的是这个。这个人隔了十三年，在远离家乡的地方，认出了假面具假外壳下那个真实的宋雨冰，而且还记得她的笑！我不由自主地想，也许当年，他跟宋雨冰真的是有过什么的。噢，不！我就是宋雨冰！我狠狠晃了晃头，赶走多年来的习惯性思维。别再装了，你已经被识破了！我对自己说。

你——怎么认出我的？我对他的十三年没兴趣，我只想知道这个。

陈庄重对我开口说话很高兴，他看着我笑了，却突然又有些不好意思地低下头去，说，凭感觉。

感觉？

是啊，在人群里看到你的脸，我的心就觉得慌了。我试着叫了你一声，看到你愣了一下，又叫了一声，看到你停下来了。我就更相信自己的感觉是对的。等你开口叫我陈老师，我就知道，你肯定是宋雨冰了。

我叫你陈老师我就是宋雨冰了？我胖成这个样子，我怎么就一定得是宋雨冰呢？我为什么就不能是任晶晶呢！我突然站起来大喊，肥胖的身体差点儿将桌子掀翻。

陈庄重愣住了。我也愣住了。好像这不是从我嘴里说出来的话。我咣当一下坐下来，解释说，噢，对不起，我的意思是，我不叫宋雨冰了，很早以前我就改了名字，嗯……是改了名字，叫——宋晶晶！我抬起头，盯着他。

宋晶晶？陈庄重念着这个名字，跟我对视的眼里突然闪过一丝惊惧。

不好听吗？我问。我得意了。

呃……好听。陈庄重为难地答道。

又坐了一会儿，我们不知道该说什么了。其实要说的还有很多很多，可是我们都回避着。陈庄重于是对我说，我领你去看看我的店好不好？

我问，有车吗？我一步都不想再走了。

陈庄重把车开到咖啡店门口来，我连忙叽里咕噜地滚上车，告诉他把冷气开到最大。

陈庄重的店很大，这挺出乎我的意料。店面崭新，商品崭新，员工也崭新。他们向陈庄重露出崭新的笑容和崭新的问候：陈总好。我抬眼看看陈庄重，他向他们点着头，却目不斜视。我突然想起那个雨天坐在裁判椅上看雨的国王。我自言自语说，狗屁陈总，他是陈老师，他是陈老师。陈庄重问我，你说什么？我转过来问他，你真的是陈老师？他笑着点点头，笑容甚至有些慈爱。我于是放心了。

陈庄重给我介绍着店的规模、人数和布置。一千平方米；管理人员加服务人员一共有七十多人；一楼是服装区，二楼是器材区……

器材区？我耳朵似乎都抑制不住地摆动了起来，我想起了一些已经忘记的事物。我说我们上二楼看看，我对这些服装没兴趣，反正我也穿不上。还没等陈庄重说话，我就直奔滚梯，把自己塞在两条扶手间，上了二楼。陈庄重跟在我后面，接着介绍说，这儿有上千种体育器材，是这条街上最全的。

我想不到体育器材会有那么多种，这对我的寻找构成了障碍。我全然没有了以往的笨拙，身轻如燕地穿梭在各个分区间，连陈庄重都要大步流星才能跟上我。他说，你慢慢看嘛，不要走那么快，等会儿又要晕倒啦。

胡说，我怎么会晕倒呢？正相反，我感觉到了从未曾有过的活力。

终于找到了。那一排闪着深沉的幽光的小球，像一只只乌黑的眼珠儿，温柔地看着我。我低呼一声，冲过去抓起一个，充满爱意地抚摸着它质感的表面，心里突然产生了不可抑制的冲动。

我右腿后撤一步，将铅球用右手托着举到肩窝处，重心右移，身体向右后方旋转，左臂悬起，右臂猛然伸展……

铅球咣当一声砸在一个乒乓球案子上，又滚到地上，再次发出一声巨响。是的，几乎同时，我还听到了女服务员和女顾客们集体的尖叫。古往今来，尖叫声都是一样的发人深省。我看着陈庄重惊愕得张开的嘴，蹲在地上，开始了我长达十天的笑。

后来医生诊断，说是因为久静不动，突然的大幅度运动使我扭到了笑神经。天下的医生最会扯淡，这我十三年前就认识到了，并在十三年里不断地更加确信。我知道，我只是找回了一些我丢失的东西而已。

2008 年 6 月 30 日凌晨，一稿

8 月 24 日凌晨，二稿

2011 年 3 月 23 日改定

原发于《花城》2011 年第 5 期

救　世　主

　　吴学富这天在银海家看电视回来，就想起了外国的事。"外国"尽管在电视里偶尔地露个脸儿，但在吴学富的生活里还从没出现过，外国货、外国人、外国话，都没有。

　　吴学富小学毕业，是一个有知识的人，他知道外国不是一个国，而是许多国组成的。可是他掰着手指头数完了"八国联军"，就再也想不出还有什么国了。他怎么想起这个事儿的呢，是因为今天的电视上演了一个外国的连续剧，具体是哪国他也说不清楚，电视剧是翻译过来的，说的反正都是中国话。里面有一个高鼻子卷头发的男人，总戴着一顶宽檐大帽，骑着一匹马跑来跑去地打抱不平。那电视上的马昂头挺胸，精神得像个城里小伙子，跟他们的马大不一样。他们的马身上灰土土的，毛的本色儿都看不出来不说，有的还秃成一块一块的，偶尔去一趟镇上，还要在屁股后面缀上一个马粪兜。他们的马低眉顺眼儿地走路拉车驮东西，是农村户口，好用不好看。当然，吴学富连这样不好看的马也没有，他只有一个不丑不俊、半疯不傻的媳妇，和一个一条腿长一条腿短的儿子，噢，还有几只鸡。那时候他还没有那个女儿，那个可以说跟"外国"有了一点点联系的女儿。

不过那之后很快他也就有了那个女儿了，他媳妇一使劲就把她生在了玉米地里。

那天晌午，大家铲了一上午地，正坐在地边的树荫凉里歇晌。吴学富的媳妇挺着个大肚子，拎着个跟她的肚子一样圆鼓隆咚的罐子，来给吴学富送水。她老远就喊：哎，我给你送水来啦，刚从井里打上来的水，拔凉拔凉的啊！其实吴学富每天清晨下地时都顺带挑一桶水来，水渠也并不远，庄稼人的肚子好答对，什么水都装得，这水送得没什么道理。可吴学富的媳妇是个常常突发奇想的人，说不准什么时候，她便会突然干出些让人出乎意料的事儿。这毛病随她的娘，而且她娘死了之后，仿佛把那点儿"本领"都一点儿一点儿转移给了她。她越来越像她娘，像得吴学富整天担惊受怕。

吴学富担惊受怕地盯着他媳妇罐子样的肚子，对她手上那只水罐毫无心思。手上那只罐子里不过是水，身上的罐子里盛的可是他吴家的希望。吴家已经有过一次"希望"了，可是"希望"落了地就钻进地缝不见了踪影，只剩下一个扔不得的小冤家。吴学富的媳妇满面红光，笑滋滋儿地奔向地头歇晌的乡亲们。她的行为让所有的人都很羡慕吴学富，他们带来的水放在田头，都已经被太阳焐得温突突的了，喝着总不那么过瘾，大家期待着跟吴学富分享一下那凉滋滋甜丝丝的井水。可是那个罐子眼看着就要晃到地方了，却突然被吴学富的媳妇扔了出去。

她大叫一声，捂住肚子，随后身子向后一挺，咕咚躺在了地上。吴学富冲了上去，别的人也都冲了上去。反应敏捷、身高马大的桂嫂一边飞跃田埂，一边用洪亮的嗓子喊：啊！不好啦！她要生啦！人们于是七手八脚地把吴学富的媳妇抬到玉米地里，让高高的玉米秆、宽宽的玉米叶做了帷帐。男男女女各显其能，呜里哇啦的，喊得比产妇还响。

生出来的那小人儿在阳光底下闪着红亮的光，再加上撕着嗓子的啼哭，让吴学富觉得心惊。他趸过去，参着手围着桂嫂怀里的娃娃转圈圈。终于确定了是个囫囵个儿的，不缺胳膊不缺腿儿，不少鼻子不少眼儿，这才乐了，一把抢过来托在掌上，擎着她站在人群里傻笑。围着的人们这时候就偷偷地将那孩子浑身上下瞄了一遍——当然了，这小东西还是缺个物件的，没把儿，但是至少她现在看起来是个正常人儿，不像她哥，生下来的时候乍一看只有一条腿，仔细一瞅才瞅见另一条腿像个细尾巴似的吊在旁边。于是他们放心地欢呼起来了，祝贺吴学富得了个千金大宝贝儿。吴学富把孩子交给了旁边抢着要抱的几双手，这才去看他的媳妇。他媳妇已经坐起来了，正自己用袖子擦脑门儿上的汗。吴学富把她抱起来，放在银海家的板车上，喜洋洋地回家去。

路上，吴学富看着满脸汗豆子的媳妇，觉得很是心疼，便充满感动地对她说，彩霞啊，我得谢谢你，谢谢你给我生了个全全乎乎的大胖丫头。彩霞嘿嘿嘿不好意思地笑了，笑得吴学富突然觉得心里光芒万丈，他接着大声说道：咱闺女的名儿我想好了，就叫玛丽，吴玛丽！他媳妇没听清，抬头问，啥丽？

玛丽，吴玛丽。吴学富喜悦地高喊着这让他无比满意的名字。他媳妇回应的却是一声尖叫。吴学富忙把车停下来担心地看她，却见她把手伸进裤腰，从里面拽出一条玉米叶子。

快到家门口的时候，彩霞又突然支起头问，啥丽？啥丽来着？吴学富没答。进了家，把女人撂到炕上，给她脱下脏了的衣裤，盖上被子，吴学富坐在炕沿上，看着他媳妇说，彩霞啊，我再跟你说一遍啊，我给咱闺女起的名儿啊，是吴玛丽。就这么叫了。多好听，是个外国名字。我是想让她有出息，跟村里的孩子们都不一样，将来啊，能领咱看看外国。彩霞嘟起嘴来说：唔——。眼睛眨巴着，好像懂了。

这时候吴玛丽被桂嫂抱着进了屋，放进了彩霞的被窝里。彩霞眼皮也没抬，她太累了，已经昏昏欲睡。她搂过刚从自己肚子里掉出来的吴玛丽，把脸往那小身子上一拱，就睡了过去。桂嫂跟吴学富唧唧哇哇说了好一阵儿，彩霞也没醒过来，呼噜反倒是越来越响了。吴玛丽自己吭叽吭叽地，也睡着了。桂嫂凑过去瞅瞅，然后跟吴学富胡乱地比比画画了一通，也不管他懂没懂，便高抬着脚，猫着腰，轻悄悄地走出去。出了门儿，却朝正扒着窗根儿往里看的人们狠狠喊了一嗓子：走喽！就率领着他们离开了。吴玛丽受了桂嫂那一嗓子的惊吓，瘪着嘴吭哧了一声。吴学富忙伸过手去轻轻地拍。

兔崽子，也就是吴玛丽小姐的哥哥，这时才一蹿一蹿地进屋来了。他爬上炕，瞅瞅他妈被窝里睡着的小东西，问吴学富，爸，这是谁啊？吴学富说，吴玛丽。兔崽子把脸凑到吴玛丽的脸上看，被他爸一把拨拉到一边儿，他便气哼哼地把头拱进被窝，叼着他妈的一只奶头干巴巴地嘬了几下，然后把身子往里钻了钻，搂着他妈的腰，也睡了起来。两根腿儿露在外面，一根儿长一根儿短，一根儿细一根儿粗。

吴学富看着他们，听着他媳妇粗壮的、起伏有致的鼾声，吸吸鼻子，闻着屋子里混在陈年污浊里的一股清新的奶香，觉得自己心里有些挤闹，好像幸福太多了，装不下了，在里面争起地盘来。他坐在炕上，背靠着糊满旧报纸的墙，把头埋在盘在膝头上的胳膊里，想思考点儿什么，可是想了半天什么也没想出来。他是个爱思考的人，他突然领悟到，幸福可以让人丢失思考。午后的阳光照进他蓬乱的头发，他的鼻息也渐渐均匀粗重起来。于是，这一家人，都睡着了。

等他们醒来的时候，吴玛丽已经一岁多了。她长得黑瘦黑瘦，吴学富想大概是因为小兔崽子总是跟她抢奶吃。彩霞管不住自己的奶子，也经常忘记小兔崽子已经八岁，不需要喂奶了，她时常揽过一个头来就喂，脸上带着做母亲的得意。她愈发白白胖胖，吴学富闹不明白，他们几乎没有肉吃，鸡蛋还都留着卖钱，除了院子里的杏儿，也没有水果，她却能越长越富态，皮肤都绽着光儿，竟然像电视里的外国女人啦。吴学富自己在心里想了个答案，他想一定是因为吴玛丽——彩霞自打做了有着外国名字的吴玛丽小姐的娘，就越来越有外国女人的好样子啦，这是吴玛丽带来的好运气嘛。吴学富觉得自己这想法很幽默，他轻轻嘿嘿笑了两声。惹得彩霞转头定定瞧了瞧他，然后也嘿嘿地跟着笑了两声。

　　吴学富披起衣服，打着哈欠下地，趿拉着鞋去院子里撒尿。一开门却差点儿踩到一泡屎。他的好心情一下子没有了。他拿铁锹和着些土把屎铲起来，扔到厕所里。他们家是有厕所的，吴学富是个讲究生活质量的人，他拿木板条钉的厕所，是村子里最好看的。他把每一条板子都弄成一边宽，整整齐齐的，还加了盖子。里面挖个坑，放进一口旧缸，上面也整整齐齐铺着板子。有这么好的厕所，彩霞却不知道从哪天开始，愿意在院子中间拉屎了。她拉完了蹲在一边看，有时还拿棍子去和。吴学富舍不得打老婆，苦口婆心地跟她讲道理。可彩霞懂道理的时候就不会在院子里拉屎，在院子里拉屎的时候就听不懂道理。吴学富拿她就没了法子。当年彩霞她娘就常这样，有时还把屎涂得到处都是。村里的小孩儿追着她用石头子打，边打边喊着"老疯子"。吴学富就会追过去，把孩子们赶走，将彩霞的亲娘、他的亲姑往肩上一扛，弄回家去。他从小没爹没娘，是在他这个疯姑姑家里长大的。疯姑姑不怎么疯的时候，对他很好，姑父还在，对他也挺好，他们还让他去读书，疯姑姑说他爹他妈从前就都是念过书的人，他们要是不死说不定会让他上完了全国的学，还要去留洋。虽然村小的课上得断断续续，旧课本上的页儿也缺东少西，但已经让吴学富感受到知识的力量了，他开始觉得自己与众不同，并预感到迟早有一天他会是一个做大事的人。后来姑父走了，走时说去城里做大事，挣大钱，可他这一走，他们既没见到他的钱，也没再见过他的人。疯姑姑想去城里找，可是她没有坐车的钱，有的话也不知道该去哪个"城"找。她没别的方法，只能彻底疯掉了。于是吴学富一下子就长

大了，照顾田地，照顾牲口，照顾他的疯姑姑，并自作主张地
娶了他没人敢要的表妹张彩霞。

　　吴学富从来没听过"绅士"这个词儿，但这并不妨碍他像个
绅士一样疼爱着他媳妇。他们夫妻恩爱，有时堪称甜蜜，小日
子过得不错。一个半疯和一个孤儿的生活竟也能让村里人生出
羡慕，这也可以说是个奇迹了。彩霞怀孕那年，地里收成很好。
村里来了电影放映队，在还荡漾着麦香的打谷场上，吴学富充
满惊奇和欢乐地看完了电影《甜蜜的事业》，在村民们此起彼伏
的笑声中，吴学富觉得自己的笑最是发自肺腑。就像电影里那
首歌中唱的，他预感到，他的生活也会比蜜甜啦。

　　可是他高兴得太早了，彩霞肚皮上的收成并不好，不但不
好，简直就成了一个灾难。因为彩霞看到自己生出的那怪模怪
样的小东西，尖叫了一声，再以后，她就不可遏止地朝着她娘
的方向而去了。吴学富的儿子一落地，接生婆就晃着脑袋跑掉
了，好像怕沾了秽气。小怪物被扔在炕上哇哇哭，彩霞瞪着眼
睛，瞅着天棚哼哼，也不去看他。吴学富一下子觉得像被丢进
了另一个世界，两个让他陌生的人把他吓住了，他蹲在地上，
仰起脸盯着炕上陌生的亲人们，好像在看戏台上唱的大戏。过
了一阵儿，村里的算命先生听到风声，自己跑来了。他掐着指
头算了算，告诉吴学富，这孩子得起个赖名儿，要不恐怕养不
活。狗蛋儿、狗剩儿都有人儿叫了，就叫兔崽子吧，过了十八
才能改名字，记得了吗？吴学富也没心情理他，任他自己从外
屋地撮了一簸箕地瓜走了。第二天彩霞的奶子就胀得她直哼哼，
吴学富凑上去，叼起一只山葡萄一样红得发黑的奶头使劲一嘬，

一股"泉水儿"差点儿把他的脑袋都冲开了花。他晕头晕脑地咽下几口，脑袋正常了，便又去叼了另一只。两只泉眼都打通了，彩霞舒服地长长哼了一声，才想起了她的儿子，拎过来把他的小脑袋塞到怀中。彩霞的泉源源不断,小兔崽子开始呼呼地长大，腿脚不利索，脑袋却机灵得真的像个野兔子。吴学富不知道这样一颗机灵的小脑袋顶在那样一双腿上有什么用处，但他还是欣慰儿子没有又傻又瘸。

现在，不是更好了吗？吴学富想，他们不但有了个机灵的儿子，还有了个健康的闺女，儿女双全啦。而且吴玛丽会成为一个有出息的人，不但会想法儿治好彩霞的病，还会给他们造一间电视上带冲水厕所那样的大屋，会领他们出去看看外国。吴学富这么想着，好心情又回来了，撒完了尿，不免有些得意地抖了抖自己的宝贝。他舒了口气，进屋后，给了彩霞一个温柔的微笑。彩霞这时是清醒的，她披着被坐在炕上，正为自己早上拉在院里的屎后悔和害怕，吴学富的笑让她心里一下子敞亮起来。她扑腾一下从炕上滚起来，决定给吴学富做碗放海米的疙瘩汤。她打开柜子，从里面掏出一个罐头瓶子，走到吴学富跟前，冲他炫耀地晃了晃。吴学富没想到家里还攒下了海米，他拍了拍彩霞的大胖屁股，以示奖赏。彩霞尽管精神不好，却总能做出让人意想不到的好事情来，吴学富想，她如果没有成为个疯子，肯定会是全世界最会过日子的媳妇儿。

彩霞踩着双塑料底的旧布鞋吧嗒吧嗒欢快地出去做饭了。吴学富坐到炕沿上卷旱烟。卷好了，用舌头舔着纸边儿，眼睛溜向炕上还睡着的两个孩子，却吓了一跳。原来吴玛丽已经醒了,正睁圆了眼睛悄没声息地望他。吴学富赶紧咧开嘴来朝她笑,她却哇的一声哭开了。吴学富慌慌地扔下烟筐儿,爬上炕把她抱过来,两只手架着她的胳膊放在腿上颠,嘴里噢噢噢地哄着。小兔崽子不耐烦地骨碌了两圈儿,终于也爬了起来,闭着眼睛站到窗台上冲着外面撒尿。尿水大概是正好浇到了一只鸡的头上,院子里响起了一阵抗议的鸡鸣。

新一天直通通地到来了。海米已经下了锅,腥咸的香气跟窗外飘来的尿骚和鸡屎的味道打着架地往吴学富的鼻孔里钻。这让吴学富的鼻子酸了一下。他突然觉得脑子里乱七八糟,想了半天也理不出头绪,索性就放下了,专心去逗吴玛丽。吴玛丽不买他的账,伸出小手拖着她哥的那条短腿,把哭出来的一缕鼻涕偷偷抹了上去。

吴学富喊,兔崽子,你去哄你妹玩儿,顺道儿去园子里给我揪几根小葱儿。是葱,不是黄瓜,你记住啦?

黄瓜还没长熟,小小的青棒棒,现在吃要比成熟时少吃着一半。兔崽子却不管,吭哧吭哧地拿两排大板牙一会儿就啃下一根。吴学富心疼,不让他吃,可他有他的办法哩。彩霞让他去掏鸡蛋,他却摘下两根黄瓜进来,妈,给你黄瓜。彩霞说,我让你摘黄瓜了?他说,嗯呐。彩霞仰起头来想,却望到梁上一只老鼠嗖一下蹿过去了。她便把黄瓜和鸡蛋的事儿都给忘了,抄起扫帚寻老鼠去了,兔崽子便啃着黄瓜在旁边给他妈加油。吴学富让他去拔葱,他也摘下两根黄瓜进来,爸,给你黄瓜。吴学富不上当,狠狠给他两脚,可是黄瓜还是被他吃掉了。

是小葱,不是黄瓜。吴学富瞪圆眼睛叮嘱道。小兔崽子在嗓子眼儿里咕哝着说，都一样嘛。吴学富坐在炕沿上，抄起脚上挂着的鞋，朝儿子挥舞了一下。小兔崽子却蹿得快，用那条长腿一跐，就颠出门槛去了。吴玛丽在屋里哗的一下哭开了。小兔崽子便又颠进来，把吴玛丽放在脖子上，一边向外走一边说，我们去摘黄瓜。

吴玛丽骑在她哥脖子上，顿时欢天喜地，她哥哥的瘸腿让他走起路来上下左右地晃，吴玛丽坐在他脖子上享受到刺激和舒服的快乐。他们晃进了菜园子，晃到了小葱边，晃到了柿子前，晃到了瓜蔓儿下。兔崽子欢快地揪下一根小黄瓜，吴玛丽欢快地拍着手。他们接着晃，一条瓜蔓儿欢快地绊住了兔崽子的那条小短腿。兔崽子毫无防备，猛地就趴在了地上。吴玛丽便像只小母鸡一样扑腾着飞了出去。

吴学富抽了一根烟，上炕去叠被子，看到吴玛丽把个裤子尿得呱呱湿，从图形上分析一下，至少有两三泡。吴学富拿手去摸摸，觉得那像春天刚泛好的湿暄地。尿成这个样子连吭也没吭一声，也不知吴玛丽小姐做的什么梦。吴学富把手凑到鼻子跟前使劲闻了一下，竟似乎闻到了一股血腥味儿。他一下子给这味道弄晕了，眼前猛地一花，心脏竟似乎有两下没有跳。可再仔细闻了闻，又只余下带着奶香的尿臊味儿了，似乎刚才闻到血腥味儿的不是他的鼻子，而是他的脑仁。

吴学富把脸皱成一团，到炕里的窗台上去晾裤子，一抬头却透过敞开的窗子看见了小兔崽子。他的样子让吴学富心里再一次笼上父子俩第一次见面时的那种骇然。那个满脸血污，眼睛里凝固着无以形容的惊恐的畸形儿，扎撒着两条胳膊，七扭八歪地戳在院子里。他在听到吴学富焦急的呼唤之后，哇的一声哭了出来。吴学富从窗台一跃落到院子里，光着脚跑到儿子身边：咋了？咋了？吴学富抹去小兔崽子脸上的血，发现并没有伤口，是鼻血。小兔崽子是个犟种，纵使摔掉了鼻子也不会这样号啕大哭，更别说为一点儿鼻血了。吴学富的头轰的一下大了，他知道，是吴玛丽出事了。

吴学富跑向菜园，猛不丁一脚踩上了一摊黏糊糊温突突的东西，他站定了，看到吴玛丽的小脑袋瓜摆在园子门口的石头台阶上，汩汩流出的血染红了他光着的脚指头。

中午的时候吴学富家的院子里就挤满了人。吴玛丽像要被卖掉似的摆在人群正中。

依我说，都是你起的那名字惹的祸。孩子的名儿那是随便起的？不是！这说道多着哩。你把她的名儿一下起到了外国去，那么远的地方，孩子能留得住？没那个命儿，扛不住哇。迟迟早早要走哇。

幸亏是个丫头。根儿不断就没啥大不了的。

你说这学富吧，他这命吧，也真是苦，唉！

死了就死了吧，再生一个就是了……

人们七嘴八舌，吴学富却成了哑巴。

小兔崽子的喊叫突然穿透嗡嗡嘤嘤的人声，打屋里一路冲出来，吴学富忙拖着发软的腿进了门，看见彩霞正捧着盐罐子，大口大口地往嘴里塞着白花花的大粒盐。盐粒在她鼓动的腮帮子里发出咔吧咔吧的清脆响声。吴学富抢过盐罐子狠狠地摔在地上。

　　夭折的孩子不能厚葬——别说夭折的孩子，就是吴学富自己死了也厚葬不上。太阳偏西的时候吴玛丽就被草草地埋在了自家的地头。

　　苍茫的田野上，覆盖着新土的小小坟头儿就像大地被叮出的一个红肿的蚊子包儿。吴学富想，日子长了，它就会像皮肤一样也变得平整如初，谁也不知道下面埋着一堆他亲爱的小骨头。他仿佛闻到一草一木都散发着诡异的气息，就磕磕绊绊地一路奔回家里，砰地关上大门，再也不想出来了。

　　吴学富再打开大门的时候，彩霞的喊声就从门里蹿出来了：我要吃肉！吴学富踏出门外，回过身来一边关门一边朝里面答应着：好咧，我买肉给你吃。兔崽子的声音从门缝里又挤出来：我也要吃——！吴学富乐呵呵地自言自语道：吃吧，吃吧，咱们都吃。他扛起一麻袋豆角，噔噔噔跑向刚刚探出额头的朝阳。吴银海的马车正在村东头的大树下等他，他要去乡集上卖掉这一麻袋豆角，再买肉回来。

　　彩霞的肚子已再次变得滚圆滚圆了。她脑袋里不清楚，肚子可是清楚得很，及时地又大了起来。这女人自从吴玛丽死的那天起就见什么吃什么，咬得动的都要咬，咽得下去的都要咽。吴学富只好弄了根绳子将她拴在炕上，他小心伺候着她，把不能吃的都放得离她远远的，喂她他能弄到的能吃的好东西。彩霞开始毫无顾忌，同时有些理直气壮地在炕上拉屎。吴学富准备了一只破铝盆，当他看到彩霞扒下自己的裤子在炕上蹲起来时，就迅速地把那只盆子塞到她硕大的屁股下面。看不到或者塞晚了的时候，炕上就会留下一坨金黄的大便。如若没有得到及时的清理，夏天里很快便会吸引几只健美的绿豆蝇围绕它嘤嘤歌唱。吴学富每晚躺在臭烘烘的炕上，却并没有觉得自己的生活臭不可闻，熟睡后的彩霞乖巧暄嫩，她越来越鼓鼓囊囊的肚子，给吴学富带来的是日渐浓郁的香。墙上贴着的那幅旧年画上的胖小子也夜夜变成真的，走进他的梦里，搞得他梦里梦外都很美。

吴学富问自己，以后会是啥样子呢？他不敢给自己回答，可他相信，不会比过去更糟的。尽管到目前为止，他所看到的只是这个世界的一根儿小汗毛，他还是对自己说，这世界真好。他也爱他的家人，尽管他们一个是疯子，一个是瘸子，在别人看来几乎没有任何可爱的地方。村里人总是说他命苦，他也并不觉得有什么大不了的，生活嘛，没有苦那还叫生活？吴学富爱看书，他从不放过每一张带字的纸，这样说的话，他倒果真是个读书"破"万卷的人，因为他看到的大多是破的书页。吴学富脑海里飘荡着的"文化"破碎散乱，但足以让他高昂着头。

吴学富就这样怀着自信和勇武地在他老婆身上耕耘，终于让这棵粗壮的大树又结出了一个大瓜。看到这只大瓜，他就会想起一个掷地有声的成语，那便是"生生不息"。每当有人这么说：行啊吴学富，听说彩霞又怀上了？吴学富就说，是哩，又怀上了，生生不息啊。生生不息。吴学富对桂嫂说，对吴银海说，对算命先生说，对村长说……他们都学会了这个成语，并因此而对有文化的吴学富心生敬意。

其实村里人一直就没看轻过吴学富，他们从不以成败论英雄。当年吴学富富甲一方的老爹一夜之间只剩下了一头瘸驴和一间半草房，工作队一走，村里人还是对他毕恭毕敬。用老辈人的话讲，吴学富他爹是个好地主。吴村并不比哪个村更村风淳朴，吴村人也并不比别村的农民更善良，他们也会为了尺把宽的地方大打出手，会在挨饿的时候去偷别家的鸡，会跟旁人的媳妇儿去钻苞米地，他们只是搞些小是非，但你要说他们不懂是非，那便太冤枉好人了。好人们一直很关照吴学富，尽管好人们偶尔也嘲笑一下他的疯老婆和瘸儿子。在彩霞的肚子又鼓起来之后，好人们又帮助吴学富寻找各种各样能赚钱的方法，不但介绍他去给邻村盖新房的人家当瓦匠，还告诉他养鹌鹑可以发家，怂恿他去山上砍木头偷偷运出去卖，或者是把庄稼地都改种中药材……

吴学富一下子被致富信息包围了起来，感觉自己离万元户已经不远了，心里澎湃万千。可澎湃了一阵吴学富却发现，对于他来说，那些信息基本上都没什么用。其实所有传递给他信息的人也仍然按部就班地生活着，谁也没有投入实践，但他们看到吴学富没有去实践，却有些气恼，有那么点儿恨铁不成钢的意思。

吴学富没有本钱，没有手艺，也没有关系，好在，还有一身的力气。他身上疙里疙瘩的肌肉块儿油黑锃亮，简直与肥沃的黑土地一个颜色了。黑土地待这个黑兄弟不薄，让他种的庄稼和菜都长得格外地茂盛。

秋天到了，地里的庄稼熟了，老婆的肚子也熟了，吴学富简直不知道该先顾哪一头。幸亏还有小兔崽子可以照顾他妈，虽然不那么称手，但总归是个帮衬。这天，天还没亮，吴学富就下地去了。吴村还笼在一片褐色的雾气里，安静得像一张照片儿。吴学富在晨曦中挥舞镰刀的手臂结实有力，它割断庄稼粗壮的茎秆，可是，它却无法割断厄运那燃烧的引信。此刻，那根引信正在疾速地缩短，火花雀跃地向它的目的地奔去。太阳高高升起，一言不发地等着看热闹。

在吴学富的家里，小兔崽子正从屋里晃到屋外，从炕上晃到地下，从左边晃到右边，晃得他妈彩霞直拍炕沿。小兔崽子停下来，斜着脑袋问：妈，你要干啥？彩霞不说话，拍得更响。小兔崽子就由她去拍，接着晃，晃到灶塘边去生火。他忙着呢，他要给他妈做饭吃哩。他想他妈可真是太能吃了，吃得他爸得整天不停地干活儿才养得起她。可他妈又在屋里喊起来啦：妈呀——妈呀！小兔崽子咕哝道：喊啥喊呀，你妈早死了。可还听到她喊：妈呀——妈呀！小兔崽子皱着眉头晃进屋，他想，我这么忙，净给我添乱。彩霞不停地喊她妈，把身子蜷成一团，痛苦地滚这边滚那边。小兔崽子很同情她，就爬上炕，跟他妈说：妈呀，你别叫了，你虽然没有妈了，但你还有儿子，还有俺爸呀。俺爸对你多好，比对俺都好。彩霞一把抓住小兔崽子的胳膊，抓得狠狠的，抓得小兔崽子也哭出来了。他好不容易挣了出来，叽里咕噜滚下炕，想起了他爸叮嘱他的话。他爸说：你妈要是有啥不对劲儿，你就赶紧来喊我。

当吴学富看到小兔崽子一步一颠的身影，耳朵里就呼啦一下灌满了婴儿嘹亮的啼哭，他扔下镰刀迎向儿子，边喊边跑：快去找村西接生的老吴太太！小兔崽子拐了个弯，向西跑去，他懂了，他妈又要生孩子了。他咬着牙憋着劲，像一匹小瘸马一样飞奔，没跑多远，却让吴学富一把揪住了脖领子。吴学富说：不行，还是我去吧，你跑得太慢。小兔崽子看着他爸矫健而去的身影，觉得好生羡慕。吴学富回头喊：你看我干啥，快回家去看你妈！

吴学富嫌老吴太太走得慢，一弯腰将她托上脊背，背着她跨过小溪，跑过一家家的大门和柴垛，绕过老杨树和树上的鸟窝，一脚踢开自家的大门。老吴太太脚刚一沾地，吴学富就蹿了出去，差点儿把老吴太太闪一个跟头。老吴太太骂了句"小王八羔子"，紧跟着跑进了屋。

大约半个钟头前，彩霞感觉到下身流出了一摊热乎乎的水。不大一会儿，她又感觉有东西在向外挤，拼了命地要出来。她是生过孩子的女人，知道怎么把肚子里的东西挤出来。她一使劲，再一使劲，再一使劲，噗的一下，身上轻松了，她舒服地吁出一口长气。彩霞坐起身，看到炕上一个胖乎乎的小娃娃，稀罕得不得了，抱在怀里就亲。小娃娃哇的一声哭了起来，彩霞吓了一跳，甩手将他扔到炕上。娃娃更使劲地哭，彩霞瞅了半天，只好又把他抱起来，连拍带哄带晃。可还是哭。彩霞被哭得没了办法，便拎着娃娃的小腿，一欠身子，把他塞到了自己的屁股下面。娃娃吭了吭，停止了哭号，安安静静地待在彩霞肥硕的屁股下。彩霞见没了动静，抬起屁股，抱起娃娃，觉得这小东西又好看又听话，实在是招人喜欢。

吴学富从彩霞手里抢过孩子的时候，看到一条血淋淋的脐带还连着母子俩。

　　小兔崽子冲进屋里，正撞上老吴太太的腰，老吴太太一回身，抱住他的头将他推出门外，闩上了门。小兔崽子拍了半天的门也拍不开，便搬了石头放在窗根下。于是他从窗子里看到，老吴太太拿着一把大剪刀剪断了一根肠子样的东西。这场面让他心惊肉跳，他从石头上跌了下去，膝盖和胳膊都磕掉了皮。他很疼，蹲下去抱着头，再也不想去看了。

　　吴学富抱着他死去的儿子坐在门槛上，太阳照在那孩子还没来得及睁开的眼皮上，也照在吴学富紧紧闭起的眼皮上。吴学富紧紧闭着眼皮也挡不住里面的水，又咸又苦的水流伴着他撕心裂肺的叫喊漫过他脸上一道又一道的堤坝。三十几年没哭过的吴学富狠狠地哭着，招来了一茬又一茬的人，招来了一茬又一茬无用的叹息和无力的劝说。

　　吴学富哭啊哭啊，他的哭无休无止，陪着他悲痛的村人渐渐都失去了耐心，他们等着吴学富哭完，可他怎么也哭不完，人们一个一个地走掉了，回家去吃晚饭。他们都让吴学富哭饿了，吃起饭来格外地香。

　　夜深的时候，吴学富还在哭，好像要哭完下半辈子，要哭干村里的池塘。

　　等吴学富不哭的时候，村里的池塘果真彻底干涸了，不仅是池塘，连往年欢畅的小河也沉寂了。干旱像一只饿狗见了骨头，把这一年的夏天嚼得咔咔作响。

　　吴学富在干裂的土地上躺下来，后背被烫得似乎吱吱冒烟儿。阳光让他睁不开眼睛，他合着眼皮，一对眼珠儿仍然被晒得生疼。眼前是一片耀亮的血红，血红里有隐隐约约的影儿，不断幻化着，都是些个吴学富从没见过的景象。吴学富想把它们看出个门道，胳膊上出现一股细微微的痒，撩得他没法儿静心。他眯缝着眼转过头，看到一只蚂蚁正在他胳膊上打转，线头一样儿的细腿腿飞快地倒腾着。它的着急不在脸上，在腿上。吴学富想，我比你急多哩。他想拍死它，把另一只手抬起来，放在蚂蚁的上空。巴掌像一朵云，把蚂蚁罩在一片阴凉里。就那么一刹那，举着云朵的吴学富，踩死或者碾死过无数只蚂蚁的吴学富，第一次生出了对一只蚂蚁的心疼。吴学富又慢慢地把自己整个平铺在田埂上，他摸摸身下干热的土地，想它是不是也是谁的胳膊，在所有的蚂蚁都在茫然奔走的时候，只有他吴学富一只蚂蚁爬上了这条巨大的胳膊。蚂蚁顺着吴学富放平的手臂爬到了地上，回到了它的生活中。吴学富感受着它的离去，心里鼓涌着忽热忽冷的潮。

他现在是一个不愿意回家的人。走进那个院子，他就发抖。可他也不会离去。离开他媳妇儿和他的小兔崽子，先不说他们娘俩儿活不活得下去，吴学富觉得自己是活不下去的，他们两个长到了他身上，扯开了他会疼死。可是吴学富也着实不知道该把这两个长在他身上的人怎么办，这么多年，他觉得好像身上的血都流给了他们，自己已经被抽得干干巴巴了。现在，不但血没了，连水也没了。要走很远的路去一眼小泉挑水。小泉慢悠悠地渗着水丝丝，急得人浑身蹿火，每次只能接一小桶，后面还有一长溜的人等着呢。小兔崽子懂事了，也拎着水桶去排队，可是他一瘸一颠，那桶水拎到家，洒得只剩下个底儿，他坐在大门口捧着水桶哭，哭得吴学富的心比那水桶还空。

土地焦枯，空气中飘浮着干燥的尘埃。吴学富觉得鼻孔发痒，睁开眼睛，让阳光勾出了几个响亮的喷嚏。他坐起来揉揉鼻子，无奈地瞥了一眼那被太阳火炙烤的村庄。如果今年一旱到底，庄稼就完了，那全家吃什么，全村吃什么？他甚至担忧：如果村里的粮打不下来，交不上去，那是不是全国人民都要挨饿？吴学富想他必须得做点儿啥。他腾地跃起来，矗立在骄阳下。矗立的吴学富却不知道能干些什么，他夯开双手原地打转，太阳当空，他踩着自己的影子。转了半天，吴学富被烤得发晕，他发现自己什么都做不了。那双不知该干什么的手只好"唰"地举向天空又扑向大地，那两条不知该向哪儿迈的腿说软就软了，"扑通"就折下来，那颗什么也想不明白的脑袋怎么那么沉，沉得只能"咣当"搁在地上，那张跟池塘一样干枯的嘴空茫地嚅动了一阵，吐不出别的话，只有三个字儿悬在舌头尖儿上，一使劲儿就跌下来：下雨吧，下雨吧，下雨吧……

等腿已经没了知觉，腰也变得好像不长在身上了，吴学富的脑袋终于渐渐清明起来，连他自己也明白了，他是在祈雨。他意识到这个，感到了巨大的惊喜，这惊喜猛然推直了他的腰，拎起了他的头颅，撑开了他的眼皮。可是，迎接他的仍是一片灿烂无比的阳光。吴学富像被击伤那样再次扑倒，土地真烫，吴学富想，再不下雨他和庄稼就都被烫死了。下雨吧——！他喊道。

喊也不行。吴学富问自己，是不是得祭一祭啊？他想起跳大神儿请狐仙儿的还得杀鸡。要是求雨恐怕得多杀点儿才行。

可是家里的鸡和猪对他的生活来说实在是珍贵，杀掉它们跟没有收成一样让他心疼。那要不然跟吴银海商量商量，把他家的牛宰上一头？他家有很多头牛，少了一头不会让日子伤了筋骨。吴学富左右思量，又觉得这种以物换物的交易行为不太划算，也不太光彩，况且他也不知道该跟谁换，把猪牛鸡交给谁，谁才能给他们下雨。他想不通，就接着垂下头去祷告：下雨吧，下雨吧，下雨吧……这次他的声音温柔得很，像哄吴玛丽睡觉时一样充满爱意。

等他再次抬起头来的时候，看到太阳仍旧是明晃晃的。吴学富终于失去了信心，是对自己失去了信心，他觉得自己是个没用的人。吴学富坐起来，蜷成一团，把被太阳烤得发烫的脑袋埋在胳膊和双膝间，觉得自己的心正一点一点地向着焦土深处坠去。可他并不知道，正有一大片乌云从他背后的山冈上姗姗而来，袅娜地移向这个焦渴的村庄。

吴学富团坐了很久，想着要不要回家去，突然觉得背上有点儿痒。那是一滴雨水打在他的脊背上，轻巧地溅开，绕着凸起的椎骨慢慢地滑下。接着，又一滴。再接着，好像只那么一瞬间，雨点儿就连成片儿洒向了他的脊背和他的大地。他仰起脸迎接着那澄澈的天水，长嚎一声，再次俯下身躯，浑身颤抖地长跪不起。

等吴学富再次站起来的时候，他已经顶天立地了。他没有对任何人说过，但是他自己知道，那场雨因他而降，是他的祈祷挽救了村庄，挽救了全国人民。雨水不大不小，细密而绵长，正是久渴的庄稼需要的那种雨。庄稼丰收，吴学富想，这下全国人民都不会挨饿了。一种庄严的使命感积蓄在他身上，他感到自己越来越高大，身上的血也好像多起来了，他不再害怕长在他身上的亲人，不光如此，普天之下，再没有他害怕的事。他想着，他不但要救他的彩霞和兔崽子，还要救全世界的人。

从外面看起来，吴学富还是那个样儿，可是他从里面开始长高了，里面长外面不长的吴学富常常能感受到身体中有一种膨胀的力量，这力量从里往外撞着他，让他常常激动万分，无法入睡。睡不着的时候，他就坐在门口仰望天空，他自己也不知道是为什么。那虔诚的姿势好像是在等候着来自天上的遥远的指令。被鼓胀着的吴学富变成了一个停不下来的人，人们看到他家地里的庄稼和院里的牲畜也停不下来地生长繁衍，看到他竟然把小兔崽子送进了学校，还看到他在每个傍晚牵着他的疯媳妇张彩霞走向田野。有人问在院子里写作业的小兔崽子，他们这是去干啥啊？小兔崽子抬起头，望着夕阳里两个远去的身影，用喝了糖水一样的表情说，散步。散步？这个说法村里人听到过，但从来没有人说起过，这个词猛然发生在吴学富和他的疯媳妇身上，让他们感到无比惊讶。

这天夜里，散步归来的彩霞觉得有些累，早早就打着呼噜睡去，却在半夜里突然醒来。醒来的彩霞竟然清晰地记得自己做了一个梦。她梦到有一束光向她照下，她被吸进光柱，打着转儿地向上飞。一阵眩晕过后，她睁开了眼睛，眼前漆黑一片，心里却觉得亮堂，好像还是被那光笼罩着。彩霞就着心里的亮光解开了系在腰上的绳子，平日里她常扯拽着它发疯，却不懂得如何解开。醒来的彩霞摸着旁边的被窝，没有摸到吴学富，便爬下炕，矫健地走出门。

吴学富睡不着，他正坐在门槛上，将脸仰向黑蓝色的天。天空中群星闪烁，月辉皎洁，但这不是他想看的，他期望着能看到一些不平常的东西。这样想着，就突然有一只手从天而降轻轻抚在他的肩膀上。吴学富回过头，看到的却是满月之下彩霞满月一样的胖脸蛋，那胖脸蛋上还带着笑，那笑清清灵灵，明明白白，带着慈爱与圣洁，让吴学富想到了他死去的娘。他惊得呆住了。

彩霞坐在吴学富的身边，将头靠在他的肩膀上，静静地与他一起看天空。吴学富不敢动，不敢吭声，他心跳得那么快，可从外面看上去，他僵坐着像个假人儿。他等着，等着，等来的却是彩霞的鼾声。

但是打那天起，彩霞的病情竟莫名其妙地有所好转，说不准什么时候吧，她就成了一个好人儿，常常让吴学富父子弄不清她说的是傻话还是好话。有时爷俩儿正盯着彩霞琢磨，彩霞也像看傻子一样看着他们说，你们傻啦，盯着我瞅什么啊！每当这时，吴学富都抑制不住心里的感动，他告诉自己，一定还有更大的事情在等着他去做。

愿人人都有一个悠闲的午后

　　天空是方的，在窗子里。你看遍美景，终有一天会突然发现最好的风景就在眼前。人不动，风景动给你看，只有天空有这个耐心。它还会逗你，假装不动，上一秒，下一秒，闭上眼又睁开，它还是那样子。一条云暄腾腾地横在那儿，现在它什么也不像，要说像什么，就是像一团新棉花。他鼻子有点儿酸，新棉花的味道冲进去了。怎么平白就闻到真切的味道了呢？新棉花离他那么遥远，远到相距四十多年，小时候，那年过年他穿在身上的棉袄，母亲亲手絮进了新棉花……更远到千里外，母亲在那儿，在泥土下面，在一个小盒子里面。小盒子是纯金的，别人不知道，只有他知道。金玉其内，外面还是一层楠木。他亲手捧着，山路崎岖，沉得他满头是汗。当年他在家乡当官，带头把入土的母亲又请出来火葬。他怕母亲怨他，用个金盒子买她的原谅，手捧着金盒子，他内心忐忑，不知道她原谅了没有。他得了表扬，而后很快升了官，他就当母亲原谅了，有些心安理得。他叹口气，不再想新棉花。想新棉花就要想母亲。母亲是永远的新棉花，又暖又贴心，裹在身上就幸福。金盒子连半朵新棉花也不值。这么多年了，他第一次感到惭愧。

再看那天空，它就变了景儿。它一点一点地变着呢，不让你察觉它的心思，可是突然你就发现，一切都不一样了。

云变了姿态，可云还是云。你在某一刻回头一看，发现物非人也非，似乎自己也早就不是自己了。可自己也还是自己。

一大团云散开了，变出好多的人脸来，热热闹闹地挤着。有大胡子的一张侧脸。有长一对招风耳的胖脸。有瘦削削的女孩子，细细的脖颈儿上顶着上扬的尖下巴。还有戴小丑帽子的，那脸却是向上仰起的，起先鼻头还不明显，你越看它像小丑，那鼻头也就慢慢变得越大。你想着什么，就看到什么。此刻他竭力想欢快，就看到让人欢快的。你也可能看到别的。云会模仿世间的一切事物，但它永远造不出新的。是新的也不被人所知，人们只认识自己知道的。故而所谓"天启"都只是人给予自己的托词。

他跷起两条腿，双脚一蹭，蹭掉了两只鞋，摆了个更舒服的姿势。腿蜷着，左胳膊支起来，手掌托着左脸颊，撑着脑袋，努力想要彻底惬意起来。像小时候躺在草地上，牛在旁边吃草，他也吃草。揪起一片草叶来，在嘴里嚼，或者干脆不用动手，支着胳膊侧躺着，一探脖子，就叼住脑袋边儿的一叶儿，门牙一合，就扯了大半截下来，边嚼边卷进嘴里，像牛一样。那时候他不觉得他和牛有什么不同，牛是生产队的，他也是生产队的，牛干活，他也干活，牛吃草，他也吃草。他的企盼似乎也和牛一样简单。可他那时候是个真正的人，还是现在是个真正的人呢？

　　小丑的鼻子由圆变长了，噢，他笑起来，这是说了谎的匹诺曹啊。五十岁的时候在云里看到了匹诺曹，这才是真正的童话呢。他却是鄙夷那个《木偶奇遇记》的，它才不是什么童话，而只是一个彻头彻尾的谎言。作为小木偶的匹诺曹才是个真正的孩子，淘气，说谎，对好的东西贪心，对坏的事物恐惧，那么个忽短忽长的鼻子牵制着他小小的贪欲，让他成为一个可爱的小家伙。你想让他没有欲望，只有勇气和智慧，怎么可能呢？没有欲望，怎么会有勇气和智慧？好吧，就算可以，他变成了真正的小孩，可成了真小孩的匹诺曹将会是什么样子呢？他达到目的，变成了真正的人，鼻子不会变长了，仙女对他不再有威慑，也不再有利用价值；他会发现谎言在这个世界上除了能让鼻子变长以外没有任何坏处，而那唯一的坏处也已经不再存在，也会发现贪婪才会带给自己一个接着一个的奖赏；没有永不满足的欲望，人生就跟木偶没什么两样，于是他会变本加厉地撒谎，会无休无止地贪婪。我们需要一个仙女来惩罚我们，哪怕是一个可笑的惩罚，但有总比没有强。可是仙女被我们杀死了。这才是真相。作者不再写下去，因为他清楚这真正的结局，却想让其他人都被蒙骗到底。作家说了假话，鼻子却不会变长，可以昭昭然地向全人类撒谎。科洛迪这个骗子，他甚至都不相信自己，他在投稿的时候附上留言，说这东西"不过是幼稚可笑的小玩意儿罢了"，"请随意处理"。语气多么轻薄，而初衷也轻飘飘让人瞧不起，只是因为债台高筑，急于赚一些稿费。

　　云那么白，让那个鼻子越来越长的匹诺曹看起来那么纯真无辜。这是否让你更为这世界感到悲凉？灵魂工程师做的事根本不是为了灵魂，而是为了钱。

云真好，如此自由，又如此高高在上，他为云感动，云就是他的理想。别人看到的是权力和金钱，愚蠢，真愚蠢，而他所做的一切却是为了灵魂，是为了让自己更自由更崇高。这心思竟无人能懂，他一直为此沮丧。

现在他盯着窗子里的那片天空，像注视着一个千古之谜，目光散射出无尽的迷茫。他是躺在十七层楼的床上。这栋高层住宅一共有十七层，没有十八层——十八层地狱，不吉利。嗬，可你想必已知道了吧，地狱是无所不在的。楼下是一大片葱郁的绿地，按照他的意见，开发商特意留了这套贯通顶楼的大平层给他，并扩大了楼前的绿地面积。绿地的尽头，是小区的别墅群，住的都是这城市里最富有的人。楼的另一侧是新老城区分界的河流，仍然是按照他的意见——为保护新城河岸景观，禁止再建十层以上的建筑。当然，意见是在他住的这栋楼建好后提出的。搬进新居之后，他一度心情大好，兴致高昂，那种实实在在的高高在上之感令他激动万分。他不动声色地流连于每一扇窗前，时而隔岸检阅万家灯火，时而傲然睥睨富豪人生。从这个角度看起来，那些豪华气派的别墅变得像积木一样幼稚可笑，似乎一挥手就可以将它们推倒，里面住着的小小生灵们便会哭喊着四散奔逃。而阔大的绿地也只不过像是个小小的舞台，人们的坐卧行止、跑跳玩闹都是取悦于他的表演而已。这虚构甚至让他产生了真实的怜悯，他在幻想中举起双手，抚摸那些渺小的头颅，以表达自己的博爱与宽容。这个时候，他的身体会轻盈到连重力也仿佛失去了作用，连发根儿处都感觉到了舒展的畅快。看吧，这座城市是我的。他飘荡在它的上空，楼亭街巷、花草树木、人畜虫鸟都向他仰望，他独揽众小，陶醉而感动。可他的头上也有紧箍咒，每当妻子从身旁走过，咒语就自动显灵，他便倏忽之间从高处跌落，砰的一声，法力全无。后来，只是听到妻子的脚步声或想起她的面容，他便能感到一种沉重坠在他的脚心，将他牢牢地钉在大地上。

总有人，各种各样的人，以各种各样的方式，将你留在与他相等的平面。你要不停地与之抗争，用水泥、木材、纸张、光电、声波、眼神，古老的新法术和新生的旧梦，用己所能及的一切真无与虚有，来为自己搭建各种各样真有与虚无的高台。真累啊……他叹口气，好像再支持不住身体，挂在头侧的手臂一软，折向一边，脑袋瘫下来，无力地搁在床沿。床却在这时抖起来。他闭上眼睛，将双臂抱在胸前，手指紧紧拢起，先揪扯着自己，又去奋力抓挠床单。是他自己在抖。冷冷的虚空像冰块一样在他周身滑动，一幅幅坍塌的幻景投影在眼睑内侧，越紧闭双眼越看得清晰。须臾间便塌了个干干净净，他感到自己失去了一切支撑，孤零零被悬在半空，而一片狰狞的虚墟已向他张开了黑暗的怀抱。

不！他一跃而起，圆瞪的眼球毫无用处地转向四周，隔了好一阵儿，才将投射到视网膜上的景象传到大脑——他还在家中，屁股陷在床沿，赤着的双脚颤抖着蹬住地板，一扇明亮的大窗向他展示着 8 分 20 秒之前太阳发出的光芒所照亮的世界边缘。

　　一个到处都是边缘的星球，一个永远落在光明后面8分20秒的星球，在这里，人们却还都以自我为中心地，你追我赶地活着。你看，这是一个跟世界一样大的笑话，名副其实。

　　缓慢地找回平稳的气息，他再次躺倒在床上。还是这个姿势好，还是这个角度好，躺下来，自下而上。如此便看不到大地上丑态百出的奔忙和天地之交无始无终的虚无，只能看到高天上随心所欲的白云。只看云的午后是多么美好。如果此刻之前的几十年都不曾存在过，如果从降生之始就直奔这个下午，躺着，看云，那，多，好。

　　他不由自主地将身体蜷缩起来，像胎儿那样，他已经开始从这个午后回溯向生命之初，从形到识，从灵到肉，只是又会在某个时刻被悄然推回，反反复复，螺旋下降。这个过程与正向的成长一样，艰难而并不自知。

　　他咧开嘴巴，对着云展露出了毫无心计的笑。那云也正在瞅着他乐哩。他先看出一张龇着牙的嘴，接着找着两条眯成线的眼睛，白白胖胖的一个大头悬在他窗口，好像伸手就能掐到那肉嘟嘟的腮帮子。他也龇着牙，也眯缝起眼睛，腮帮子也笑得堆起肉来。嘿嘿——他笑出了声儿，感到了一种单纯的欢乐。可云的嘴越咧越大。大得不像是笑了，像是要吃人。他倏地受了惊吓，看到那张嘴向他扑来，塞满了窗框。他抓起枕头朝窗子扔过去，使了很大的力气，枕头砰的一下撞在玻璃窗上，然后被消解了力道，软绵绵地滚过窗台跌到地上。斜插进窗来的一道金色阳光，被腾起的灰尘毫不留情地遮掉堂皇，裹成素淡的银白。这时，他发出天真的疑问：灰是从哪儿来的？枕头是干净的，白色的枕套还散发着洗衣液的清香；窗子是干净的，钟点工每周都擦两次；窗台和地板更不用说，每天都用抹布蹭得反光——都是干净的，都是一尘不染的样子。原来，看起来干净的东西不一定真的是干净的——他又给了自己久经世故的回答。

他静静望着那些细尘，等它们闹腾累了，从飞旋而上到轻轻荡漾，最后像一声叹息那样滑翔着跌落。他心里的感觉极为应景儿，也"唉"的一声沉静了，尽管带着无奈，可无奈也是尽处。有尽处就是好的，不用无休无止地挣扎。

他的身体再次放松了。阳光又倾斜了一些，现在只能盖住他的额头。像一只暖手抚着，像一张热唇吻着。这久违的温存感让他喉咙哽咽，微微地疼。他咳了一下，把自己摆得更舒服些，平展展地摊在床上。不知何时蓄在眼中的一滴泪水因为身体小小的动荡从外眼角滑落进鬓发，有点儿痒。他很珍惜这滴泪似的，抬手轻轻抚摸微湿的鬓角。捻动手指，两指间的一点潮润眨眼就干了。他无端温柔地觉得世界上所有在这一刻流泪的人都是他的亲人。然后，突然地，他想起了一些真正的好时光。想起他第一次在灶间生火，母亲和两个姐姐看着他蹭黑的鼻头哈哈大笑，想起父亲扛着锄头出门前用粗糙得像石板一样的大手拍他的头，想起第一次见到妻子时那眩晕的激动，想起儿子刚出生时他就对着那张皱巴巴的小脸让他叫爸爸……

确凿无疑，这些是被叫作记忆的东西。它们没有原子和分子，没有质量和形状。既然如此，你也可以说，它们从未在这世界上存在过。既然如此，你还可以说，所有过去的日子都未在这世界上存在过。

　　既然如此，是不是可以说，整个人生都从未在这世界上存在过？

　　直到这个下午来临，他才似被午后的斜阳注入了天机，洞悉了永恒的徒劳与荒谬。这样一来，他终于敢于直视多年来自己内心的恐惧。

　　恐惧，它本身就是最让人恐惧的。他看着它，这前所未有的直面使他感到似有一簇芽尖锋利的野草刺出心脏，然后从那里迅速生长蔓延，钻透血管皮肉，遍布全身，将他变成了一片荒凉的原野。他攥紧拳头，把冰凉的指尖蜷进掌心，对抗着无边无际的空旷。可是没用，拳头挥向别人时是威胁，面向自我却几乎就是降幡，就如对他者的恐惧总会弥散，来自自我的恐惧则只有等待自我消失才会消失。而自我的消失又是更大的恐惧，这是终极悖论，无法阐释。他开始思考。思考是产生痛苦的源头，也是淘洗痛苦的泉流。它使人类诞生，也将使人类终结。它是人类本身。所以，你懂了吧，上帝笑的不是人类的思考，而是思考着的人类。

　　上帝。他不信上帝，不是因为无神论的灌输，而正是因为恐惧。有人为了抵挡恐惧而相信上帝的存在，他为了对抗恐惧而拒绝上帝——如果人类只是上帝借助于泥土的造物，那人类与人类造出的盘子又有什么本质的区别？两种恐惧都如此巨大，就像地球的两极，一南一北，是人类生存世界的最远的两端，却同样寒冷与空茫；但它们又是对立的，前者恐惧的是死亡，后者恐惧的是生命。然而，你说，它们难道不是一样的吗？寒冷与空茫。

　　某种神秘的感应让他摸过床头的手机。开机，打开微信，他看到了儿子的脸。儿子在地球的另一面，也躺着——每晚临睡前，他会用一张照片来汇报自己这一天的平安，而他会回复一个字：好。他们礼貌地维持彼此的角色，尽自己的义务，但却并无多余的话可说。儿子只跟母亲用微信视频或电话聊得火热，却从不跟他这个父亲多说一句。父亲看不懂儿子，儿子看不起父亲。最亲近的两个人，却有着最不可调和的对立。亲密的对立。他曾经不明白，自己身居高位，有权有势，儿子为什么看不起他。现在他确信，儿子是预言家，他早已一眼看透了他父亲的结局。

　　他真想跟儿子说说话，可说什么呢？说什么能配得上他此刻铺天盖地的爱呢？最终他连那个惯常的"好"都没有回复，他把儿子的照片放大，将手机放在床的中间。现在，他们一家三口以一种奇异的方式在这张床上团聚了。他已彻底放弃了执着的自我，此刻，他才发现，他愿意为这两人把自己消灭——这不仅是指牺牲生命那么简单，而是可以牺牲"自我"。遗憾的是，他们永远也不会知道。

　　这个终于可以被舍弃的"自我"啊，你依赖它活着，也注定被它折磨。他想不起是从哪一天开始突然有了"我"的，在那之前，他就像一个懵懂的闯入者，茫然地拖着自己幼稚的生命行走，只有一种怪诞的疑惑。突然有一天，"我"来了，可却又不是那么突然，仿佛已存在了很久，"我"就像一个无声无息的跟从者，一落地便尾随着他，不经意地一回头，他们终于相见了。看到

"我"的时候，他第一次体会到了那种惊天泣地的感动，他被压得喘不过气来。"我"来了，"我"在这儿，"我"就是我，独一无二，不可替代，一切环绕着我的"我"被创造，世界就此展开。他出身贫穷，身材矮小，貌不惊人，没有天赋异禀，可是什么都不能妨碍他心中的那个"自我"向高处生长。现在想起来，他深信正是那对"自我"最初的惊叹支撑着他心怀安定地度过了苦难不堪的青少年时代。为了让"我"哭，为了让"我"感受痛苦，了解孤独，体会挣扎和屈辱，世界做出了如此多的努力——他这样想着，甚至因此而感恩。

他对自己摇了摇头，想起这些让他内心不安，不安的缘由有羞愧，也有疑惑。但其实这羞愧和疑惑已经伴随他多年，他从来没有减轻过对自大的羞愧，也从来没有什么有益的启示让他对"我"的神秘根源得以开悟。

云在他窗口越积越密。柔静的白，带着磨砂质感的白，轻声细语的白，悠闲地铺展开来，不多久便布满整个窗口，像要把他盖起来。

天啊，这片比世界还大的云。

他不由自主地伸出手来，想迎接一次最纯洁最盛大的拥抱。可与此同时，一片云却毫无心计地荡走，留下一角蓝天，像是他伸出手去，便是为了掀开那白云的边角来窥探。事情呈现出的面貌往往只是不解风情的镜像，看上去一模一样，却与真实的内心企盼素不相识。

手臂无可奈何地垂下来摊在床沿，他想到他多年来的追索自认只是为了清高，只是为了从世俗中超脱，但是谁知这是否是镜中景象？也许在镜子的另一面，一切都是反的。

镜子真是无处不在的。你是否曾怀疑过，这可能是一个由镜子组成的世界？它隐匿无形，表达除了它自己之外的一切，以自身的"无"制造"万有"之像。真和真，假和假，真和假都通过无数的镜子互相映照，分不清彼此，同时被迷惑也被启迪。

更绝望的是，你从来都无法知道到底是得到了迷惑还是启迪。

每个人都想从镜中获知真理，只是镜子的存在本就不是以抵达清晰为目的，而是为了制造复杂与混乱。平静，只属于愿意永远闭上眼睛的人。

此时他闭上眼睛，可以心无波澜地回忆那个恐惧突袭而至的时刻了。那天深夜，他浑身冷汗地从床上跃起，在妻子惊愕的注视下如困兽一样东突西撞，狠狠抓扯着头发。妻子以为他做了噩梦，起身来想给予他安慰。他意识到自己的失态，挡开妻子的手臂，躺回床上背朝着她假装重新入睡，眼前成群人头猪身的怪物却挥之不去。那是他刚刚当上乡长不久，心中难以压抑的飘然让他呈现出一种极为热情的工作状态，他过分积极地巡视一切可以巡视的场所，发表文采飞扬的讲话，以让自己尽快覆盖那块地盘。喜悦在他心里跳荡着，直到这天他视察了一个养猪场。成功的乡镇企业家、年轻的全省劳模带领全体员工夹道欢迎他的到来，毕恭毕敬地跟在他后面介绍饲养产业的新成果——快乐养猪。大喇叭里播放着欢快的音乐，成群的猪扭着屁股，踩着节奏快乐地奔向猪食。这欢乐的景象与他的内心不谋而合，一篇激情四射的讲话稿已在心里酝酿。他们走到了屠宰场，这里的音乐舒曼柔和，那些听着音乐长大的肥猪又听着音乐舒适地仰躺在地上，安详地享受屠夫虚伪的抚摸，然后自动挺起脖颈被一刀捅穿。猪的"快乐"死亡简直赏心悦目，获得了一片赞叹和掌声。就在此时，一面大镜突然从天而降，镜子的另一面，猪头陡然都变成了人面。他面对着一群出生即为了死亡的猪，却看到了人的命途。恍然感到镜中之眼也正饶有兴味地视察着他的生活，等待欣赏他和与他一样的人们怎样被命运宰杀。他的"自我"破碎了，庞然的无意义感轰然砸下，让他茫然无措，难以承受。以至于众人在等待他的指示时，他只是颓然地摆了摆手。

如果说从前只是一次次试探性的挑衅，那么从此恐惧便是坚定地驻扎在他的生命里了，不时风一样掠过战壕与他的灵魂短兵相接。他的武器陈旧，也不够锐利坚硬——官位、才华、财富、他人的奉承和虚幻的自我肯定——生锈的大刀、钝头的红缨枪、卷刃的匕首，以及塑料的板斧和木削的长剑，于是他屡战屡败，伤痕累累。可他又必须屡败屡战，只要他活着，他只能做一个无奈的战士，不然怎么办，难道他要被自己的生命吓死？

可就算是败寇，也需要阵前的助威，也需要战后的抚慰。他开始依赖这助威与抚慰鼓起应战的勇气。它们自然来自于女人。

女人真好，他在女人身上得到了很多细小的满足与安慰，虽然这众多的细小怎么也连缀不成强大，但毕竟让他有了期盼。他感激当他大把为她们花钱时她们幸福的目光，他感激当他在她们身上奋力劳作时她们娇嗔的赞美。她们让他暂时地忘记灵魂的伤痛，麻木地投入苦战的轮回。女人之爱是他的希望，是他的宝贝。他开始回想他的女人们，然而令他吃惊的是，在这一刻，她们竟全都面目模糊，没有一个让他感受到爱的暖流，他的心在想起她们时仿若冬天板结的冻土，无法孕育一星微绿。

他曾以为至少他与其中的一个是相爱的，那女人对他俯首帖耳，温存卑微，甚至让那个敌人都不忍轻易来犯。他想到了离婚，他频频与她约会，明目张胆地在外过夜，并向她毫不吝惜地奉献财富、能力，还有秘密。她成了他最亲近的人。正在他开始畅想与她的厮守时，有一天，他在网上看到了他们的视频。他的脸与下体一起清晰地暴露在这段"爱"之影像中。更令他羞耻的是，他的面容呈现的不是淫恶，而是温情。

每天早上上班后，只要没有别的更紧要的事，他都会迫不及待地打开电脑，在网络中搜索自己的名字。他盯住屏幕，认真地浏览每一条关于他的消息。想到他的名字通过网络覆盖大地，他心中那跃跃欲试的恐惧便会知趣地暂时退兵。他看到自己在讲话，看到自己在视察，看到自己在部署工作，看到自己关心群众，看到自己奋战在第一线……每一条有他的新闻都是他的同盟军，网上那些"他"和他在一起，让他觉得自己不是孤军奋战，而是一个强大的军团。那天早上，他带着昨晚"爱"的余兴，手指欢快地在键盘上打下自己的名字，接着他看到了关于他的新消息前所未有地茂盛。他只惊喜了一瞬，就发现了自己的愚蠢。他昂扬的阳具和温柔的目光被疯狂转载，布满网络，简直像一场盛宴狂欢。在手指僵硬地点击翻过几十页后，他才重新看到自己坐在主席台上的英姿。他把两张照片下载，并列放在屏幕上——一张一丝不挂，一张衣冠楚楚——两张照片都让他感到了空洞的陌生。

这种事实在不乏先例，他也曾不止一次地边兴致盎然地欣赏，边止不住地大加嘲笑。可他却从未想到过自己竟会变成主角。尽管事已至此，他还是怀着一些期待，谋划着立即离婚与她结婚，以所谓真爱洗刷耻辱。可是那天之后，他再也找不到那个女人了。他终于向不屈服的自己承认了——他被她骗了，而且这场骗局远不止是感情和金钱欺骗那么简单。那不简单的部分也许将给他带来灭顶之灾。然而直到此刻他才发现，让他绝望的其实并不是那不简单的部分，而是虚假的爱意。

与其说这女人是受什么人支使的卧底，不如说她是恐惧派来的奸细。连同他所有的那些女人，组成了一支潜伏在他生命里的特工大军，她们用伪装的情意做恐惧的内应，一点一点掏空了他灵魂的给养。从头至尾，他从未获得过真正的爱。

可是，他从未获得过真正的爱吗？

他的手在床单上滑动，慢慢伸向床的另一侧，但那只手还是颤抖地停下来。不知从哪天开始，他已在心里认定自己并不爱妻子，不但不爱，而且从未爱过，不但不爱，而且还充满憎恨。兰兰。他轻轻呼唤妻子，没有得到回应。他已经很多年没有这样唤她。兰兰，兰兰，兰兰，兰兰……他在唇齿间轻声地重复，这清脆的昵称终于让他的泪水汹涌而出——他感到了温暖，从这让他曾经抛弃的名字中感到了深深的爱。她爱他啊，她相信他，疼惜他，她不但是他最坚定的同盟，而且无数次试图向他交付自己心灵的武器。可他却把她当成另一个敌人。在这最终的时刻，他才看清全部的战局。他才看到了真正的爱。他也是爱她的啊，不但现在爱，而且一直爱着啊，不但爱着，而且爱得无比深长而深奥。他爱得仰望，爱得竭力，爱得胆怯，他终于领悟到自己对妻子的疏远原来并不是离弃，而是一种逃离。一个安之若素的女人让不停挣扎的自己显得滑稽而丑陋，他好不容易笼络起来的虚假慰藉在她像母亲一样伟大的目光里瞬时溃散。他害怕爱她，害怕自己屈从于她那以低微为标准的高洁，害怕在她的眼瞳里看清自己的不堪。他将她推离自己，他与她分床而居，实际上是他需要把自己隔离在她的世界之外。他背着她做"大事"，吊诡的是他明知道那些"大事"在她眼里不值一提，却仍希望有一天能用它们向她展示自己的高超。这是一种扭曲的示爱啊。可其呈现的表征却如此黑暗可怕。就在他的性爱视频事件闹得满城风雨后，他竟突然感到一阵彻底沉陷的轻松。他等待一场暴烈的叛离，夹杂着恶狠狠的唾弃，让他痛痛快快地被踢进地狱，永世不得翻身，也不再有翻身的企望。

可妻子仍然若无其事。她没有反锁大门不让他回家，没有谩骂，没有嘲讽，没有要求离婚；她没有落井下石，没有从这肮脏的丑闻中独自跑掉，没有把他一个人留在耻辱里。她陪他一起承受——耻辱。等着看他笑话的人看到妻子温婉地陪在他身边出行，目光黯淡，满脸无趣。看吧，她竟可以驱走耻辱。一个能驱走耻辱的女人要么是圣女，要么是妖魔！那个时候，他毫不犹豫地选择了后者，他没有丝毫的感激，他恨她，恨得发疯。凭什么她什么也不做就可以立于不败之地，而自己殚精竭虑却越来越残弱卑贱！

　　半月以前，上级领导找他谈话，让他暂停工作，先休息一段时间。他明白这是什么意思，危险已经逼近了。今天上午，他得到了确切的消息。那人是用公用电话打给他的，通知他对他的调查已经正式启动，让他自己赶紧想办法。哼，想办法，他一直在想办法，可有什么用？他想告诉对方，他这段时间一直在上下活动，但他得到的不是拒绝就是敷衍，他已经没办法了。但那边已经挂掉了电话。他茫然地听了很久电话里的忙音才回过神儿来。接下来，像一种惯性，他不肯放下电话，执着地拨出了一个又一个号码，但听筒里回应他的，只是唱个不停的流行歌曲或生硬的电脑女声。他已被整个世界抛弃了。最后，他拨通了妻子的手机。他叹气似的吐出一声"喂"。妻问，你没事儿吧？他不能说自己没事儿，但又不知如何否定这个问句，于是他对着电话沉重地摇了摇头，就挂断了。似乎是怕妻子的追问，又似乎是怕电话再带来更可怕的消息，他将听筒又拿起来，扣在了桌面上。

　　正是一天中最明亮炽烈的正午时光，他茫然地扑向窗口，伸出头向下张望。阳光普照下的众生如虫豸一样在街面上奔忙，他却再找不到高高在上的瑰丽想象，而是替整个人类的渺小感到了悲伤。

　　半小时后，一把钥匙搅动了门锁。他转身坐下来，等着门外的人。门开了，他看到妻子走进来，像法官一样庄严地坐到了他的对面。

　　他跟妻子摊了牌，交代了他做过的"大事"和那些他藏起来的钱。他希望她能懂得，这些"大事"他非做不可，也希望她能明白，那些钱将带给她和儿子高人一等的好生活。正午的阳光透进窗子，照在妻子的脸庞上。他盯着那张脸，企望它展现出惊恐、愁苦、焦虑、心机重重、狂躁的愤怒或怨天尤人的悲戚。可他却只看到阳光下的圣洁。那投向他的目光充满着同情和悲悯，让他嘶哑抖颤的陈述显得越发不堪和可笑。他停下来，低下头，看着自己抖动的双腿，执拗地，专心致志地等待着吼叫、号啕、责问、恶毒的咒骂、无所适从的呢喃，或哪怕只是义正词严的批判。然而，什么都没有，一片深远得毫无尽头的寂静。他抬起头，看到了她无声流淌的泪水，在阳光下，那泪水呈现出钻石一样的晶莹之光。这庞大的静穆之美将他瞬间击垮。当她伸出手来想拥抱他的时候，这令他不能容忍的恩赐一般的宽恕终于让他歇斯底里地爆发，他扑向她，狠狠扼住了她的脖子……

他的手再次向床的另一边滑动，终于触到了一根冰凉的手指，他停下来，而后再次轻轻地探过去，终于握住了那只手。刹那间，心头所有的滞重消失了，他在这个午后找到了这空无意义的人生的所有意义，他向那最纯洁的原点奔去，发出最真挚的呼唤。

兰兰。他说，我爱你。

兰兰。他说，我们一起看云。

他侧过头看向窗外，却发现聚集的云不知何时已散尽，窗口只余下一方空荡荡的、空荡荡的、空荡荡的，蓝。

当警察撞开门闯进来的那一刻，他们看到一个身影从窗台上飘然跃出，一张纸被突然贯穿屋子的风托举着荡落在地板上。警察们奔向窗边，探出头向下观望，但却并没有看到坠落的尸体；楼下的绿地上干干净净，并没有刺眼的鲜红；人们在悠闲地散步，聊天，也并没有被突然震惊的骚动。他们飞快地彼此对望了一下，就躲开了目光，每张嘴都轻轻地嚅动，却都什么也说不出。最后，他们不约而同地默认自己看花了眼——并没有什么人从窗台跳下，那个他们得到命令要抓捕的人早在此刻之间就已失踪。

8 分 20 秒之前的阳光从西而至，警察们沉默地处理着现场。那从窗口倏然消失的身影起初以同样的姿态在他们脑海中反复闪现，然后就幻化成了不同的模样。于是有的人觉得自己看到了一只巨鸟，有的人认为只是一道光影，有的人相信那是回家忏悔的魂魄……他们的动作异常地轻缓而庄重，在将床上那已死去的女人用白布覆盖后，甚至先后温柔地替她掖好白布的边角，仿佛害怕洞开的窗口吹进的风会让她着凉。

一个警察捡起地上那张纸，他的动作太慢，每一个步骤都伴随着没有缘由的颤抖。弯腰，屈膝，伸出手，摸到那张纸的一角，将它捏在手中，停在那儿不动，落下错后的那只脚的脚跟，空着的那只手撑在同一侧的膝盖上，直起腿，抬起上半身。然后他终于双手捧着那张纸。

他看了很久，似乎在阅读一篇长得没有尽头的艰涩的小说。然而，上面只写着一句话：

我要变成你窗前的一片云

　　这个警察相信,这是一封遗书,是那个消失的人的最后愿望。可这个简洁却宏大的遗愿似乎只有上帝能够为其实现。他望着这句话，思考着如果自己是上帝，该不该满足这样一个人的这样一个愿望。然后他突然地忆起了自己之前的所有日子，每一个早晨、上午、中午、午后时光以及黑夜，他看到了自己前半生的每一个时刻，而每一刻都不曾与云产生关联。他意识到自己微渺如尘，离天上的一切都是那么遥远，这让他感到分外无助，鼻腔酸涩，竟有一滴泪坠落纸上。他抬起头来，望向窗外，企望得到启示，却只看到了一片无所事事的云。

2015 年初稿，2017 年 6 月 28 日二稿，2017 年 7 月 16 日改毕

原发于《广西文学》2017 年第 9 期"特约头条"

秘　密

"有句话我可能不该说。"老程坐下来盯着我，我一看到他眼睛里那点儿遮掩不住的兴奋，就知道他要说什么。

我别过头，"你说，有什么你就说。"

老程深深吸了口烟。一团烟雾裹着一声叹息吐出来。

"算了算了，你要觉得不该说你就别说了。"我改变了主意，站起来打开窗子，冲外面狠狠地咳嗽了几声。楼下有辆推土机轰轰地工作着，刚下过一场雨，它把泥土里潮湿的腐气全翻了上来。我把半个身子都探出去，从喉咙里酝酿出一口痰，用舌尖顶着射向那台橘红色的机器。我等着，我希望有人骂我一句，那么我便可以骂他。可是那口痰没起到什么作用，推土机照样雄赳赳地驶过来倒过去，几个工人像模像样地忙碌着，没有人理睬我。

"看什么呢？"老程也把身子挤过来。

"推土机。"

"呵，推土机啊。推土机有什么好看的？"

"好看啊，你不觉得它好看吗？又结实又鲜艳，精神抖擞，生机勃勃。"我克制着尽量不要显得咬牙切齿，努力温和地笑着指指老程手里的烟。

老程又吸了一口，把烟蒂扔下去。很不解地说："你怎么还想起戒烟了？"

怎么想起戒烟了？真是屁话。"修身养性。你趁早也戒了吧。喝喝茶不好吗？茶能清心。我们啊，浊气太重。你说是不是？"这回我盯着老程的眼睛，我发现他的目光真的是浑浊。

"是是是，浊气太重。"老程蹭到沙发前坐下，端起茶杯啜了一口，连说好茶。

我心里想，当然是好茶。我是什么人呢，我能喝不好的茶吗？我是什么人呢？我沮丧起来，我很快就将一无所有。我现在不堪一击，可人人都要来打我一拳。老程是个老实人，我们同学四年，交往快二十年了，一直是我在欺负他。现在他终于有机会来欺负我了。我不想给他这机会，我要反击。于是我把一盒茶叶塞到他包里说："走走走，你自己回家喝去，我一会儿要开会。"

"我话还没有说完呢。"

"那就憋着吧。"我一只手开门，一只手把他推出去。

"你这个人，你这个人……他这个人，他这个人……"

我知道他后面的话是跟我的秘书小雨说的。我还听到小雨清脆的笑。

我老婆有问题了。大家无非是想告诉我这个。很多人的老婆都有问题，这有什么大不了的呢。我望着我老婆的背影，腰还是细细的，头发还是黑黑的，屁股圆润饱满，两条腿又长又匀称，后面看跟哪个明星比都差不到哪里去。她转过来看着我，问我今天怎么回来这么早。隔着茶几我也看得清她眼角和脖颈上的细纹，我记得她年轻的时候是尖尖的小脸，现在那张脸长成了长方形了。为什么会变成长方形？我为细纹和长方形难过，可是我却说："你是不是希望我晚一些回来？嗯？你是不是希望我不要回来？"

"有病啊你？"她瞪了我一眼。这一眼真有风韵，一下子让我回到了我第一次在她下班路上截住她的光辉时刻。我只能嘿嘿笑了，我说开玩笑开玩笑，我只是在开玩笑。

"有意思吗？"她没等我回答就进了厨房。

当然没意思，我知道我没意思。我在努力地使生活更有意思一些。我想，她也有这个权利。她还这么美，长方形的脸有长方形的美。她还需要爱，她需要有意思的生活。我想着她的那个男人，就是可能会带给她新生活的男人。据说很高大，比我英武得多。我老婆一米七二，穿上高跟鞋我只能平视她的眉毛。年轻的时候我们看电影，我得挺得直直的，才能勉强让她的头靠到我的肩膀上。她的后半辈子终于可以有个高大的依靠了。那男人还很专注，因为他们约会总是选在同一家茶馆，这很说明问题。他们被我的朋友们发现，都是在那家茶馆。他还有喝茶的好习惯，这也很令我欣慰。我决定祝福他们，我决定成全这段好姻缘。我爱她，我希望她能幸福。假如她一会儿从厨房里出来，不是端给我晚餐，而是拿出一份离婚协议书摆在我面前，我会像签一份让双方受益的合同一样爽快地签名。

我看着这个我们共同奋斗创造的家，我们没有孩子，她走了，这个没有继承人的家也将彻底消失，就像一个人死掉一样彻底。我走进卧室，趴在床上，使劲呼吸着床单上我女人的味道，直到鼻子发酸，胸口发疼。

我听着她的脚步，她从厨房里一趟一趟地走出来，没有拿给我让我害怕的东西。她将菜和碗筷一样一样放在餐台上，木质的台面发出敦厚的声音。

菜很丰盛，还有一碗红通通油汪汪的红烧肉。我们面对面坐着。我突然很后悔没有让她给我生一个孩子。我想着她一个人坐在这张大饭桌前吃饭的情景，觉得非常愧疚。我不停地吃芹菜。说实话，我真的没去注意它的味道。她停下来，奇怪地看着我。

"看什么？嗯，很好吃。芹菜很好吃。"我举起一根芹菜在空中晃了晃，然后塞到嘴里。

"你怎么不吃红烧肉？"

"噢，吃不下。"我夹起一块颤巍巍的肥肉，放在嘴边努力了半天，还是放下了。

她突然就笑了一下，是那种从鼻子里发声的笑。她说："是在外面荤腥吃多了，腻着了吧？"

我放下筷子，认真地说："对不起，我在家吃饭的次数太少，从今以后我天天回家陪你吃晚饭。"

"用不着。"

她说得特别干脆。干脆得差点儿让我噎住了。是啊，她现在用不着我了，我是一个多余的人了。她正生着气呢，生气我回家吃饭，如果我不回来，她就会去约会了，去烛光晚餐，两个人喝点儿小酒，对坐着谈心，像我们年轻的时候一样，浪漫地度过一个夜晚，不用在厨房里烟熏火燎，费力不讨好地给我做红烧肉。

我真的是一个多余的人吗？我呆呆看着她，我在用眼睛向她提问，可她却不接我的考卷，她根本就不看我。我只好低下头去，专心致志地吃光了碗里的饭，每一口都会在嗓子眼儿狠狠地堵一下，然后费力地通过，被填到一具充满痛苦的身体里去，就像在为一座坟墓填一锹土。我知道我真正的折磨将一天一天临近，并最终会把我吞没。

我们是怎样走过这么多年的？

从前我一无所有，可是我仍然打败了我那为数可观的情敌们把她娶了。

我从机关单位辞了职，被一辈子就盼着我光宗耀祖的老爷子骂得狗血喷头，所有人都对我摇脑袋，只有她一个人仍然对我笑。她的笑像妈妈一样，像太阳一样，像那时冬天我们家里唯一的取暖工具煤炉子一样，温暖着我。她说我相信你，你做什么我都支持你。那时我是怎么让她死心塌地的呢？

我凭着点儿画石膏素描的美术底子就梦想当艺术家，天天跟一群像我一样心比天高命比纸薄的家伙鬼混喝酒骂世界，觉得这样就能把生活过得也跟画似的浓墨重彩，结果呢，我们的画一文不值，我们的兜里渐渐一文不名。我一度混到了在街头给人画像的地步，亲戚朋友当面叫我艺术家背后叫我傻瓜，只有她一个人当面夸我是天才背后说我怀才不遇。我在大街边一坐一天没人找我画像，她下班了来给我当托儿，坐在傍晚金色阳光里的仙女让我感动得热泪盈眶。那时我是怎么让她爱我爱得那么痴狂？

她的爱让我幡然悔悟，我发誓要让她过上好日子，脑袋一转，开始利用老关系倒煤倒彩电倒出口转内销的羊毛衫。可我挣到点儿钱就头脑发热，最后又被人骗得血本无归。我不敢出门没脸见朋友，躲在家里没出息地仰天长叹，她又回娘家借钱给我还债，给我东山再起。那时我是怎么让她对我不离不弃的呢？

现在我富得流油，通天入地，人人巴结，她却想离开我了，用不着我了。这是什么道理？这有道理吗？没道理。你能要求感情有什么道理？移情别恋这件事并不是罪恶，只是无可奈何，只是天命难违。我是从苦日子熬过来的，我什么想不通？我还有什么熬不过去？我虽没成为艺术家，但我仍有颗艺术家的心灵，我崇敬人性的伟大也懂得尊重人性的弱点。从一而终是社会需要可是并不是人的本性，爱情是有期限的，这已无关艺术，这是科学。我要承认科学，我要面对现实。可我依然深爱着她啊，不管我在做什么，她依然是我最疼的痛和最甜的蜜。是的是的，你爱她不是她爱你的理由。但她心里对我就没有眷恋？她就没有感受到我在绝望中的挣扎？她就真的不在乎我们共同的一切？

我爱她，就要放手让她寻找新的幸福吧？我爱她，就该放心地提前将她托付吧？可是我真的能放心吗？那个男人真的值得托付吗？就算真的值得托付，难道我就要这样孤独地了却余生？难道我就要放弃我最后的希望？

人一旦没完没了地和自己对话，就已经到了崩溃的边缘。我对自己清清楚楚，但却毫无办法。我开始滑向失控的悬崖，看到妻前我得费很大的劲儿让自己收起悲伤甚至已流露凶恶的眼神，听到她的手机响便不能自已地竖起耳朵听，见她不在家就忍不住要对空屋子发脾气。我对自己说，这下，你可真的全完了。

妻已经毫不掩饰对我的冷嘲热讽，对我越来越挑剔甚至厌恶。我的心都快碎了，我开始频繁感受到来自胸腔的具体的疼痛。当我按着胸肋窝在沙发里颤抖，她却说我，你装什么可怜？我的可怜如此真实，她却视而不见。最亲的人原来是最快准狠的杀手。

上帝啊，别折磨我了，给我个痛快吧。你说，你说出来啊，你向我摊牌啊，你是想当婊子还要立牌坊吧？

"你干什么？"她突然把抹布一摔，抬头问我。我差点儿以为她听到了我肚子里的话。

"我什么也没干啊。"

"没干什么你盯着我干什么？你那么看我干什么？你那什么眼神？看不惯我你可以出去，你可以不回来，你尽可以找你爱看的去。"

我的眼睛不由自主地紧眨了几下，自动调整着目光。我真的不知道我刚才是用什么眼神看她的。可现在我知道，我的目光中充满了悲伤，还有企求。可她却不再看我，她刚才也没有看我，但她却可以指责我看她的眼神，现在她难道感受不到我的目光了吗？我把头埋进手掌里，掌心很快就湿了。

　　我承认，这是我生命中最痛苦的日子。这种痛苦前所未有，而且我知道，以后也不会有了，我的痛苦将在最高潮戛然而止，然后我就只有欢乐祥和，只有幸福和平静了。可现在这痛苦来得这样汹涌全面，我几乎等不到它自行结束的日子了。因为痛苦我生出了仇恨，尽管我努力控制着，可我没有自己想象的那般强大，我抵挡不了它的腐蚀。

　　雄恐龙向雌恐龙求爱，雌恐龙不答应。雄恐龙强行索爱，雌恐龙坚决抵抗。雄恐龙愤怒了，它转而将目标转向了雌恐龙的幼崽，想把它变成自己的食物。雌恐龙拼命保护它的孩子。它们之间展开了凶残的战斗，必有一死才可能结束的战斗。电视里正在播放《神奇的地球——恐龙世界》。我刚刚摔了饭碗，还扣了一盆蒸肉。因为我说怎么又做这么腻的菜，她说你爱吃不吃，谁做得好吃你找谁去。

　　"我找谁去，我就找你。你是我老婆,你给我做饭天经地义！"

　　"可真是谢谢你啊，你还知道我是你老婆啊！"

　　"我怎么不知道了？啊，你倒是想当别人老婆。没门儿！我告诉你，我挺得住，一时半会儿我还死不了！"

　　"你放屁！"

　　"哐"——我就把饭碗摔了，伴随着妻的尖叫，我又把那盆散发着热香的蒸肉"啪"——扣到了桌子上。油花四溅，我和我老婆变成了两个沾满肉香的人。我霎时觉得自己充满世俗的肮脏，而对面那个女人也一样。

我已经变成了雄恐龙。做一个高尚的人是多么难啊。从这天开始，我们分居了。再住在一张床上已毫无意义，我们都嫌恶着彼此的身体。

我又开始画画了。我把楼上客房和书房间的墙打掉，装修成了一个大画室。整理出来的东西让我回忆起太多的往事。我在露台上架起烤肉的炉子，把它们放在炉腔里焚烧。我想起母亲刚刚去世的那段日子，父亲常会领着我到她坟前烧掉很多她生前喜欢的东西，结婚时她穿的红衬衫，她藏了多年的她的母亲留下的旧旗袍，她爱读的书，她的描红本，她的头巾，还有我们的全家福……父亲说，火会把这些东西送到她身边，她收到了会很高兴的。那年我六岁，我望着那将我的脸烤得发烫的火焰想，我是不是应该把自己烧掉，让母亲收到这最让她高兴的礼物。当然，我没把自己烧掉，我没勇气。为此我自责过，认为自己对母亲的爱还没有深到能够抵挡恐惧。不会有人为我烧掉我喜欢的东西了吧？我只能先把它们送到那个世界寄放着。那些美好的往事，现在回忆起来让我的痛苦大于甜蜜，但在另一个世界，它们一定是我幸福的源泉。我就是这么想的，我是一个特别迷信的人。迷信让我坚强。如果相信死后皆空，那谁还会有勇气活着呢？那些让我颤抖不已的旧物啊，让它们在烈火中永生吧。

妻终于发现我在烧那些东西。她尖叫着冲过来，一把从火中抓出我刚刚扔进去的一个本子。我震惊地望着她把本子扔在地上踩灭火苗，用左手擎着右手的手腕慢慢蹲在地上。过了好半天我才扑过去，我说你疯了疯了疯了啊，手怎么样怎么样怎么样！她战栗着，我伸手抱住她的肩膀，伤心已经经过鼻子，把它弄得剧烈地一酸，刚刚要蹿上眼角，她却一扭身，狠狠地抖掉我的手，腾地站了起来。我的伤心被吓得掉了下去，我看到她的眼睛里骇人的光。这目光止住了我的一切动作，我跟烤炉并肩矗立，成了同样一动不动而五脏俱焚的两兄弟。直到她用左手捡起那个已烧掉小半边的蓝皮本，义无反顾地大踏步走下露台，我仍觉得浑身僵直。当可以重新支配四肢时，我便在被阳光晒得温热的露台上躺了下来，太阳偏西，余晖绚烂，我开始思念那个蓝皮本。

"今天我又看到了她，她推着自行车从厂里走出来，在成群的女工中鹤立鸡群，那么光彩夺目。她今天穿着一条天蓝色的连衣裙，一条白色的小腰带束在腰间。天啊，我多想变成那条小腰带。她没有马上骑上车，和另一个女孩儿推着车边走边聊，这对我来说多么幸福，我可以多看她几分钟。她们走过我的身边，我故作镇静地掏出一支烟夹在嘴唇间。这时我听到了她的笑声，我愣住了，太美妙了，又清脆又温柔，我想比喻一下，但是我实在想不出有什么可以配和这声音比拟。她们走过去的时候，我才敢抬起头来。她油黑的马尾辫左一下右一下轻轻摇摆，扫在那美好的背上，也撩在我的心上。她的身影不见了好久，我才能挪动脚步，我一边走一边想，是什么给了我们爱的感觉，是什么？走了很远我才发现，我一直在吸着一支没有点着的烟。我掏出火柴把烟点着，火光一闪的时刻，我下定决心，明天一定要向她表白。"

在我们第一次牵手的那一天，我把这本日记送给了她。那天晚上，她彻夜未眠地读完了它，边读边流着感动的泪水。第二天她肿着眼睛投入了我的怀抱。我狠狠地吻了她。我们都浑身战栗。此后我尝过的所有嘴唇都没有那样的魔力。

婚后，这本日记和我们所有的东西一样成了我们共同的财产，和房子一样，和钱一样，和车一样，和家具一样，和家电一样。如果我们离婚，所有财产我们各有一半，如果我们在一起，我们都拥有全部。她还没有提出离婚，是为了要拥有全部吗？不不不，我要想的不是这个，我怎么变得如此肮脏，我要思索的是，她为什么能那样勇敢地抢救那个本子？她还留恋我们的爱情，她还爱着我。是这样吗？也许不是，也许她只是留恋她的青春，她的往事。也许她只是出于对我私自毁掉我们共有财产的愤怒。我睡在了露台上，夜晚凉爽的风没有吹醒我的头脑，只吹出了我的凄凉。

妻走了，回了娘家。她的右手二度烧伤。这是老岳母告诉我的，她欲言又止，叹了口气。我那慈祥的老岳母，我想跟她诉说，想跟她大哭一场，想问她我该怎么办，可我的嘴像条缺氧的鱼一样张了又张，最终也只是附和似的叹了口气。

我度过了绝望的三个月。夏天过去了，秋天短暂地一闪即逝，空气里已带着冬天特有的湿寒的味道。我望着办公室窗子上的雾气对小雨说："冬天来得真快啊。"小雨用手指在窗上画了一张笑脸，两张笑脸对着我，会说话的这张笑脸说："冬天来了，春天还会远吗？"我望着她特意为我绽开的笑容，吞下了心里的话。我想说的是什么呢？我想说，我大概不会再有春天了。

我已经很久没有出去应酬，我把很多事情交给了小雨。我聪明的小秘书啊，为我做了很多很多事，也让我忘掉了一些忧愁。晚上我在空荡荡的房子里画画，不知为什么，我多年没有拿画笔，却会比从前画得好很多。我都画了什么呢？全是我老婆。我惊讶地发现了自己的内心，她是我唯一放不下的人。也许我很自私，我一直梦想着有一天能在她怀里死去，她像母亲一样抱着我，我想那样我来生将会从她身体里爬出。我的爱人啊，她在我的画上越来越生动，越来越真实，越来越美。有一个晚上我涂抹着她美好的腰身时，感到了强烈的欲望，于是我将沾着油彩的手伸进了裤头。最后的一刻，我把我的武器掏出来，对着画布上亭亭玉立的爱人发射了爱恨交织的子弹。巨大的空虚随之席卷而来，我挤出所有的黑颜料，将它们一层一层涂上我妻子占据的画布。所有的画都成了黑夜，我坐在其中。我的世界里里外外都是黑夜了。

她回来时，伤已经差不多好了，手指上的皮肤粉红光滑，薄薄的一层，阳光下会闪着柔美的光。我看着那些手指，真想把它们含在嘴里。

"我想好了……"她停顿了一下，我的心脏好像也跟着停了——"我们分开吧。"

我没有说话，其实这些日子，我也不停地在想这个问题。to be or not to be, that is the question。不仅是哈姆雷特，人人都面对生死抉择。那些日日夜夜反反复复的痛苦，我没力气说了，说了也没有任何用处，况且，怎么能说清楚呢。于是我沉默着。她也没有再说话。

一秒钟如一万年。

她的手机骤然响起来，我吓了一跳，而后舒了一口气。我欠了欠身，刚要从沙发里站起来——真逃倒也逃不掉，但我下意识地想趁机逃离——可是还没等我站起来，她就拿着手机走到卧室里去了。我听到她压得很低的声音，虽然听不清说什么，但我知道了，是那个男人。我想，原来他在等结果啊，他迫不及待地要知道我妻子是否可以漂亮地打赢这场离婚仗，而后名正言顺地与他双宿双飞。我在客厅里转了一圈儿，然后蹲下来，抱着自己。而后我又站起来，奔到酒柜前，拉开下面的抽屉，里面是整整齐齐一抽屉的高档烟。我不想送给任何人香烟，它们就那么放着。我抽出一条，好不容易才拆开来。烟盒被我撕散了，烟掉到地上，像散开的小木筏一样零落。我捡起一根叼到嘴上，在我妻子打开卧室的门走出来的时候，我终于找到一个打火机点燃了它。

"怎么回事？不是戒了很久了吗，怎么又抽上了？"她上来想夺掉我的烟，举起的粉红手指犹豫了一下，又放下了。

我把一口浓浓的烟雾直直地吐向她的脸，她扭过头，眼角留给我一道厌恶。

"他着急了？"我笑着说，夹着香烟的手指指她的手机，那不争气的手指还没停止颤抖。

"谁？谁着急了？你说什么？"

"我说什么你没听清？我说，那男人是不是在楼下等着你呢，我一同意离婚，他就领你找个地方庆祝庆祝？大概已经约好地方了吧？是不是？是柳白茶楼吗？不对，应该先喝点儿酒，吃一顿大餐，然后再去喝茶，是吧？好啊，我同意。我告诉你，我同意！"我想克制，但还是变了腔调，尾音尖锐，像乌鸦叫一样难听。我再次深吸了一口烟，我心里对自己说，小子，这口烟算对你失控的惩罚。我咳嗽起来，我把手握成拳头狠狠捶打胸腔，那里面很疼。她没有动静，我也不看她。我害怕看她，也怕她害怕我的目光。如果我见不得人的秘密被这样当场揭穿，我也会愣住，一时不知道如何开口——承认，还是辩解，这是个问题。而沉默着就保留着选择权。

"对不起对不起，我不该这么激动。我是说，我同意离婚。我尊重你的选择。你有权利选择自己的生活，有权利寻找真正的爱情。我祝你们幸福。"即使是我自己，也不能完全认为这番话是虚伪的，如果也不能肯定它完全发自内心，那么可以这么说，它有着矛盾的真诚。

我准备好微笑，下定决心似的猛抬起头，却不期然也撞上了她的笑容。不过，她的笑是冷的。

"好啊，那我要谢谢你了。你想见见他吗？"

"见他？可以啊，当然了，我很高兴。"

她拿起手机，拨通了，口气强硬："到柳白茶楼等我，马上。"

我苦笑着想，他还真听话。

我们走进包房时，那男人已经在桌子的一侧坐着，虽是坐着，也看得出挺拔和健壮来。我不自觉地拔直了腰。他的头转过来，我心跳加快。只是一瞬间的事，转个头而已，很快这动作就结束了，可我心里却把它当成了电影里的慢动作，插入了很多念头。还没等我做出反应，他却腾的一下站了起来，倒把我吓得一怔。妻走过去，按着他的肩膀示意他坐下。他就听话地坐下来，可是马上又站起来，因为我向他伸出了手，我说，你好。

他握住我的手，"你好你好。"眼睛却瞟向我妻子。

我妻子没有看他，径直坐到他的旁边。我只能一个人坐在桌子的另一侧。这种情形，好像他们已是一家人了。我又得极力掩饰着情绪，大声叫服务员。叫了一声，妻便伸手按向桌子边嵌着的一个按钮，"嘀嗒"，按钮闪着红光叫了两声，明明是在眨着眼睛取笑我。服务员走进来，向妻笑问道："张姐今天喝什么茶？"

嗬！果真是熟客啊。我不等妻答话，抢先说道："普洱茶。有三十年以上的生普吗？没有？二十年的呢？也没有？那就要你们这儿最贵的。"

服务员出去了，对面两人都用让我不舒服的眼神看着我，我便朝着男人充满温柔地说："普洱茶可以吗？冬天了，喝普洱暖身。"我近乎讨好的声调又引来了妻的冷笑。

"可以可以可以。"那男人也在讨好我。

然后又是静默了。两个男人是不知所措，而妻，却是运筹帷幄的样子。

茶艺员来给我们泡茶。我端起杯闻了闻，带着哧溜声吞进嘴里，让茶汤在口腔停留了一会儿，大约品出了它的产地和年头，很是不屑和不满。可这个时候我也只能把它们压下去，因为我知道现在一切不良情绪只要找到出口就会火山喷发似的可怕。于是我挤出宽厚的笑容说，"不错不错。"

可他们并不买我的账，连杯都没有端一端，男的低着头扮深沉，女的依然轻蔑地斜睨着我。

凭什么？啊，凭什么？一对狗男女凭什么对我居高临下，他们在我面前应该像罪人似的颤抖，可颤抖的为什么是我？

"你……是做什么的？"过了一会儿我听到自己的声音，竟然仍是那么温和。我临死还想当上帝。

那男人却猛地抬起了头，仿佛被吓到了，他看看我，又转头去看妻。

"没关系，你告诉他。"妻对他说，眼睛却女王一样扫向我。

"我是……侦探，私家侦探。"他的回答小心翼翼。

"什么？私家侦探？"我简直想笑了，这是一个多么可笑的职业啊，尽管他看上去威风凛凛，却做着这样猥琐的事。他们能侦出什么探出什么，不过是专门调查第三者，二奶，情妇，小白脸，妓女，风流场……"噢——不错，好工作。"我端起茶杯，又啜掉一杯，心情复杂，有自得也有愤恨，还有些说不上来的隐隐的不安。

"很好笑吗？"妻总是能看到我心里的东西。她从包里掏出一个信封推到我面前，说，"还有更好笑的东西呢。"

我看着那个信封，没有动。

妻对那个男人说："你今天带来的东西呢，也拿出来吧，让我先生饱饱眼福，让他笑个够。"

男人愣了一下，还是听话地从怀里掏出另一个信封，也推到我的面前。

突然，我明白了信封里是什么。我没有经历过地震，不过，我想，地震就是这样子——我感到自己在抑制不住地晃动。

我故作镇定地打开其中一个信封，一张一张翻看着里面的那些照片，然后又打开另一个，仍然是照片，我同样认真地看了一遍。在我又回头看那些看过的照片时，我听到那个男人对我妻子小声说："我先走了。"他得到了首肯，没有跟我打招呼，悄悄地起身走了。我虽然一直没有抬头看他，但在想象里一个茶杯已经飞出去，打烂了他的脑袋。

我看了一遍又一遍，照片上我和小雨不停地在缠绵，看得我心惊肉跳。但谁能否认我那一刹那间涌上的幸福？原来没有另一个男人，原来没有背叛，没有。妻还是我的，她与那私家侦探的见面不是甜蜜的约会，而是围绕我展开的接头。而我和小雨的关系能算得上是我对妻的背叛吗？不算，那不能算，我从来没想过抛弃我的妻子。我只是脆弱,我只是贪恋更多的安慰，或者我只是在做着某种程度上的自我放弃,我也说不清,但总之,我爱妻，除了死亡，否则什么也不能让我弃她而去。

可这幸福瞬间便消失，我心中又充盈了无限的羞愤。我被玩弄得如此之惨，惨到体无完肤不算，还曾肝肠寸断，痛不欲生。居然这个折磨了我几个月的敌人只是一团幻影，他的真身一直在我背后嘲笑我的一举一动。还有这个女人，这个我最亲密的女人，她竟然在暗中调查我，她竟然伙同另一个男人出自己老公的丑，她竟然做出这么龌龊的事！她要这些照片干什么？

威胁我？敲诈我？防备我？在必要的时候她会不惜把它们公之于众吗？在万一走进法庭的时候她会把它们作为争夺财产的砝码吗？

在这些照片将我折磨着的时候，对面的那个女人已经不再是我的妻子，她成了女上帝，高高在上，不动声色，俯瞰着我尴尬的生命。我突然感到，上帝也许就是女的，只有女人才能安排这样的恶作剧。

小雨现在在做什么？我已经几天联系不到她了。小雨，小雨。我突然呆住了。可能吗？这可能吗？为什么我和小雨隐秘的约会能被那个蠢蛋清清楚楚地拍下来？我仔细地看着每一张照片，这一次我从小雨陶醉的表情里看到了狡黠，看到了得意。我痛苦地闭上眼睛，不敢再睁开。一丝越来越近的绝望让我变得平静，我揉着眼眶轻声地问妻："这是怎么回事？"

"怎么回事？你问我怎么回事？你应该告诉我这到底是怎么回事！"妻的声音尖利得凄惨，让我又心惊又心疼。

我摆摆手，"你冷静些，告诉我为什么会有这些照片。嗯，为什么？都已经到了这种地步了，我希望你冷静点儿。好吗？冷静点儿，冷静点儿，冷静点儿……"

等了一会儿，我听到了答案。她告诉我，有个女人打电话给她，说我和秘书小雨有不正当的关系。她开始没有信，但那个女人不停地打电话，让她心里越来越信，但她嘴上还是不信。于是女人给她出了主意，说如果你不信，可以请一个私家侦探调查一下。是啊，如果没有高人指点，我那头脑单纯的妻怎么会想到私家侦探这种新奇事物。这高人是谁，我实在不想知道。

真的，我一点儿都不想知道。

妻的诉说并没有停止，她开始回忆那些跟着我吃过的苦，受过的累。很多很多的事情，都是我这一段时间里无数次回忆过的。我听着，认认真真地听着，一杯一杯喝下壶里已经凉透的茶。妻委屈啊，我都替她委屈。可事情不是她想的那样啊，我是爱她的啊！我终于无法控制自己的手，它放下茶杯，充满忧伤地伸向我衣服的内怀兜，从里面掏出一张折起的纸，展开来，推到妻的面前。

她停下来，狐疑地看看我，然后举起那张纸。

好了，让我们都敞开心扉吧。对我来说，一切都要结束了。那是一张诊断书。今年春天，万物复苏的季节，我被诊断出肺癌，晚期。

望着妻傻掉的样子，我心里升起一丝破碎的极乐，迅速充盈全身。

"你这是什么意思？啊，什么意思？"妻的声音像哀乐一样响在耳边。我闭上眼睛，靠在椅背上，置之不理，仿若自己真的已是一具尸体。

接下来，是死亡一样的静默。

我想我们应该回家了。我睁开眼睛，看到一尊雕像一样的妻，一瞬间痛感复苏。悔恨像野兽一样撕扯着我。我把手伸向桌上的那张纸，捏住它的一角，想把它拽回来。我希望我从来没有拿出来过。可是妻突然啪的一下拍在上面，然后把它抓起来，狠狠地撕，撕得两瓣，四瓣，八瓣，撕成不能再碎的碎片，还在撕。

"别这样，别这样。"我走过去，紧握住她的手。她抬头看着我，看了很久，突然把头塞到我的怀里，号啕大哭。我拍着她的肩膀，望着那一地碎纸片，心里有着对未来的巨大恐惧。我的公文包里，还装着另一张诊断书。几天前，小雨把它放到我的办公桌上，跟我摊牌，告诉我她怀孕了，说她无论如何要生下这个孩子。我说那是你的事情，我不会要这孩子。她说走着瞧。

啊，走着瞧。我多么害怕啊。我不知道如果我告诉她我得了绝症，她要生下孩子的决心是会被瓦解还是会更坚定。坦白地说，两种结果我都怕。

我轻轻拍着妻的肩，好像拍着一个婴儿。

回家的路上，妻一言不发。我开着车，在雪雾中穿行。雪很大，大得无边无际，无止无休，大得像天堂，大得像地狱，大得像这个夜晚。路上行人步履艰难，车辆小心翼翼，红色的尾灯闪闪烁烁，充满诡异。

驶进小区的大门，直行，右拐，再左拐，我看到了装着我们家的那栋楼。几乎所有的窗子都透着温暖的灯光，六楼属于我们的那一排窗却都黑洞洞的，像被整个掏去了。我停下车，把头埋在方向盘上，许久以来没有出路的泪水倾泻而出。

妻抱住了我的头，她原谅了我，她可怜着我，但我却知道我的泪水并不是为了自己而流。

我感到我的悲伤太大了，大得可以装下全世界。

2010 年 6 月 14 日傍晚一稿完

原发于《长城》2011 年第 2 期

天 使 遗

1

　　如果从买房子、装修，照结婚照开始，三个月，一个季度过去了，从春天到夏天，树上的果子结出来了，我的婚才结了一半。结婚是一个工程，我在第二次试定做的婚纱时跟我的准伴娘说。她用手掐起我裙子腰身那儿多出来的布说，你又瘦了一圈儿，是把它再改瘦点儿还是你把自己养胖点儿？我想，家具还没齐呢，记还没登呢，客还没请呢，苦日子还在后头呢，恐怕胖回去很难。那就再改一次吧，我保证不再瘦了。我对正掐着我的腰的那两只小手说。这小腰跟我的腿差不多一样粗了，我看你也瘦不到哪儿去了。两只小手挪到一条圆润白胖的大腿上，比了比，又挪到我的后背，拉下婚纱的拉链。老板娘过来帮忙，六只手一起把这昂贵的大纱裙小心翼翼地褪下来，我像根葱似的被剥出来，几乎光溜溜地站在镜子前。这具身体要在人间结婚，跟一个原来很陌生的男性身体一起，被放在一个房子里，过日子，一起吃喝拉撒，做床上运动，造儿子或者女儿。它似乎将要发生质的变化。真是个奇怪的事。我总莫名其妙地想，时间久了，它上面会不会长出叶子来。

婚纱要寄回上海去改，一周后才能再试。小胖丫头在店门口跟我约好了下次见面的时间，钻进跟她气质差不多的"甲壳虫"，快乐地飞驰而去。

本以为今天会搞定一件事，没想到依然要空手而归。我一个人像个塑料模特一样戳在门前，突然觉得无处可去。

太阳明晃晃的，晒得人头晕眼花。斜对面有两个大男孩儿抱着吉他坐在一棵大树的阴影里边弹边唱，总有三两个人站在那儿认真地听，这个走了，那个停下。琴套摊在地上，上面有一堆零钱，没有一丝风，所以那些大大小小的花票子乖乖地在上面纹丝不动。我背后的橱窗里摆着一件件精美绝伦的婚纱，吸引着每一个路过的女子的目光，她们中的某些人顺便把我也认真看了一遍。不远处是新开的"家乐福"，在搞促销活动，人流密集得让人惊恐。我眯着眼向"家乐福"所在的那座商业大厦顶端看去，想着自己怎样才能到那上面去。我不但没有恐高症，而且非常喜欢高的地方。

2

我手指很疼，因为写了太多的请帖。写了一个名字，就有很多名字被勾连着想起来，后来记忆里那些早被遗忘的名字慢慢都被我想起来了。我便把那些名字全都工工整整地写在请帖上，铺满了桌子和地板。这似乎证明着我曾经有着广泛的交际。那些重新被想起来的名字，我不知道它们的主人如今在哪里，知道了当然也不会把请帖送给他们。这么多人在我生命中来了又走，我有些难以置信。我把那些请帖又一张一张地重新翻看着，重温着那些名字，忽然发现它们又变得无比陌生，我怀疑自己是写错了，便又把它们一张一张撕掉。越撕越多，连原来邀请名单上的人也被我 pass 掉了。每个人在你心里的位置每时每刻都是不同的。想来想去，似乎觉得要跟我结婚的这一个也不确定了。

　　我拿起"另一半"留给我的另一份名单，继续写。这些都是他的朋友，我连他们的样子都不知道，却要邀请他们来陪着我结婚。大概是这真正的陌生触动了我，我停下笔来，觉得应该要思考一些什么。我靠在椅背上，用脚蹬着桌子腿儿，让椅子一圈一圈飞转，那些红不断地从我眼前唰唰地掠过，让我感到孤独而惊恐。椅子的上半部突然从连接处转了出来，我叭的一下摔在地上，头上马上鼓出一个大包。我回到现实中来，强烈地需要抚慰，于是想起那个即将成为我丈夫的男人，给他打电话，让他"无论在哪儿，赶紧回家"！

　　二十分钟后，我的那个他回来了，把那把毫无过错的椅子气愤地扔出了门外。他贴过来给我揉头上的包，可揉着揉着就揉到了别的地方。

3

　　一年前的一个晚上，我正和这个男人离开宿营地，躲开别人，到一片幽静的树林里散步。那是我第一次当"驴友",除了新奇,还有点害怕,急切地想有个依赖,于是就瞄上了他——为什么瞄上他,后来我想可能首先是因为他先盯上了我——我想让他爱上我,让他一路心甘情愿地照顾我,遇到重大灾难的时候可以像《泰坦尼克号》里的 Jack 对待 Rose 一样,把生的权利让给我,把死的威胁留给他自己。

结果他成了我遇到的第一个灾难。在那片渐渐进入了夜黑的小树林里,他一下搂住我,撩起了我的裙子……我还记得头顶树叶那飒飒的响。那棵树跟这男人的腰差不多一般粗。我一会儿背靠着它,一会儿转过来抱着它,这样一来,我便很容易搞不懂跟我亲热的到底是这个男人,还是那棵大树。于是我跟那大树产生了深厚的感情,觉得自己无比可怜,总是被男人欺骗,而只有一棵树可以倾听我的心声。我抚摸着树皮,噙着泪水,完成了和我未来丈夫的第一次野合。他跪下来把我擦干净,然后搂着我的腿请我原谅他。他说对不起对不起,我的小天使,只要你愿意,我会照顾你一辈子……我能怎么样,我心里想,既然已经这样了,他照顾我这一路应该是没问题的。

这件事情一直让他感到骄傲,他说他之所以敢那么做,就是因为在见到我的那一刻他就已经认定我是他的老婆。这句话虽然很好听,但我一直不能完全相信。坦白地讲,我后来之所以决定嫁给他,很大程度上是看上了他的钱,其次是因为我们的性生活和谐而愉快。至于爱情,我想大约是建立在这两点之上的。这一想法证明我早已经不是一个纯洁的天使,而成了一个地地道道的污浊的人。

我曾经非常为自己，为这个世界悲哀。我无力改变任何人和任何事，我对着镜子流泪，声情并茂地背诵《哈姆雷特》：上帝呀，上帝，人间万物我观之已是乏味、枯燥、平淡，也令我心灰意冷。罢了，罢了。就像无人管顾的花园被丛草吞没，此事就如此发生……是啊，一切就如此发生了，如今，我正在兴致勃勃地结婚。

4

一个明媚的早晨，我们手拉着手到结婚登记处去了。一路上我努力地想要提醒自己这次的登记与以往任何一次——美容院的会员登记、在商场领取赠品的登记、图书馆的办证登记、省委接待办的来访人员登记，等等等等——是多么的不同，但我的反应依然有些麻木，不紧张也不激动。我因为自己的表现而闷闷不乐，装出来的微笑像一层报纸一样与我的脸皮格格不入。报上了我们的身世，被批准结婚。接下来那个男人就正式成了我的丈夫——我讨厌"老公"这个词，真腻。这真是神奇，只一瞬间，我的性质发生了改变。那个红本本好像一个产品合格证，大章一扣，我就可以出厂了，产品种类是"妻子"。我丈夫兴奋异常，但他一向是个积极向上的人，而且是个极富表演才能的人，所以我没法让自己受到感染。但我还是突然感动了，一个富翁娶了一个穷姑娘，跟捡了块宝一样高兴，而且没有提出做婚前财产公证，这是多么高尚的情操。

我丈夫当天晚上安排了一个浪漫的晚宴庆祝我们合法结合。

我们喝了交杯酒，之后分别深情抚摸了那个红本本。然后我们头挨着头，卿卿我我地规划幸福家园。不到半小时，我们就因为主卧里床头的方向吵了起来。我一再告诉自己要控制，控制，可后来还是冲动地掏出红本本，要撕了它。我丈夫制止了我，他说，别撕，要是离婚得用结婚证。

晚宴不欢而散，我回了娘家。夜里，我躺在自己的闺房里瞪着眼睛发呆。月光透过窗帘的缝隙，像个好朋友一样静悄悄坐在我的床沿。我也说不清自己想起了什么，突然就悲从中来。我抽抽搭搭地环顾着屋子里每一样属于未婚少女的物什，然后打开灯掏出结婚证来仔细地研究了一番。后来我终于无事可做，便浑浑噩噩地睡了过去，梦到了我纯洁而炽烈的初恋。

天一亮，我什么都忘了，只想着那些跟结婚有关的事。我焦急地往回赶，因为定做的几幅大装饰画早上会送到，我还得指挥工人们把它们挂在我认为合适的地方。我对那个房子已经充满了感情，如果不是我丈夫，我可能一辈子也买不起这么个豪宅。所以我告诉自己应该对他心存感激和珍惜，愉快地走完我的结婚之旅。

在我手持一截木棍儿"这儿那儿，高点矮点，往左往右"地指挥着工人们的时候，我一边为自己女主人的优越感而陶醉，一边又为内心里对我丈夫的不光明的妥协而失落。

每一幅画都挂在了我要求的位置上，工人们呼呼啦啦地走了，房子一下子静下来，以我所喜欢的样子面对着我。我站在大大的明亮的客厅中间，举起我手里的小木棍儿，指指点点——那是一根魔棒，指到哪里哪里就变成金子——不不不不，指到哪里，哪里就充满了美好，人与人之间真心相对，和睦相处，没有贫富贵贱，只有相亲相爱……

一幅大画咣当掉下来，砸了地板，撞碎了镜子，画框也坏了。还好没有砸扁我的脑袋。我连尖叫都没有发出来，我躺在地板上，觉得累极了。

5

终于到了这一天。农历六月初八，早上八点，我丈夫把穿着拖拖拉拉的婚纱的我从我娘家抱出来，累得气喘吁吁。在这之前他就已经被我的亲戚朋友们折腾得够呛，在我家门口叫了无数声"亲爱的"，发了无数个红包。我不能动，得老老实实地坐在床上，等待我的丈夫冲破重重封锁来到我的身旁。我们像是在演一场英雄救美的电影。公主受难，英雄要战胜敌人，把公主救出来。我饶有兴致地看着人们闹成一团。我的各种各样的亲人们此刻扮演着敌人的角色，他们凶悍而狡猾。我丈夫把手里的红包像发暗器一样唰唰地发出去。中了暗器的人纷纷退下阵来。我看到一个七八岁的小女孩儿中了暗器后立刻失去了抵抗能力，她躲到一边迅速地拆开了红包，涨红着小脸兴奋地查着里面的钱。她大概都搞不懂和我是什么关系呢，在此之前我们从未见过面。我仔细想了想，也没有理清该叫她妹妹还是侄女，也有可能是孙女辈儿的。小时候我也经常被大人们领着参加对我来说纯属陌生人的婚礼，路上要不断温习对新郎新娘的称呼。到了之后与从四面八方汇聚到一起的朋友们共同投入火热的劳动，有时为了一个工种要抢来抢去，比如给新娘子叠被——新人们的被子像魔术师的大斗篷，会变出不少的钢镚儿。我们彼此也并不认识，可却能迅速地欢乐地融为一体，正可谓"相逢何必曾相识"。我还会偶尔被教唆或逼迫着跳上一段迪斯科或者"金孔雀"什么的，像四处跑场子的二人转演员。这种经历让我从小就对婚礼产生了根深蒂固的曲解，认为它只不过是一场热闹的大戏。

看到那女孩儿正在看我，我赶紧向她招了招手。可是她却迅速地挪开了目光，惊恐地跑开了。

我丈夫终于来到了我身旁，胖乎乎的脸涨得红扑扑的。还没算完，他得找到我的鞋，帮我穿上。这是又一个考验。

有一只鞋被人们七手八脚地藏在了我的婚纱底下。我坐在床上，我的大大的裙摆像一个锅盖一样扣在床上，下面煮着我的一只鞋和我全部的下身。我感觉到那只鞋，把一只手插到下面摸着它。它在我手底下的形状是那么的陌生，我真想不出来这东西什么时候穿在我的脚上过，它那么奇怪。我在想着这个风俗的意义。一个待嫁女，藏起她的新鞋子，新郎找到它们，给她穿上，然后抱着她，不让那双新鞋子沾到娘家的地上，等到到了他们的新房或者举行仪式的地方，新娘才会用这双鞋走路。仿佛从那时起，一个女人就不应该飘在空中了，要脚踏实地地生活了，要用一双新鞋走新的路了。管她原来是天使还是魔鬼，以后她都要变成一个农妇了，拔除四处疯长出来的杂草，把生活打理成一片粗壮的玉米地，或是一块水润的稻田。我虽然摸不出颜色，但我当然知道我手里的鞋子是红色的。我们泊来了西方的白婚纱，却在脚上保持着我们红色的传统，以证明我们的根是红的。我摸到一根长长细细的腿儿，摸到一只弧线完美的小船儿。长着腿儿的船，应该是为了可以水陆两栖。我突然对它心生厌恶，就是这东西要把我留在地面上，我觉得自己根本不需要它，天使们都是光着脚儿的，否则怎么可以飞得起来。

我丈夫在衣柜里找到了一只鞋子，可无论如何也找不到另一只了。他焦急的样子让人们哈哈大笑，我也忍不住以一个公主的姿态得意地笑起来。"告诉他吧，告诉他吧。"人们快乐地喊着，把手伸向我的裙子。他恍然大悟，像玩儿老鹰抓小鸡那样张开两只胳膊扑向我。可我裙子下面除了我自己以外什么也没有。他摸来摸去，摸到我的腿和我的屁股，可就是没有另一只鞋。女人们也来摸。他们摸得我咯咯直笑。哪儿去了哪儿去了？我也奇怪，刚刚还在的。大家都开始着急了，分头在屋子里四下寻找。明明放在那儿的，它还会长腿儿跑了不成？我想告诉他们，它就是有腿儿的。可我没有说，我虽然很高兴它消失了，但也正百思不得其解呢。

这时我姑妈冲进来了，她原本在楼下迎接客人，现在她站在我们中间，手里捧着一只长腿儿的红色小船儿。我丈夫一下冲上去把它接过来。姑妈生气地朝人们喊，怎么搞的怎么搞的，谁把它扔到外面去了？差一点儿砸到我。新鞋子不能沾地儿的，不吉利的。我妈赶紧捂住我姑妈的嘴，然后拉着脸一巴掌打在我的肩上。我委屈地揉着肩膀。干什么打我呢，又不是我扔的。但究竟是谁呢？真是让人费解。鞋子明明一直在我手上，而且只有我一个人坐在窗边。我丈夫不管别的，他跪在床前，把鞋子往我的脚上套。怎么穿也穿不上，把我疼得龇牙咧嘴。怎么搞的，买小了？没有啊，试的时候刚刚好。我丈夫专心致志对付我的两只脚，好像他要娶的只是它们。很疼啊，我生气了，我问他，你爱我不？他停下来，看着我，眼神有点茫然，但是他说，爱。我的一只脚噗的一下钻进鞋子了。再说一遍，爱我不？爱。另一只鞋也穿上了。

我丈夫终于把我抱在怀里了，他历尽艰险，不畏牺牲，排除万难，争取到了最后胜利。我心里充满了感动，在他红红的脸庞上献上了温柔的一吻。他要抱着我出门，下楼，上车。真是动人的一刻，一个女人被她的男人抱着，走出娘家，走出孤独的阴影，走向那美好的新生活。我一只手勾着他的脖子，发现他的脸上洋溢着幸福，也洋溢着痛苦，汗水正流成一行行，像一个个小虫子似的钻进他雪白笔挺的衬衫领子里去。我们前呼后拥地走出来，他把我塞到他新买的宝马车里。一长溜的车护送着我们，每个车上都很傻地拴着一堆红色的气球，好像这些车子都是"红气球"牌儿的。

车子们威风凛凛，我丈夫春风得意。我以为这个时刻大家会谈点高尚的话，可是刚才的千辛万苦一下子都被忘记了，一路上我丈夫都在和司机大谈着这辆"牛×"的宝马车。押车的男童是我二舅的大女儿的儿子，他不时插进话去，大声地脆生生地喊"表姨夫"，把我丈夫叫得很熨帖。他喊表姨夫做什么呢？是为了要东西，冲锋枪、变形金刚、遥控车都被他用"表姨夫"换了去。后来小家伙欢呼了一阵儿，终于沉默下来。我笑着看他圆溜溜的后脑勺，猜他大概实在是想不好下一个想要的东西了。我想逗逗他，跟他说：你妈妈结婚的时候，我就什么也没管你爸爸要。还想问问他：你妈妈结婚的时候你在哪儿啊？我想他的回答一定很好玩儿，但我没问，我懒得张口。

我始终带着当初"迷倒"我丈夫的那种微笑，"安静而甜蜜"。我看着我丈夫侃侃而谈的样子，心里说"你停下来，别说了，别说了"，反反复复了几遍也没什么效果，他依然在说。我又在心里说"转过来，望着我，深情地望着我"，这次他倒果真转过头来，不过是问我他可不可以抽支烟。我于是善解人意地点点头。他便很高兴地点起了一支烟。这样一来，他连原来一直攥着的我那准备被他套上结婚戒指的左手也扔掉了。我只好把我的左手收回来，放在我自己的右手里。我又试了几次，"看着我，看着我，看着我……照顾一下我的感受"，没有作用，我便放弃了。

这游戏我原来常玩儿，在我们认识不久后，我们一群人在一个陌生的村庄，围着一丛篝火烤羊腿，我望着他在心里说"爱上我，爱上我，爱上我"，他就真的爱上我了。后来他对我实施了武力占领，之后我莫名其妙地对他越来越亲近和依恋，希望他对我持续占领，我低着头，看着自己的脚尖说"吻我，吻我，吻我"，他便果真突然抓住我的肩膀，把我转过来，深深地吻在了我刚刚还念着咒语的唇上。怎么刚刚一结婚，这原来灵验无比的咒语就都不管用了？好像婚姻真是爱情的坟墓似的，至少，我的小灵异被埋葬了。

6

我们要去的酒店在市中心，离我娘家很远，这样我们的车队就有了足够的招摇过市的时间。我看到路上的行人眼睛追着我们的车，眼神复杂。红灯时，两边的车里都探出脑袋，使劲往我们这辆车里看，想看透那层遮光膜，看到作为新娘的我是个什么了不起的模样。其实，他们绝大多数都应该认得我，我几乎每天晚上都陪伴着他们。

"大家好，我是天使。不要痛苦，不要悲伤，不要忧愁，不要绝望，天使就在你的身边，倾听你的烦恼，打开你的心结。天——使——在——人——间，美——好——每——一——天。"我大约是这么说的。

太虚伪了，我在直播间里昏昏欲睡地听着别人的所谓悲情故事，然后说一些不经大脑的话，让伤心的人更伤心，让不伤心的也想起伤心往事，伤心起来。我没有播撒一点美好，反而种植着忧虑和绝望。有时还播放点儿煽情忧伤的歌曲，我一边听歌儿一边把脚搭在桌子上啃苹果，或者跟偶尔请来的男嘉宾主持打情骂俏，一点儿也没有个天使的样子。可那个节目受人喜爱，每晚有无数的人打电话找天使，只有少数人能幸运地跟天使对话，得到天使的安慰和点拨。我也曾深刻地反省自己，从前的善良和悲悯哪里去了？那个被初恋男友叫作"小天使"的纯洁女孩哪里去了？既然有那么多人在经受着痛苦和失意，既然你肩负着这样神圣和重要的工作，就该尽职尽责，全心全意为人民服务，认真倾听他们的心声，帮助他们解除烦恼。可是你呢，枉担"天使"之名，辜负人们的信任，实在罪过。但反省归反省，我能怎么办呢？我开导不了任何人，那些从很久很久以前就流传的真理，面对复杂的现实，是那么的正确，也是那么的没用。况且"天使"对自己都绝望了，怎么让别人不绝望？

我找谁帮忙去呢？我那相爱了五年正大步奔向第六年的男朋友，一边跟我讨论着结婚诸事，一边与另一个女孩刻骨铭心。就在我们婚期已定的时候，我无意撞到他们抱在一起痛哭，凄然相约下辈子一定在一起。我搞不懂为什么要下辈子，干吗非等到下辈子啊？下辈子说不定我又会插一杠子进去。我干脆成全了他们，让他们这辈子就可以幸福地在一起。可我男友不要，他痛哭流涕地请我原谅他。唉，我不知道怎么让他明白，我如果不原谅他怎么会成全他呢。这件事我做得很无私，很像一个天使做的事，可是在那之后，我就阴暗了起来，轻浮了起来，沧桑感十足了起来，再也找不到做天使的正确感觉了。

兴味盎然、探头探脑地看我的人们，你们中是否有人曾在电话里向"天使"哭诉过？

堵车的时候，我丈夫焦急地看表，怕耽误了"吉时"，我在心里幸灾乐祸地偷偷想，假如要这样一直堵到天黑，我丈夫恐怕要打电话给"天使"倾诉了。

我们很快意识到，频频堵车正是因为今天结婚的很多，一条又一条长车队护送着新人们，我真搞不懂结婚什么时候跟汽车挂上了钩。我记得我爸和我妈结婚的时候，他们是坐着马车进了家门的。我二大爷赶着马车，车上装着我妈的嫁妆还有我爸我妈。我妈哭红了眼睛，我爸也闷闷不乐的。因为我姥姥眼神不好，把我二大爷当成了她的女婿，拽着他的手一顿千叮万嘱之后，把我妈的手也拽过来塞到了他的手里。而我的二大爷竟然不知道解释一下，他嘿嘿地傻笑着，还装模作样地不住点头。我妈生气地把自己的手从我二大爷和我姥姥叠着的手里抽出来，塞到旁边傻站着的我爸手里说，妈，是这个。我姥这才认识到了自己的错误，但是她不满意地咕哝了一句，说咋比相看时变矮了呢？这句话让我爸一直怀着郁闷的心情完成了婚礼。这事儿把我笑得够呛。后来我对他们讲起来，他们便去找我二大爷，责问他怎么把这种事儿对孩子说。可我二大爷指天发誓不是他说的。也确实不是他说的，是我自己看到的，他们信也好，不信也好，我真的是看到了的。于是他们认定是我姥姥对我讲的了，那时我姥姥已经去世，死无对证了。想到这儿我就笑了，我想我的儿子或者女儿肯定也看到他（她）爹是怎么用一长溜汽车把他（她）妈娶去的了。

　　这时司机发现我们的车队是最豪华壮观的，并赶紧通报了这一发现。我丈夫显得很有气度地呵呵一笑。他是另一个城市的有钱人，迁居到这个城市里来，要显得比这个城市的有钱人更有钱。

　　我们要举行婚礼庆典的那个酒店也是"超豪华"的，贵得非常离谱。我妈曾担心地问我：一桌就好几千块，那礼钱能收回来吗？我爸对他老婆说的话很生气，他说，你那女婿有的是钱，还在乎那点礼钱啊？我妈依然不甘心，她说，让你们家那些浑蛋亲戚去那么好的地方，根本就是浪费。我爸说，你们家的亲戚好，个个都脑满肠肥的德行。于是他们毫无意义地争吵了一番，没搞清任何问题,也没改变任何事。他们总是这样,我从小到大,他们也没有吵累。

我害怕鞭炮,我丈夫答应我不放这玩意儿,可他说不放鞭炮放礼炮。我说不,什么炮也不放。他说这是习俗嘛,一辈子就这一次。我说,你这不已经是第二次了吗?他说,不,第一次,你永远是我的第一次,也是最后一次。于是我们的车刚一抵达"超豪华"的门前,礼炮就咚咚地为我们的"第一次"鸣响了。我想起一个段子,说是一个人去参加别人的婚礼,站在礼炮旁边,礼炮咚地一响就把他的裤子崩上了天。他对着天看了半天也没见裤子掉下来,自己那个样子也不好意思见人,就赶紧跑到新房,藏在了床底下。晚上新郎新娘入洞房了。新郎在床上问,亲爱的,舒服吗?新娘子说,啊,舒服死了,舒服得都要到天上去了。这人听了,忙从床下爬出来跟新娘子说,哎,你要上天去,别忘了把我裤子捎下来啊。

我想把这段子讲给我丈夫听,可是他根本听不见我在说什么。

我早在车里将手袋里的化妆棉片团起来塞进了耳孔,所以现在听起来,那礼炮声沉闷而遥远,仿佛我在聆听的是远方一场炮火连天的战争。

7

我们像国王和王后踏进宫殿似的走进已经宾客满堂的大厅,婚礼进行曲激昂地响起来,掌声听起来像一场大雨,让我忍不住想遮挡。我站在台上，看到司仪笑眯眯地对我说着话，可我听不见他在说什么。噢，我突然想起我耳朵里的棉团，赶紧把它们抠出来交给我可爱的小伴娘。这下我能听清了。我对司仪说，你再说一遍。可是婚礼进行曲刚好放完，于是我这一喊让人们都静了下来。我自己先弯着腰笑了起来，大家也笑了。司仪说，一听这嗓门儿以后就能当家。大家又笑了。满满当当几十桌的人，都在因为我们俩笑着，好像在看春节联欢晚会，好像我们俩是赵本山和宋丹丹。

就在我们互换戒指的时候，我听到一只小鸟在我伴娘的手里欢快地叫起来，那是我的手机在响。伴娘接了起来，小声说，她结婚呢，你等会儿再打。我扑哧一下乐了，没人知道我在乐什么，他们听不到我伴娘说的可爱话，肯定以为我是幸福坏了。我丈夫把戒指郑重地套在我手上，钻石那么大，足可以打动任何女孩的心。大钻石总能意外地改变某些事实。我们俩前几天刚去看了电影《色·戒》，那里面有颗同样巨大的"鸽子蛋"。我当时在心里郑重地问了自己一下，我会不会被它感动得为我丈夫牺牲生命。答案是否定的。这证明我虽然是爱钱的，但不会为了钱放弃所有的东西。我想，这反映了我高尚的那一部分。

接下来我们要当众接吻，要讲恋爱史。我丈夫突然变得斯斯文文的，他捧起我的脸，深情地望着我，然后慢慢地吻上我的嘴唇。我闭上眼睛，尝到我唇膏甜丝丝的味道。他隐瞒了小树林里对我的突袭，把我们的爱情讲得浪漫而感人。在热烈的掌声中，我看到好几个人在擦眼睛，当然肯定包括我妈，没有什么比女儿有一个幸福的归宿更让她欣慰和感动。可是我幸福吗？我看着我的妈妈，她今天穿得雍容华贵，发间还别着一朵跟衣服同色调的新鲜康乃馨。我用目光问她，你幸福吗？我看到她用目光回答，你幸福妈就幸福。

我环视着所有来陪我们结婚的人，有一大半我都不认得。他们一律把头扭向我们的方向，有的姿势很别扭。服务员穿梭其中，一道一道地上菜。小孩子也穿梭其中，跑来跑去的不知道在干什么。他们有的因为感情，有的出于礼节出席我们的结婚仪式，来得都有道理。我突然觉得自己是出现得最没道理的人——我在这里干什么？

8

宴席开始的时候，大厅里轰的一下乱起来。我跟着我丈夫对每一个人笑，举起酒杯来，干掉。走过了一桌又一桌，我觉得自己好像在拍电影，也好像是在看电影。总之无法深入其中，好像我一下子成了另一个世界的人。我倒是发现我伴娘因为又忙又热，面若桃花，又穿着一身粉嘟嘟的小纱裙，是这婚礼上最可爱的人。我不知道我丈夫在想什么，他是那么高兴，但我想他大概已经不清楚自己为什么而高兴了。宾客满堂，其中至少有五个曾经或者仍然是我的情人，现在他们混在喜悦或者貌似喜悦的人群中，笑容正派而真挚，让我都差一点找不出来。我逐一找寻着他们的脸，心里对他们怀着留恋和愧疚，觉得有些伤感。而他们却意外地看上去好像都很幸福。西边桌上有一个老情人，是我最喜欢的一个，他趁我丈夫不注意竟然跟我约定了下次见面的时间。这家伙认识我丈夫以后，很快跟他混得像兄弟一样，并向他借了一笔不少的钱。他用着我丈夫的钱，又约会着他的老婆，尽管我确实忘不了他，但我也实在是想不出他有哪点好。我忘记了我答没答应他的约会，只听见自己咯咯咯的，笑得像只母鸡。

我电台的同事们组成最活跃的一桌，他们要求我先干一杯与他们告别，因为我结婚之后就要按我丈夫的美好愿望，不再做大家的"天使"，待在家里做他一个人的天使了。这杯酒不能不喝，我于是一饮而尽。他们又要求我丈夫干掉一杯，以表示替他们照顾好"天使"的决心和诚意。我丈夫对着一大杯白酒憋了憋气儿，把它举到嘴边。我的酒劲儿立马上来，已经有些晕了。不能再喝了，不能再喝了，再喝我就要飘起来了。我陷入了困惑，像掉进了一个旋涡，跟着转啊转啊。旋涡没有目的地，它只以旋转为目标。所以我就没有了目的地。我慌乱起来，我想看清楚眼前的一切。可它们快速地溜走。我闭上眼睛。让一切停下来吧。我在心里说。四周突然就静下来了，我睁开眼睛，惊讶地发现世界果然静止了。除了我，所有人都一动不动，保持着一个固定的姿势。我丈夫手里的酒杯倾斜着，酒一端在杯子里，一端在他的嘴里，像一条瀑布。我的同事们有的正在夹菜，筷子伸得长长的，支在那儿；有的正瞪着眼睛看我丈夫，生怕他要赖。我们的台长正在看短信，我凑上去，看到他手机屏幕上显示着"1218 房间，一会儿你就说有事先走，上去等我"。这多少让我惊讶了一下，瞧语气，这应该是我们台里的某位女主持，她订好了楼上的客房，正要借着我婚礼的掩护与我们可敬

可亲的台长云雨一番。而我们台长，据说一直是夫妻恩爱，不
近其他女色的。我凑近了端详了一下台长的脸，发现他的鼻孔
由于兴奋而大张着，嘴唇控制在半笑不笑之间，眼睛里果真有
一团欲望的小火苗恰好停在那儿。我又逐个审视着我的女同事
们，发现每一张脸都显得泰然自若，不像即将要跟台长搞事的
模样。唯一让我觉得有疑点的是张茉莉，因为她刚刚合上手机，
左手的手指还按在手机盖子上。我转着头环视着，看到人们各
具形态，神情虽都丰富，但目光却多流露出冷漠。我的母亲正
在给她旁边的我父亲的老领导夹菜，而我父亲正被他的老朋友
搂着咬耳朵，两人都表情神秘，不知在说什么。我意识到我是
想找一个人，可我找了半天也没看到一个我想找的人。

　　没什么意思，我不想再看了。除了窥视到了台长的秘密，
这种场面没给我任何生命的启示。我依然茫然。鸟儿叫了起来，
一切在鸟叫中复苏，哗然而动，我丈夫那杯酒转眼进了他的肚子，
引来一片掌声。是我的电话又响了。我伴娘把手机递到我面前说，
就这个号，打过好几次了。我于是抓过电话，提着裙角跑出去接。

9

　　我站在大厅外，靠着墙，厚厚的木门关着一半，打开一半，
菜香、酒气、笑和说话的声浪从打开的那一半门里涌出来，经
过我身边，然后不知奔流到哪里去了。

　　我搞不懂自己，应该欢乐的时候我不欢乐，应该哭的时候
我哭不出来。小东死了，这事儿我肯定是应该哭得死去活来才

对的,接到电话后我才意识到,我是很想在我的婚礼上找到他的。可以后我将彻底找不到他了。这是个让我无法简单接受的事情,在这重要时刻,我却霎时间发现我的泪囊不见了,我在手心里找,在墙砖的缝里找,蹲在地上找,在胸口里找,都没有找到。我大概是呈现出了一种手足无措的模样,让门口走过的一个服务员很担心,她扶住我问,小姐你怎么了?她紧张的样子让我觉得很好笑。我只是在找东西嘛!我没怎么啊。我笑着说。真的没事儿吗?您真的没事儿吗?当然没事儿了!这个小丫头还真是啰唆。不过她大大的充满关切的眼睛也真的很漂亮。我对那双大眼睛摆摆手,说你快忙你的去,我真的没事儿。小姑娘放开我,一步三回头地离开了。不管怎样,她的善良让我感动,我悄悄祝福了她一下。

我靠在墙上,开始回忆跟小东的恋爱经过。可我怎么也想不起来我们是如何开始的了。初恋的开始往往长得像整个青春。我只记得有一年冬天,我们俩在结了冰的湖面上散步。我一脚踩进了一个被偷鱼人凿开,还没有冻实的冰窟窿,我一下子趴在了冰面上,听到冰咔嚓嚓开裂的声音。小东扑通一下跪在冰面上,上半身趴下来,胳膊搂住我的两个胳肢窝,把我向旁边那么狠狠地一抢,然后他又飞快地站起来,从地上拎起我,连拖带拽地把我弄到了安全地带。我们坐在湖边结实的冰面上,看着不远处湖面破开的那个足够吞掉我们俩的洞。黑洞洞的湖水闪着笑嘻嘻的光。

我吓坏了,搂着小东哇哇大哭,搞得他不得不像个小爸爸一样,把我搂在怀里轻轻边晃边拍地哄。我对小东说,你冒着生命危险救了我的命，我一辈子是你的人了。

我的命保住了，可我的鞋全湿透了，它们迅速成了两个大冰坨，我如果穿着它们回家，两只脚肯定会冻成标本。小东把我的鞋和湿袜子拽下来，把我的脚塞到他怀里，把我的鞋塞到他的包里。又脱下了他的鞋。他的鞋好好的，还是两只暖和和的窝。他用手搓热了我的脚，把他的鞋给我穿上，紧紧系好了鞋带。他向我展示他妈妈给他织的厚厚的毛袜子，表示自己完全可以凭这双袜子走到家。那时我们还是贫穷的青少年，没有车，而且城市里也还没有出租车可以让我们招手。

我们手牵手在大道上奔跑。我穿着两只大大的鞋，小东穿着灰色的毛袜子。天正下着雪，路上软绵绵的积雪像一层羊毛毯子。我喊，小东，你冷吗？小东喊，不冷，可好啦，像踩在云彩上一样，软乎乎的，凉滋滋的。我一边跑一边哭，我想我的小东要是真的踩在云彩上就好啦，他要能飞起来就好啦，就不会冻到脚啦。小东停下来，扯着我的手，说你别哭，我真不冷。我说，不，你冷，你冷。我更加使劲地哭，将两只大鞋在地上跺。小东擦着我不断流出的泪。雪花打着转儿从天而降，将我们笼罩着。小东说，你真美，像个天使。我抬起一条腿，哪个天使穿着大头鞋啊，天使都是不穿鞋的。像我这样吗？小东哆嗦着笑。我说是啊，像你一样。我们再次撒开腿飞奔，不远处就是小东的家，我盯着那个房子，觉得我们是在奔向天堂。谁当天使是上帝说了算的，自从小东把我叫作天使，我就认定他是我的上帝了。

我怎么会和上帝分手呢？我依旧想不起来原因了。他光着脚跑在雪地上的样子取代了一切，把我充得满满的，我感到皮肤发胀，担心有什么东西会从毛孔里冲出来。

如果昨天知道小东死了我会怎样，如果明天知道小东死了我又会怎样？我真不知道。反正我是今天知道的。今天知道了之后我就想起了，自己曾经是个天使。大厅里乌七八糟的样子，绝对不是天使该待的地方。

我找到我丈夫的脸，它红红地泛着光，像一轮小太阳，照到哪里哪里亮。大厅里的一切成为一张画，就像我小时候时兴的荧光画，对着光轻轻晃动，图案就可以变换的那种。我看到眼前的图案也在一闪一闪地转换，觉得很神奇。

那幅画晃得我头晕，我提着婚纱，走出酒店的大门。正午，一切都像花儿一样怒放着。这是这城市最繁华的地方，街上人多得好像是另一场大婚礼。我站在路边，穿着在上海定做的美丽婚纱，它经过了三次修改，现在正恰到好处地裹着我的身体。它像雪一样洁白，在盛夏的阳光下闪着耀眼的光芒。我拖着长长的裙摆慢慢走到街上，觉得自己是那么的纯洁高贵。我笑了，我已经想起了天使的笑容，我就那样微笑，向我看到的每个人。喂——。我听到我丈夫在后面喊。我也回头朝他笑。他招着手，回来！我摇摇头。你想干什么去？赶快给我回来！好老婆，别闹了。快回来。哎，你给我听着！我告诉你……

我才不管他要告诉我什么呢，我转过头大步朝前走去。

我感到很快乐，很轻松，很幸福。我听到我丈夫在后面追上来。我越走越快，我踢掉高跟鞋，觉得自己身轻如燕。我想跳跃，想奔跑。我使劲向上一跃，竟然一下子就飞了起来。我惊讶地笑起来，看到所有的人都仰起头来看我，我丈夫张着嘴呆站在路边。突然有人喊：看啊，天使！对啊，我是天使。我向他们招手，越飞越高，越飞越高。

　　我飞啊飞啊，飞过城市和村庄，看清了天底下所有的爱情。

原发于《山花》2008 年第 3 期

V 形手势

就直截了当地说吧，她是他的情人。他和爱人两地分居，他一个人住在这里。她住在他家，每逢他老婆过来，就搬出去。为了不出大麻烦，就得忍受很多小麻烦：每次她走后，他都要仔细地收拾一下，掩盖另一个女人的蛛丝马迹，尤其是头发——他要到处寻找她散落下的发丝，扔掉。她头发很长很长，直直的，黑黑的，而他爱人是卷发，而且染成了黄色的。

总要有失误的，有一次他老婆在枕头边发现一段头发，就露出一小段，没多想，以为是他的，伸手扫了一下，没掉，便用手去捏，哪知道越拉越长，等它都从枕头下面被拽出来，他老婆便开始噼里啪啦地流眼泪了。没吵，他开始编理由，说是朋友的女朋友来，借住在这里的。他老婆信了。他们很相爱，结婚十几年了从没吵过。但还是哭，在他怀里说那么害怕有一天会失去他。他内疚了，也心疼了，搂着她哄了好久。

他老婆走了，她回来了，见他沮丧的样子，知道有事情。要他讲，他不讲，缠久了，他有些恼，硬硬地说，还不是你的头发！

她明白了，心呼地感觉到痛，泪水在眼眶里迁着，控制着没流出来。他马上开始为自己的话后悔、内疚，回过头来解释，说对不起。她努力笑了，哄他，说自己没事儿的，快快乐乐的样子去给他做饭。他跟过去，在身后抱着她，说对不起对不起对不起对不起……她说你干吗呀，我没事儿。他说，不，你有事儿。她就转过来在他怀里放声哭了。

这事儿让他难受了好些天。她心疼死了。她下了决心，背着他，悄悄把一头长发全剪了，理成短短的寸头，跟他的一样长。她长得娇俏，什么头型都还好看，只是毕竟是太短了，怪怪的，大家看到都惊呼，说她神经病吗？她挺难过的，但忍住，挺大方地笑，说我尝试一下不同的感觉嘛。回去，他看着她也惊住了,为什么要剪掉？为什么要剪这么短！他有些生气,她没说话，一动不动地站在那里，硬让自己笑着，就笑得很丑。他突然理解了，愣在那里，然后猛地一把扯过她紧紧抱在怀里，说傻丫头。她想不哭，可没忍住，她太心疼那一头长发了，多少年的骄傲啊。当初就是因为这一头美丽的头发，他们才相识的呢——可以这么说。那年她被星探发现，请去拍一个品牌洗发水的广告。广告是一家很知名的传媒公司策划的，那公司就是他的。她怕他伤心，很快就破涕为笑：干吗啊，不就是头发吗？然后拉他到镜子前，说也挺好看的啊，你看，咱俩像哥俩似的。

晚上，他抱着她的小刺脑袋。头发茬短短的，有些扎人。他吻那个小脑袋，轻轻咬它，说圆圆的，像一个香香的瓜。两个寸头开始做爱，比每次还要疯，不会担心床单枕头上沾上长头发了。高潮的时候，一起喊出来，泪水也一起涌出来。特别快乐的时候往往也牵起了更多的痛苦。

他们真是有缘分。初次见面就有亲近感，聊起来，原来是老乡，再聊，原来她的妈妈是他的小学老师。他不好意思了，说他小时候是个淘气包，老师当年对他特别好，可是这么多年他一直也没去看看她。更亲近了，像多年的朋友一样，很自然地在一起吃饭，出去玩的时候互相招呼着。她有了什么事，总是不自觉地就把电话打给他，请他出主意，让他安慰。他从不让她失望。他也愿意找她说话，他说在商场久了，似乎都不会说真心话了，只有对着她的时候能毫无顾忌地说。她不太爱说话，愿意听他说。就总是他在说。他说过他的家庭，说他们感情很好，是模范家庭。他当年在机关里不得志，辞职下海，从打工发广告传单干起，日子窘得连儿子的学费都发愁。他老婆从没一句抱怨，安慰他，鼓励他。他父亲病了，他没时间，他老婆把儿子放到朋友家，没日没夜地守在医院。终于挺过来了，能给她好日子了——他最后说。她心里为他们感动，但也被刺了一下，挺疼，抑制不住地黯然神伤了。他隐约有感觉，可能伤了她。于是就再也没有讲过他和老婆之间的任何事。但她已经明白了，他家庭幸福，夫妻恩爱。

其实已经在爱了，但都小心回避着这个。然后就是开始回避彼此，想用距离和时间去挡。似乎有那么一点作用，熬过了最初那想念的折磨，就剩下了淡淡的伤感。可终于没有挡住，没挡住的时候才发现原来两个人都一直在做着自欺欺人的事。那天她在单位里受了很大的委屈，若放在以前也许自己挺挺就过去了，可现在不行了，一时间特别想他，仿佛只有他能安慰，看不到他事情就变得更严重了似的。电话打过去,尽管没说事情,但他还是一下子就听出了她心情不好,止不住地心疼,于是忘了顾虑,说请她吃饭。

好啊,在哪里呢? 想不出有什么想吃的。

我家这边有一个新开的茶宴店,吃过吗,茶宴。

没有。

来吧,很不错,保您满意。他开了小玩笑。

她笑了,哪还有委屈。找条漂亮的裙子穿上,迫不及待地出门去。

茶宴真的很好吃,清清香香的味道。沁人心脾啊——当然,不只是因为茶宴。他们边吃边聊,好久没见,话儿都攒到了一起。小店里只剩下他们这一对客人了,服务生个个困倦地靠着。他们不好意思了,结账出来,却还难舍难分。他终于说,到家里坐坐吧。嗯。她飞快地回答。然后为自己的不假思索害了些羞,低头弄着手袋带子掩饰着。

房子当然漂亮干净,让人舒服。但不是因为这个她才喜欢,是因为房子里有他的味道,到处是他的东西,他的,每一件都是他抚摸过的,他使用的。她不想走了,想住下来,想跟他发生些什么。

他进厨房去洗水果,她就下了决心,等他一出来,就要换上一副风骚的样子,勾引他,主动地靠在他怀里,主动地用手臂勾着他的脖子,用嘴唇撩他的下巴、脸颊——直接去吻他的唇,她还做不到——主动地将身子紧紧贴着他,让他感到她性感的身材。

　　他仔仔细细地洗着水果，水流的声音掩饰心里的乱。是否留她住下来？留了她会不会住下来？住下来了他怎么办？他用余光瞄着她的身影，他是那么渴望她。他想好了，出去就搂着她的肩膀对她说：今晚别走了。有什么怕的呢？有什么做不到的呢？自己又不是初恋的小男孩儿。

　　他终于端着一盘水灵灵的水果走出来，她朝他笑笑，说，别忙了，我也吃不下。他把水果放在她旁边的茶几上，说，那等一会儿再吃。沉默了一小会儿，然后他说，看碟吗？好啊，什么好片子？他在碟架上翻翻，看到一张，心动了一下，是外国的情色电影，他看了一点，没看完，拍得很好，激情，唯美，故事也感人。可他避过了，倒挑了一个战争片，说听说这张不错，刚好我也没看。放好碟片，他坐在一边的木凳子上。她拍了拍身边的沙发，说到这儿坐吧，坐那儿多累啊。他坐过来，她却主动向另一边移了一下，给他留了个宽绰的地方，两人中间大约有接近一尺的距离，正是人类学家霍尔所说的那种远位亲密距离。这是一个可以肩并肩，手挽手的距离，在这种距离空间里，人们可以谈论私情，说悄悄话。可是却没谈什么私情，除了偶尔沟通一下剧情。战争大片惊心动魄，似乎深深地吸引了两个人，他们看得专注投入，而且动了感情，她哭得满面泪水，他也湿了眼眶。片子很长，两个多小时。片尾曲悲壮地响起，黑屏幕上滚动着他们都认不太全也不感兴趣的英文演职人员表。可却都没动。

　　还是他先站了起来，什么也没说就去卫生间的柜子里找了一只新牙刷，拆开，用热水冲过，挤好牙膏。又仔细冲了刷牙缸，接好温水，将牙刷横架在上面。再将毛巾也洗过，晾在旁边。然后端着盆热水走出来，把盆子放在沙发前她的脚边儿，说，先烫烫脚，然后再洗脸刷牙吧。她愣了一下，脸一下子就热了，心也热了。放在脚边的洗脚水，真让人觉得温暖和亲密。她说，真不好意思，我自己来就好了。他笑了，说那怎么行，我好容易有机会献献殷勤。一开玩笑，不自然一下子就没了，只是，那种暧昧也淡去了。他就坐在旁边，看她洗完脚，递上毛巾。然后端了盆子，一边往洗手间走一边对她说，来刷牙吧，牙膏挤好了。自然得好像是每天睡在一起的夫妻一样。她伸了个懒腰，笑笑走进卫生间，等他出来，关了门。他在门外站了一会儿，听了一会儿里面哗啦哗啦的水声，走进自己的卧室，抱出一床新被子，又挑了一条最新最好看的床单，拿进客房。犹豫了一下，就动手换下了床单，仔细地铺。她走进来，站到他旁边，说我自己来吧。他说这就好了。铺完，他站到一边，她坐到床上。他说，晚安。她也说，晚安。他转身轻掩上门，到自己的房间里躺下。她在心里叹了口气，关掉灯坐在黑暗里，隔了一会儿，也脱衣服躺下。

两个房间门对门，两扇门都只虚掩着，两个人都听着另一个人的小声音。翻身，轻轻地咳嗽，起身上洗手间。窸窸窣窣。都没睡，都煎熬着，乱七八糟地想，直到天空已经见了亮。她有点哀怨地睡着了。

她得按时上班，到了非起不可的时候，才脑袋沉沉、迷迷糊糊地撑起来。哪儿都没醒，鼻子先醒了，她闻到热乎乎的一股饭香。打开门，发现餐桌上已摆了些碟碟碗碗，他正从厨房里走出来。你醒了啊，我本来想八点整的时候叫你的，还有一分钟。他笑着将下巴向墙上时钟的方向歪了一下，然后在餐桌另一边坐下来：我煮了粥，随便做了些小菜，也不知道合不合你口。她笑了，坐下，向餐桌上夸张地吸了吸鼻子，然后朝他举起拇指晃了晃。她自己很少吃早餐，懒得做，时间长了不吃也不觉得饿了，自己知道是坏习惯，却也没改变。今天这早餐让她觉得幸福，她吃了很多。锅里的粥、桌上的小菜都被两个人吃光。他说你真能吃啊。她收拾碗筷，端到水池边去洗。他擦桌子，然后把她洗好的碗筷摆到橱柜里去。两个人也不说话，好像每天都这样。

都收拾停当，他说时间差不多了，早走一点儿，以防路上堵车。她就拿好自己的东西，跟着他，锁门，下楼。楼下小区里的园艺工人跟他打招呼，今天走得早啊。他笑了，是啊。她在他身边走着，恍然间觉得他就是她的丈夫。坐在车上，她想起昨晚，还是很郁闷，又不能说出来，就很沉默。他一边开车，一边告诉她都是哪条路，怎么走，说你下次来就知道了。他是希望她常来的，她感觉到这个，才有些高兴。

上了班，一天都不安宁。没什么事情，是心不安定。她在那里反反复复地猜测他的心思，又在不停地劝自己。他也一样。他比她眼明，已确定了她对自己的感情，也知道自己前一晚的冷静反而是伤了她的。于是，在两个人一样的煎熬之外，他又多了内疚。

她下班前，终于收到了他的短信。问她晚上有事吗，如果没事，他继续请客，延续昨晚未尽的情谊。她扑哧一下笑了，心里便也唰地开了一朵花。

　　他想了，今晚两个人要醉一场，关键是他自己要醉。不醉他没有胆量，不知为什么，面对她，他那么紧张，而且有那么多的顾忌。

　　谁想到，她酒量那么小，不能喝又爱逞强，跟他一样干杯。几杯红酒下去，她就醉了，大醉，一边哭一边无缘无故地骂起他。他带她回家，抱她上楼，把她放在床上时，她已经睡过去了。他站在床边看她红通通的脸，看她包裹在裙子下玲珑有致的身体，都是心疼。想了想，还是动手帮她脱下了身上那条娇贵的裙子。她身子软软的，任他摆弄，他的欲望忽地一下就上来了，真想要了她。可是不行，他喝得太少，他没醉，而她是醉的，他这时做了什么，是乘人之危。他很懊恼。衬衫外裤都没脱，就在她旁边的沙发上胡乱地睡下了。半夜里他醒了几次，前一夜没睡好，但还是在潜意识里担心她，竟然那么困倦也能醒来。可她睡得香香的。他觉得这样有些幸福，也有些无奈。

　　第二个晚上又过去了。他们还只是好朋友。她起来时，发现了自己的光身子，发现了床头柜上的字条，没发现他。字条上写着：我打电话给你办公室，替你请了假，说你病了。今天就好好在这儿睡吧，睡醒了冰箱里有饭菜，微波炉热一下再吃。要是出去，桌子上有套钥匙。我下午早点儿回来。还有，你身材真好，不过我什么也没做啊，只是实在不小心看了两眼。

　　她真说不清心里什么滋味。欣慰啊，甜蜜啊，生气啊，失落啊，都掺着，像一剂魔鬼汤药，把她搅得不能安生。她起来去卫生间冲澡，站在镜子前，看着自己的身体，想象着他把她搂在怀里，想象着昨晚他脱她衣服的手，此刻正在她的身子上，温柔而贪婪地抚摸。欲望的热流像海浪似的一波一波冲荡着她，让她本来就还没太清醒的脑袋更加眩晕。然而是一瓶女性护理液让她清醒了，它放在镜子旁的小柜里。她在找浴液的时候看到它，忽然记起了他的老婆。她一点没有信心了，直觉告诉她，即使他们在一起了，她也永远只能是他的情人，他最爱的也永远是另一个女人。她骂自己，为什么要自找苦吃呢？为什么要折磨自己呢？这明摆着会伤透人的感情，为什么要去碰它呢？她骂自己是个贱女人，远远地躲开镜子，鄙夷起自己的身体，为自己在一个深爱妻子的男人家里赤身裸体而感到羞耻。她快速地洗好擦干，出来穿上衣服，准备离开。

可是，她看到了桌上的钥匙。像这个家的女主人一样，出门，用钥匙哗啦一下把门反锁；回来时，再用钥匙打开这扇门——家门；手里拎着满满当当的水果蔬菜，都是他爱吃的。这个想法把她深深迷住了，她忘了刚才执拗的幽愤，一定要去这样做才行了。

于是她就这样做了。锁门，开门，只有她一个人知道，然而她却觉得自豪。她手上也当然拎着满满当当的菜。她接着自豪地当着女主人，进厨房幸福地忙开了。

他下午草草处理了公司的事，推了个挺重要的应酬，往家里赶。怕她懒得弄吃的，饿着，想着早点儿带她出去吃饭。可当然不用出去吃饭了。他一开门就愣住了。她说，欢迎光临，全是本店特色，请品尝。

都坏在这顿饭上了。他一下子就不打算支撑了，也支撑不住了。就像英文里有句谚语说的，The way to a man's heart is through his stomach——要抓住一个男人的心，先抓住他的胃。他的胃给抓住了，人就整个投降了。难道男人就这么点儿出息？当然不是了，一切都是借口。他们隔着餐桌深情对望，眼神接了轨，接着嘴巴接了轨，再接着，就是出轨了。饭没等吃完，就抱在了一起，先把彼此给吃了。

那天晚上，她终于睡到了他的床上。她枕着他的臂弯儿给他讲自己这两天所有的煎熬，委屈地哭，一会儿又被他逗得幸福地笑个没完。两天三夜，像是一场战斗啊，他们终于在一起了，把彼此和自己给拿下了，或者也可以说被彼此和自己给拿下了。是胜利，也是失败。

现在回想起来，那段日子仍保持着当初的味道：甜蜜而忧郁，像什么？好像是巧克力。

母亲病了，她回老家去看望。他也要跟着。她心里又是巧克力的味道了。他是她母亲的学生，她真希望他此去是以另一种身份。母亲竟然还记得这个已经显老了的"调皮鬼"，欣喜异常。还有一件更神奇的事儿，她腿上有一小块伤疤，她听母亲说起过，自己也隐约记得，是小时候在学校的操场上玩儿时，被一个男孩子不小心扔标枪戳到的。这一次母亲拉着他的手对她说，那个男生就是他啊！这又不是什么喜事情，可是三个人却都是充满惊喜的样子。尤其是她，觉得身上已有他留下的记号。

老师托付他一件事：让他帮着给她介绍个男朋友，看着她好好谈恋爱，赶紧找个好婆家。老师说我不知道这丫头是怎么回事，眼看三十了也不谈朋友不想结婚。老师说我一想起她来啊我心里就刀子剜一样地疼。她说妈，你给人家说这事干什么？我就要跟他说，我离得远管不到你，我这次把权力交给他！老人执拗地大声坚持，引出一阵急喘。他赶紧保证：老师您放心，上学时我老不完成作业，正愁没法儿弥补呢，这回这作业保证完成。老师笑了，老师的女儿却快哭了。

她爱他，她心里装不下别人。家里又催，一边催她，一边催他。真的是不嫁不行的时候了，三十岁了，她跟了他整整五年。母亲身体越来越不好，禁不起生气和着急，就算为了母亲也要结婚了。既然这样，她想要么干脆胡乱嫁掉算了。可他不让。他说，要嫁，就嫁一个好男人，疼你，爱你，对你好，我才会放心。她说那好吧，我找找看。她没有找。他知道她不会找，于是帮她找。他托人，说要给老师的女儿找男友，要各方面条件都好的才行，是老师给布置的作业啊，大家要当硬指标，一定要完成。朋友们都热心，一个接一个地介绍给他，他初选一下，再一个接一个地介绍给她。往往就在他们做爱后，她缩在他臂弯里，他拿着记得满满的本子，还有一些照片，跟她商量着。她不说话，好像在听，其实根本就没有听。一听她就心痛，只好不去听，不去想。她用手轻轻地划他的肚皮，突然拽下他的一根胸毛，他一疼，搔她痒，两人乱作一团，把被子也弄到地上，本子、那些照片也飞到地上。各种各样的年轻有为的脸散落各处。闹过了，他要去捡，她不让，说，困了，搂着我，给我讲故事，睡觉。好吧，讲故事，睡觉。他总有新故事，即使不是新的她也记不得已经讲过了，她听过就忘了，忘不掉的就是那种幸福的感觉，或者总是听了前一半就睡着了，后面的总不知道是什么，所以总觉得是新的。每天晚上总要讲着故事哄她睡觉，除了他还有这样的男人吗？她想着他工工整整记在本子上的候选人们，每一个都让她心烦。

绝望开始越来越深刻，她开始越来越顺从。

他陪她去相亲，每一个她都说，行，就他吧。可他从她眼睛里看出来，她不喜欢。他很生气，说你要对自己负责任。她轻轻地说，只要不是你，都一样的。他把头埋在手掌里，使劲儿地抓着发根。

最后，一个不错的男孩子，各方面条件都好，照片上人也看着舒服。他很满意，她的态度也不像以前那么冷。他知道她是有些动心的，觉得很高兴，可是高兴很短暂，马上就是深深的伤痛涌上来。他把那强压下去，给他们定好了约见的时间。

那天下午，他正在给她选穿哪件衣服，她还在拗着，说不想去，他说乖，我送你去。正哄着，他老婆突然打电话来，问他在哪里，他想了想说，在外面，跟客户谈事情。他老婆在那边沉默了一会儿，然后说没什么事，想你了，本想说说话，忙就算了。就挂了。他和她都不知道，他老婆就站在楼下他的车边，她正好有个会在这边开，提前过来一天，想给他个惊喜。

她穿上他给选的那条裙子，淡黄色的，显得年轻活泼。他的心剧烈地痛，想着这五年多，他竟然让一个清纯如水的女孩儿成了一个面露沧桑的情妇。他们认识的时候她确实是那么年轻活泼、快乐无忧的。而他除了让她不再年轻活泼，不再快乐无忧，又为她做了什么？该放手了，把她让给一个有能力给她幸福的男人。

　　他牵起她的手出门了，那时，他的车旁边没有站着任何人了。他给她开车门，吻了她的脸颊，说小宝贝，高兴点儿。她便笑了一下。他也笑了，为她关上车门，绕过来上车，开车，驶出大门。一辆出租车也跟着驶出去，并且一直跟着。

　　在"茉莉雨"，一个很有情调的西餐小店。门边不远的位置，可以看到门口。时间早了二十几分钟，男孩子还没有来，他们坐下来等。他想对她说什么，却又什么也不想说，也仿佛没有力气说了。她也不说话，两个人静静地喝着咖啡。他不看她时，她就盯着他看，像要把他的样子印在眼睛里，他也看她的时候，她就朝他笑笑，然后把目光移开，去看窗外。她不知道，她看窗外时，他也在一直盯着她，她转过来目光撞上，他又看向窗外了。后来他便从窗子看到男孩子远远过来，他心里忽地就一紧，但他稳住，隔着窗朝男孩子招了一下手，这个手势很潇洒，他在掩饰心里的不潇洒。也不晓得男孩子隔那么远能不能看到，又能不能认出他，他们只见过一面。他站起来，椅子腿哗啦啦撞着桌子和地面，差点儿倒掉，被他手忙脚乱地稳住，然后他整整衣摆，笑着说，你看，来了，我先走啦。她说好。他是想再说什么，却不知道说什么，于是停了一下，就转身走了，走了两步，回过头来，对她挤了下眼睛，终于还是说，加油啊。她笑着点头，打出 V 形的手势。

　　他便放心了，快步走向门边，泪水一下子就溢了满眼，挡住了前面的一切，他看不清路了，可不敢擦，也不敢眨下眼让泪水掉下来，怕她会看见。她于是看到他轻松的背影，他朝男孩子来的相反的方向大踏步地走了。

她的心碎开了,忍着,忍着,可终于是忍不住。男孩子进了门,她不能等他走到身边,拎起手袋朝洗手间冲去,打开水龙头,不停地朝脸上撩水,像洗脸的样子。她不敢哭出声来,总有人进进出出,就让泪水混在自来水里流,水流很大,哗哗啦啦的声音。她占着这个洗手池,别人都去用外面的那个,或者就干脆不用了。有个女人却一直等在她身后,可她一直在洗,应该说她一直在哭。女人看出她是在哭了,终于没有再等她,把一包纸巾从手袋里掏出来,轻轻放在池边,转身走了。她后来就随手用了这包纸巾,擦干了脸,拿出化妆包,对着镜子快快地重新化了淡妆,遮了肿眼泡。

再后来,她便笑着回到那张桌边,男孩子一脸茫然地坐在那儿,显然等的时间有点儿长,又觉得她不跟他招呼一下就跑到洗手间去了有些奇怪。看到她过来,终于放心了,笑着看她。她于是努力俏皮地说,真是不好意思说啊,吃坏了肚子。他明白了,爽朗地笑出声来。然后说,刚才一位女士,说是你一个见过面但不太熟悉的朋友,她说她刚巧也在里面吃饭,看到你坐在这儿,可她刚想过来打招呼你便不见了。她说很喜欢你,说你周围的人都喜欢你,你是个好女孩儿。她很惊讶,问,是吗? 是什么样子的女士? 男孩说,高个子,黄色卷发,很优雅。她皱了皱眉,然后说,想不起来是谁。顿了一下,她抬起眉毛高兴地说:不过,她说的倒是真的。男孩又笑出声来,说,你真可爱。眼神里已经有绵绵的情意了。她知道,她快要成功了。这是个优秀的大男孩,钻石王老五,眼界很高,要让他快点儿娶她,她还要再加点儿油。她想起他临走前对她挤眼睛的样子,想起他对她小声说，加油啊。黄昏时分。夕阳真美，她看着窗外说。

原发于《文学界》2007 年第 10 期